KB071797

동창회 종친회 향우회 친목회 등 **각종 모임의 실전 가이드**

"대통령은 대총무처럼 일하라!"

대한민국 이은집 대총무

| 이은집 지음 |

48개 동시 총무 기네스 기록!
총무의 달인 이은집의 노하우 대공개!

대한민국의 망국병은 학연·지연·혈연에 따라 끼리끼리 해먹는 거라고……?
천만에! 이런 한국인의 특성이 한국을 세계 경제와 올림픽에서 10위권의 선진강국으로 우뚝 서게 했다.
당신도 행복하려면 10개 이상 모임에 가입하라!

청어

대한민국 이은집 대총무

이은집 지음

발행처 · 도서출판 **청어**
발행인 · 이영철
영　업 · 이동호
기　획 · 최윤영 | 김홍순
편　집 · 김영신 | 방세화
디자인 · 오주연
제작부장 · 공병한
인　쇄 · 두리터

등　록 · 1999년 5월 3일(제22-1541호)

1판 1쇄 인쇄 · 2010년 11월 11일
1판 1쇄 발행 · 2010년 11월 21일

주소 · 서울시 서초구 서초동 1588-1 신성빌딩 A동 412호
대표전화 · 586-0477
팩시밀리 · 586-0478

블로그 · http://blog.naver.com/ppi20
E-mail · ppi20@hanmail.net
ISBN · 978-89-94638-12-6 (03810)

동창회 종친회 향우회 친목회 등 **각종 모임의 실전 가이드**

"대통령은 대총무처럼 일하라!"

대한민국 이은집 대총무

| 이은집 지음 |

각종 장부들

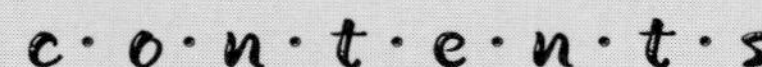
c·o·n·t·e·n·t·s

제3장 | 지연(地緣) 모임

제4장 | 직장(職場) 모임

제5장 | 나의 모임 베스트 5

〈책머리에〉

초·중·고·대학 동창회를 비롯한 각종 모임에 참여하지 않는 사람은 참으로 불행합니다!

*

2010년 가을에 소설가로서 이런 색다른 내용의 책을 설레는 마음으로 독자 여러분 앞에 선보입니다.

저는 캐나다에서 열린 2010 밴쿠버 동계올림픽에서 우리 대한민국이 자랑스럽게 종합 5위의 성적을 올린 데 대하여 그 이유를 생각해보았습니다. 또한 대한민국이 6·25와 남북 분단의 불행에도 세계 경제 10위권의 선진강국으로 우뚝 선 기적도 곰곰 해답을 찾아보았습니다. 그런데 뜻밖에도 그건 우리나라 사람들이 학연·지연·혈연 같은 인연으로 똘똘 뭉치는 데에서 비롯된 것이 아닌가 하는 좀 엉뚱한 결론이었습니다.

흔히 한국인들은 국내에 살든 해외에 이민을 가든, 셋만 모여도 어떤 모임을 만든다고 비아냥거리기도 합니다. 그런 탓인지 우리는 누구나 초·중·고·대학은 동창회를, 시골에서 도시로 나온 사람들은 향우회를, 일가들은 종친회를 만듭니다. 그뿐이 아닙니다. 직장에서도 각종 친목회를 통하여 상부상조와 우의를 다집니다. 말하자면 한때 〈財테크〉와 〈時테크〉가 유행했지만, 이는 21세기 현대를 살아가는 데 가장 필요한 〈人테크〉가 아닐까요?

저는 40년 전부터 초·중·고·대학 동창회와 초등 총동창회와 고려대학교 국문과 교우회와 문과대학 교우회뿐 아니라, 제 고향인 재경청양군민향우회 그리고 안산이씨 대종회, 안산이씨 경인종친회의 총무를 맡았습니다. 여기에 방송통신고 제자 모임, 주례를 서준 원앙회, 공립고교 국어교사로 근무했기 때문에 6개 학교에서 의기투합한 교사들과의 친목회, 방송국 스크립터로 활동할 때 함께 프로그램을 했던 분들과의 모임, 아주 특별한 기쁨세상 모임, 형제 조카 가족 모임, 처갓집 모임, 심지어 군대시절의 전우회 모임까지 만들어 총무를 싹쓸이한 것입니다.

그밖에 문학단체 등 공공의 모임까지 합하면 저는 한때 사주팔자라고나 할까? 48개 각종 모임의 총무를 동시에 하기도 했습니다. 그래서 제가 이들 모임의 총무를 한 연한을 모두 합하면 500년이나 되고, 인원은 아마 5만 명쯤은 되어 5천만 대한민국의 1천 명 중 1명은 제가 관리한 회원이 될 것입니다. 저의 이런 모습을 보고 대학 후배이자 전 아나운서인 이계진 국회의원은 기네스 감의 대기록이라며 놀라워하기도 했습니다. 바로 이런 경험에서 저는 대한민국의 국력은 이런 각종 모임으로 뭉치는 특성에서 비롯된 것이 아닌가 합니다. 사실 지연 하면 이스라엘, 학연 하면 일본, 혈연 하면 독일의 히틀러가 떠오릅니다. 하지만 우리의 학연·지연·혈연주의는 부정적 측면보다 세계 어디에 나가든 똘똘 뭉치는 응집력을 발휘하여, 말하자면 거대한 〈한국인 네트워크〉를 형성함으로써 세계 속의 경쟁에서 앞서 나가는 게 아닐까 합니다.

또한 경제란 〈몸속의 피 흐름〉과도 같다는 말을 들었습니다. 즉, 〈동맥〉은 〈생산〉이요, 〈정맥〉은 〈소비〉라고 비유할 때, 전국적으로 따져 보면 각종 모임으로 해서 아마도 엄청난 소비가 이루어질 것입니다. 제가 48개 모임의 총무를 할 때에 기금의 합계가 2억 원(현재 아파트 시세로 6억 원 정도)이 되었는데, 이때 연간 170여 회 모임의 회식비만 해도 엄청났습니다. 이것이야말로 우리나라의 경제를 활성화시키는 데 기여한 〈소비〉가 아니고 무엇이겠습니까?

그런 의미에서 우리 개인도 마찬가지입니다. 초·중·고·대학 동창회를 비롯한 수많은 각종 모임에 전혀 참여하지 않는 사람들을 보면 무척 안타깝게 느껴집니다. 다시 말해 저는 수많은 총무를 하기 때문에 경조사에 많이 다니는데, 그때마다 화환이나 조화가 몇 개나 놓였나 유심히 살펴봅니다. 물론 고관대작이나 부자들은 놓을 자리가 모자라 리본을 걸기도 하지만, 그건 고인이나 상주를 위한 것이기보다는 보낸 쪽의 꽃(화환) 도장을 찍는 것이기 때문에 논외로 하고, 화환이 적어도 열 개 이상은 되어야 그 주인공은 인생을 참으로 잘 살았다고 제 나름의 평가를 내려 봅니다. 만약 그렇지 않다면 인생을 잘못 산 것이라고 감히 심한 말도 해봅니다.

저는 이 책을 통하여 48개 모임의 총무 노하우를 공개함으로써, 어떤 모임에서 다른 사람들과 끈끈한 우의를 다지며 사는 일이 얼마나 소중한가를 말씀드리고 싶습니다. 또한 이런 모임을 이끌어가는 총무의 역할이 얼마나 막중한지 역시 그 비결을 실전 경험을 통하여 고백함으로써, 현재 총무를 맡거나 앞으로 맡을 분들에게 각종 모임을 운영하는 데 실질적인 도움을 드리고자 합니다.

끝으로 이처럼 멋진 책을 출간해주신 도서출판 청어의 이영철 대표님을 비롯한 직원 여러분에게 진심으로 고마운 인사를 전합니다.

이은집

| 시작하며 |

총무는 쉽고도 어렵다!
— 48개 총무의 달인, 이은집의 총무론(總務論)

1. 총무의 조건

✻

나는 한때 48개의 총무를 동시에 맡아본 적이 있다. 지금에 와서는 하도 많아 그 이름조차 다 기억하지 못하지만, 아무튼 내 컴퓨터를 열어보면 이들 48개 모임의 활동 내용이 다 정리되어 있으니 틀림없는 일이다. 그런데 내가 이런 사실을 누구에게 자랑 아닌 자랑으로 얘기하면 모두 깜짝 놀라 묻는다.

"아니! 어떻게 그 많은 모임의 총무가 되었습니까?"

그러면 나는 아주 싱겁게 대답한다.

"글쎄요. 동창회든 친목회든 아무 모임이나 열심히 참석하면 어느 날엔가는 나더러 총무를 하라고 아우성이니, 꼼짝없이 총무 감투를 쓰게 되는 거죠."

그렇다. 어떤 모임의 총무가 된다는 것은 열심히 참석만 하면 되는 아주 쉬운 일이다. 그러나 다시 생각해보면 회원들이 무조건 시키는 것은 분명히 아닐 것이다. 여기엔 몇 가지 조건이 있다.

첫째, 총무는 만능의 끼를 갖추고 있어야 한다.

우선 요즘 같으면 '모임 회보'를 만들기 위해 컴퓨터를 할 줄 알아야 하고, 간단한 인터넷 카페를 오픈해야 하며, 급한 경조사 연락은 크로샷 문자메시지로 한방에 날릴 줄 알아야 한다. 그뿐인가? 모임을 가질 때에는 유머러스한 진행으로 분위기를 즐겁게 유도할 줄도 알아야 한다.

둘째, 총무는 시간이 있는 사람이라야 한다.

회사 일에 얽매이거나 개인 사업으로 바쁘면 수많은 경조사를 어찌 다 쫓아다닐 수 있겠는가? 나는 48개 모임의 총무를 할 때 연간 모임 횟수가 무려 178회에 달하기도 했는데, 그래서 이런 웃지 못할 에피소드까지 생겨났다. 즉 3, 6, 9, 12월에 모임이 집중되어 아무리 날마다 모임을 주최해도 모자라, 내가 근무한 각 학교 선생님들의 친목 모임은 합동으로도 했던 것이다.

한 선생이 타교로 전근을 갔다. 우리 모임 날이 되어 아침부터 기대감에 싱글벙글하자 부장 선생님이 물어왔다.

"김 선생! 오늘 무슨 좋은 일이 있기에 그래요?"

"아, 네. 그럴 일이 좀 있어서요."

"그래요? 궁금하네."

아무튼 그렇게 얼버무리고 나서 김 선생이 모임 장소로 갔을 때였다. 또 다른 팀의 선생님들과 합동모임을 하는데 바로 부장 선생님이 나타났던 것이다.

"으응? 김 선생도 이은집 선생님이 총무 하시는 친목회의 회원이었구만, 하하!"

아무튼 총무를 하도 많이 하다 보니 모임 회보를 부치는 작업만도 연간 3개월이나 걸렸는데, 이에 꼬박 매달릴 수 있었던 건 내가 명퇴를 해서 지난 10여 년간 '화백(화려한 백수)'으로 지냈기 때문었다고나 할까?

셋째, 총무는 경제적으로 안정된 사람이어야 한다.

앞서 얘기했지만 나처럼 수많은 모임의 총무를 하려면 각 회원들의 경조사에는 무조건 참석해야 하는데, 여기에 들어가는 축의금과 부의금이 만만치 않은 것이다. 내가 10여 년 전에 컴퓨터를 배워 입력해놓은 것을, 이번에 딸의 혼사가 있어 조사해 보니 1천 건이 넘었던 것이다.

또한 모임마다 연회비와 행사 참가비도 총무라고 면제가 없으니 엄청난 액수다. 그래도 나는 교육 공무원으로 명퇴해서 연금도 받고 더러 부수입도 생기니 망정이지, 보통 사람은 돈 때문에 총무를 함부로 맡을 일이 아니다.

그런데 개인 사업하는 사람은 도깨비 살림 같아서인지, 총무를 맡아 기금을 관리하다 보면 자칫 사업에 실패해서 어렵게 모은 기금을 날리는 경우를 많이 보았다. 그러므로 총무는 경제적으로 안정된 사람이어야 한다.

넷째, 총무는 포용력이 있어야 한다.

성격이 모나거나 너무 급하거나 인상이 험하거나 키와 몸무게가 지나치게 맘모스 같아도 회원들이 접근하기가 불편해지는 것이다. 따라서 외모와 성질이 편안해야 회원들이 쉽게 다가와 경조사 같은 일의 부탁도 스스럼없이 할 수 있다고 하겠다.

아울러 총무는 동창회의 동창이든 친목회의 회원이든 누구에게

나 공평하게 대해야지, 좋은 사람과 미운 사람이 보이기 시작하면 총무의 자격을 상실하는 것이다.

다섯째, 총무는 부지런해야 한다.

나는 집안일이나 개인 일은 게으름뱅이지만 총무를 맡은 모임의 일에는 내가 생각해도 너무나 부지런하다. 먼저 수천 명의 회원에게 직위나 기여도에 따라 수시로 안부 전화를 드리고, 전체 회원에게는 설·추석 명절과 계절이 바뀔 때마다 멋진 문구의 문자메시지를 날린다. 지금은 이메일이나 크로샷 문자메시지가 있어 편리하지만, 몇 년 전만 해도 시간을 다투는 회원의 애사에는 전화로 연락하기가 정말로 죽을 맛이었던 것이다.

물론 여기에 모임을 알리는 회보도 두 번 이상 띄우고, 결과보고 회보도 일주일 안으로 받아 보게 우송했으니, 나는 '총무병'에 걸린 중증환자가 아니었나 싶기도 하다.

여섯째, 총무는 천재이나 바보가 되어야 한다.

나는 가끔 이 세상에서 가장 나쁜 놈은 많이 배우고 똑똑한 사람이라고 생각한다. 사기를 치는 사람이나 부정부패를 저지르는 사람들은 대부분 많이 배우고 똑똑한 사람들이 아니던가? 그래서 총무는 천재이지만 바보 노릇을 해야 하는 것이다. 총무가 너무 잘나고 똑똑한 체하면 회원들이 끼어들 자리가 없게 된다. 총무가 혼자 알아서 다 해버리면 그건 총무를 위한 모임이 되기 때문이다.

따라서 아는 길도 물어가듯이 모든 계획과 안건에 대하여 회원의 의견을 물어 결정해야 하는 것이다. 하지만 회원들에게만 맡기면 좋은 의견이 안 나오고 지지부진할 때가 많다. 그때에 미리 준비한

대안을 내놓으면 되는 것이다.

지금까지 경험을 통한 총무의 자격 요건을 이야기했다. 그렇다면 총무는 업무를 어떻게 수행해야 할까? 자격보다 더 중요한 것은 총무의 역할이라 하겠다.

나는 지난 40년간 최대 48개의 총무를 하면서 이런 생각을 해보았다. 재벌 아들은 커서 아버지의 후계자로서 재벌이 되듯이, 어느 모임이나 회장과 총무를 잘 만나면 더욱 행복하고 발전하는 모임이 되지 않을까?

2. 총무의 업무

그렇다면 총무는 맡은 모임의 업무를 어떻게 처리해야 할까?

첫째, 총무는 매사를 〈신속〉하게 처리해야 한다.

외국 여행을 가보면 현지 가이드가 꼭 하는 한국말이 하나 있다. 바로 〈빨리빨리〉이다.

"빨리빨리 식사하세요!"

"빨리빨리 모이세요!"

"빨리빨리 따라오세요!"

즉, 한국인은 성질이 너무 급하다는 것인데, 그것이 경제 발전의 원동력이 되지 않았나 싶기도 하다. 그러기에 열사의 사막 중동에서 밤에도 횃불을 밝히고, 어느 나라보다 빨리 공사를 마쳐 계속 수주를 따내지 않았는가?

총무는 모임의 업무와 회원의 요구사항에 대해 빨리빨리 해결해 주어야 하는 것이다. 새해가 되기 전에 내년 계획을 미리 알려주고, 모임 회보도 한 달 전에 띄워 스케줄을 잡게 한다. 그래도 잊었을지 모르니 일주일 전에 다시 통보하고, 마지막 문자메시지로 확인사살(?)을 하는 것이다.

둘째, 총무는 〈정확〉하게 일처리를 해야 한다.

가령 모임 장소를 정할 때에도 지하철 몇 호선 무슨 역이라고만 알리면 안 된다. 몇 번 출구로 나와 어느 골목 몇 미터라고 정확하게 안내해야 하는 것이다. 그래도 처음 가는 곳이면 못 찾고 헤매는 회원이 많은 것이다.

특히 정기총회 때 보고하는 결산은 정확해야지, 금액이 조금이라도 틀리면 난리가 난다. 주로 모임에 참석도 잘 안 하거나 연회비도 제대로 안 내는 회원일수록 정확하지 않은 사항에 꼬투리를 잡아내는 것이다. 어쨌든 총무는 업무에 항상 정확을 기해야 한다.

셋째, 총무는 매사를 〈투명〉하게 처리해야 한다.

이를테면 경리장부에서는 예산을 집행했을 때 반드시 영수증을 첨부하고, 기금은 은행예금으로 투명성을 보장해야 한다. 단 1원이라도 투명하지 않으면 수많은 회원들 눈은 용케 알고 의심을 한다. 이를 빌미 삼아 엉뚱한 루머를 퍼뜨리는 회원도 생겨난다.

넷째, 총무는 회원들의 〈신뢰〉를 얻어야 한다.

직장에서도 윗사람은 아랫사람의 신뢰를 얻어야 업무를 제대로 할 수 있듯이, 특히 총무는 회원들의 신뢰를 받아야 화합과 협조를 얻을 수 있다. 그러기 위해서는 앞에서 말한 세 가지뿐 아니라 봉사심, 즉 서비스 정신으로 회원들에게 정성을 바쳐야 한다. '지성이면 감천' 이란 말도 있듯이, 마음을 모아 총무 직을 수행하면 이를 믿고 따르지 않을 회원은 없을 것이다.

그러면 이 네 가지로 회원들이 만족하는가? 그렇지 않다. 그럼 다음 조건은 무엇일까?

다섯째, 총무는 모임의 미래에 대한 〈비전〉을 제시해야 한다.

동창회든 친목회든 그저 모여서 식사나 하고, 술이나 마시고, 잡담이나 하다가 헤어지면 얼마 안 가서 싫증이 난다. 그래서 모임을 가질 땐 다양하고도 변화 있게 프로그램을 짜야 한다.

나의 경우를 예로 들어보자. 연간 4회의 계절 모임을 갖는다고 치자. 봄에는 〈먹거리 축제〉라고 하여 모임 장소를 맛있는 음식점으로 정해 색다른 메뉴를 선보인다. 그리고 여름(교사 모임인 경우는 여름방학)에는 건강을 위한 〈웰빙 축제〉를 연다. 건강을 위해 놀토 휴일을 택하여 강화도 등으로 야외 나들이를 떠난다. 그곳의 별미를 찾아 먹고, 인삼이나 강화 순무김치 등 특산물 쇼핑도 하면 좋다. 가을에는 〈문화 축제〉로 영화나 연극, 뮤지컬 등 공연을 구경하는데, 이때에는 부부 동반을 하면 더욱 좋다. 겨울에는 〈송년 축제〉다. 많은 인원이 참가해야 하므로 합동 모임도 가져서 1부 송년회, 2부 만찬, 3부 축하공연을 다채롭게 펼치고, 행운의 추첨까지 한다. 이때 광천 자연산 김과 청양 태양초 고춧가루를 시상품으로 내놓으면 집에서 받으시는 사모님들의 반응이 더욱 뜨거워, 다른 모임 때에는 더러 빠져도 〈송년 축제〉엔 전원 출석을 하기도 한다.

이와 같은 즐거운 행사와 더불어, 연회비 5만 원을 받다가 어느 정도 기금이 모아지면 4만 원, 3만 원, 2만 원으로 차츰 줄여나가면, 이미 참석하던 동창들뿐 아니라 불참하던 동창들도 차츰 모이게 된다.

여섯째, 총무는 회원들의 〈경조사〉를 잘 챙겨주어야 한다.

사실 우리가 어떤 모임을 갖는 목적은 회원들의 경조사를 위해서라고 해도 과언이 아닐 것이다. 그러므로 보너스로 한 가지를 더 추가한다면, 각 회원의 혼사나 애사에는 총무가 앞장서서 그야말로 성심성의껏 서비스를 해주어야 한다.

나의 경우, 혼사라면 미리 청첩장이 나오므로 모든 회원에게 회보로 알리고, 당일 직전에 문자메시지를 다시 띄워주며, 참석은 못하지만 축의를 표할 분은 송금해주시면 총무가 성심껏 모아 전달해드린다고 공지한다. 또한 애사인 경우는 워낙 시간이 촉박하므로 문자메시지로 즉시 두세 번 알리고, 부의금도 혼사와 마찬가지로 송금 받아 전달하며, 경조사 모두 화환과 조화를 가장 먼저 도착하도록 배달시킨다.

그러면 경험하신 분들은 공감하겠지만 정말로 모임의 존재를 고맙게 생각한다. 그래서 내가 책머리에 경조사에 화환이 열 개도 안 되는 사람은 인생을 잘못 살았다고 심한 말을 한 것이다.

결론적으로 나는 이처럼 오랜 기간 수많은 모임의 총무를 해오면서, 문득 〈대통령〉의 호칭도 좀 바꾸어 보면 어떨까 상상해 보았다. 즉, 5천 만의 대통령이지만 총무처럼 국민에게 좀 더 가까이 다가가 일하라는 뜻에서 〈대한민국 대총무〉라고 말이다.

그런 의미에서 나는 대통령처럼 단임제도 아니고, 어떤 모임의 총무는 40년도 하고, 아무리 짧아도 4년, 심지어 48개의 총무를 한꺼번에 맡기도 했으니, 참으로 행복한 〈대한민국 총무〉 어쩌면 〈소통령〉인지도 모르겠다.

총무를 하면서 있었던 기분 좋은 일화 한 가지를 소개하면서 나의 〈총무론〉을 마칠까 한다.

2002년 우리나라 축구가 4강에 오른 기적의 날인데, 그때도 나는 4개의 소모임을 합동으로 해서 〈4강클럽〉 행사를 가졌던 것이다. 물론 이때 우리는 다른 프로그램은 다 때려치우고 월드컵 경기의 관전에 일희일비 빠져 들었으며, 다만 행운의 퀴즈로 우리나라가 몇 대 몇으로 승리할 것인가를 써내게 했던 것이다. 이윽고 경기가 끝났을 때 회원 중 누군가 말했다.

"이제 보니 이은집 선생님이야말로 그냥 총무가 아니시네요!"

"그게 무슨 소리예요?"

내가 묻자 놀랍게도 좌중이 하나가 되어 이렇게 소리쳤던 것이다.

"히딩크 총무!"

그리고 처음 말을 꺼낸 선생님이 이렇게 부연해서 설명을 했다.

"이번 월드컵에서 우리나라 축구를 기적의 4강에 끌어올린 히딩크 감독처럼, 이은집 선생님도 모든 모임의 총무로서 항상 멋지게 이끌어 가잖아요?"

그때 나는 얼마나 기분이 좋았던지 며칠 후에 다음과 같은 콩트를 썼기에, 여기에 기쁜 마음으로 독자 여러분께 선사해드리고자 한다.

〈콩트〉 '히딩크 총무' 라 불리운 사내!

— 이은집 지음

"뭐라구요? 그런 사람 안 살아요!"

한성 씨가 고등학교 졸업 40주년을 맞아, 무슨 남북 이산가족 상봉이라도 하듯이 〈졸업 40주년 기념 만남의 날〉 행사를 열기 위해 동창들에게 보내는 초대장 봉투에 풀칠을 하는데, 텔레비전 연속극 〈인어 아가씨〉를 보던 마누라가 신경질과 짜증이 난 목소리로 대꾸했다.

"누굴 찾는데 그래? 날 바꾸지 않고……."

아무래도 이번 고등학교 동창회 행사에 대한 문의전화 같아서, 한성 씨가 봉투의 풀칠을 멈추며 마누라에게 묻자, 그녀는 〈인어 아가씨〉의 은아리영의 눈먼 어머니 같은 느끼한 시선을 보내왔다.

"아니! 우리 집에 축구감독 있수? 웬 히딩크를 찾잖아요? 나 참!"

"뭐야? 히딩크라면 바로 난데. 내 별명이 올해부터는 히딩크로 바뀌었단 말이야."

"어매나? 그동안은 무슨 〈국민가수〉처럼 당신을 〈국민총무〉라더니, 이제는 〈히딩크 총무〉가 됐수? 하이고! 사내들이란 어째 그리 변덕이 죽 끓듯 한디야? 이랬다, 저랬다, 하하하!"

여자들이란 나이를 먹으면 여성 호르몬의 결핍으로 남성화된다더니, 마누라는 숫제 집안이 떠나갈 정도로 남자보다도 더 큰 웃음소리를 터뜨렸다.

"사람 놀리면 못 써! 〈히딩크 총무〉라면 얼마나 영광이야? 2002년 월드컵에서 한국 축구가 본선 1승도 못한 한을 풀고, 단숨에 4강 신화까지 이룬 히딩크 감독처럼, 내가 총무로서 모임을 잘 이끌고 또 기금을 잘 모은다고, 이를테면 히딩크 감독처럼 모임의 기적을 이룬다고, 만장일치로 붙여준 별명인데…….”

“그래요? 그럼 히딩크가 자기 나라로 갔듯이, 당신도 이 집안에서 나가랄 순 없고, 그 궁상맞은 편지보따리 싸들고, 당신 서재로나 갔으면 좋겠네! 자꾸 옆에서 부시럭거리니까, 신경 쓰여 텔레비전을 못 보겠구먼! 어휴, 멀쩡한 직장을 왜 미리 명퇴했나 했더니, 겨우 봉투에 풀칠하는 걸로 세월을 보내려고 그랬남?”

그때 한성 씨는 마누라와 더 이상 대거리하다가는, 어느 세월에 초대장의 풀칠 작업을 끝낼지 몰라, 얼른 서재로 장소를 옮겼다.

“알았어! 그래도 내가 이런 풀칠을 하는 덕에, 당신과 식구들 입에 풀칠 걱정 안 하는 줄이나 알아!”

아닌 게 아니라 한성 씨는 국가공무원으로 재직해서 IMF 후에도 구조조정이나 명퇴 염려가 없었으나, 왠지 인생의 황혼을 일찍 깨달아 정년을 거의 10년이나 앞두고 명퇴하여 나왔던 것이다. 그러자 이런저런 모임에서 ‘노는데 총무나 하라’ 면서 〈총무 감투〉가 마구 쏟아져 들어왔던 것이다.

그래서 초·중·고·대학까지 동창회의 4관왕 총무를 필두로, 요즘은 무려 수십 개의 총무노릇을 하다 보니, 이건 태진아의 〈사랑은 장난이 아니야〉라는 노래처럼, 그야말로 〈총무는 장난이 아니야〉였던 것이다.

우선 연간 모임 횟수만도 150회 가까이 되고 보니, 일주일에 세 번 이상 모임을 주선해야 했다. 그런데 더욱 황당한 일은 학교 동창회를 비롯한 여러 모임의 엽기적인 회원들이 탈이다. 웬 오밤중에 전화를 걸어서, 마누라가 받으면 다짜고짜 이렇게 호통을 친다나!

“야! 한성 총무 바꿔!”

“저…… 아직 모임에 나가서, 안 들어왔는데요.”

“그럼 어디 있는지 알아 놓아야지! 이년아! 예펜네가 니 서방 어디서 무슨 지랄하고 있는지도 몰라? 엉? 끄윽!"

처음엔 이런 전화를 받고 마누라가 쇼크사 할 뻔했지만, 이젠 만성과 이골이 나서 한술 더 뜨는 대꾸를 하는데, 여간 걸작이 아니다.

"이봐요! 당신이 한성 총무 마누라예요? 바가지까지 다 긁게?"

이래도 상대방이 워낙 고주망태인지라, 다음날은 까맣게 잊었는지 다른 후유증은 없는 게 다행이랄까?

그런데 한성 씨가 〈히딩크 총무〉에서 〈대한민국 총무〉가 된 건, 군대에서 만난 전우들의 모임이 있는데, 군대시절에 고참이던 한 선임자가 모임 때 이렇게 말했던 것이다.

"어이, 한성 총무! 조용필이 온 국민에게 사랑을 받아 〈국민가수〉인 것처럼, 그대도 〈국민총무〉야. 그런데 우린 군대모임이니깐, 그 정신을 살려서 〈대한민국 총무〉라 부르면 어때?"

한데 신기하게 다른 모임에서도 하나둘 그런 호칭이 나타났던 것이다. 이제 가만히 생각해 보면, 한성으로서는 어쩌면 바라던 별명인지도 모른다. 왜냐하면 요즘 각 모임의 회식자리에서 그는 이렇게 부르짖고 있었던 것이다.

"회원 여러분! 제가 공무원을 지내서 연금으로 그럭저럭 입에 풀칠을 하게 되니까, 아무리 여러 모임의 편지 봉투에 풀칠을 해도 별로 힘이 들지 않는 것 같네요. 우리 모임도 열심히 참여하고, 기금을 모아서 연금화합시다. 그래서 서로 부담 없이 만나고 상부상조 애경사를 치르면 어떨까요? 특히 우리 총동창회에 나가서는 후배 사랑도 하고, 선배 존경도 하면서 말입니다. 우리 여생은 좋은 일만 하기에도, 또 행복하기에도 짧지 않습니까? 그러니까 이번 〈졸업 40주년 만남의 날〉 행사에는 모두 꼭 나오세요! 그래서 다함께 행복합시다!"

3. 총무의 실전 매뉴얼

군인이 전장에 나갈 때에는 총을 비롯한 각종 무기와 군장을 갖추어야 하듯이, 모든 모임의 총무도 실제 운영과 행사를 진행하려면 실전 매뉴얼을 준비해야 할 것이다.

말하자면 집을 지을 때의 〈설계도〉라 하면 이해가 빠를 것인데, 어느 모임이나 형식과 내용이 비슷할 터이므로 여기에선 하나로 통합하여 소개하겠다.

총무의 매뉴얼은 요즘 운전자에게 내비게이션의 역할을 한다고도 할 수 있겠다. 따라서 처음 총무를 맡은 초보자도 이 매뉴얼만 충실히 숙지한다면 누구나 쉽게 모임을 잘 이끌어 갈 수가 있을 것이다. 다만 같은 드라마의 대본이라도 배역을 맡은 연기자의 능력에 따라 인기 드라마나 재미없는 드라마가 되기도 하듯이, 총무의 능력에 따라 같은 매뉴얼이라도 모임을 이끌어가는 성패의 결과는 다르게 나타날 수 있다고 하겠다.

여기 제시된 총무의 매뉴얼을 참고하여, 모임을 멋지고 성공적으로 이끌어가길 바란다.

총무의 실전 매뉴얼 일람표

항　목	내　　용
1. 모임의 종류	1. 학연 — 초·중·고·대학 기별 동창회/ 총동창회/동아리회 2. 혈연 — 종친회(대종회/지파·지역종친회) 가족회(부모형제 조카회/친가·외가·이종회) 처가회(처부모형제 조카회) 3. 지연 — 군민향우회(도·시·구민 향우회) 4. 직장연 — 입사동기회/부서별 친목회/직장동문회/ 동직위 친목회/각종 동호회/퇴사동기회/기타 5. 기타 모임 — 각자 특별한 인연의 모임들
2. 모임의 조직	1. 학연·혈연 ·지연 모임은 해당 회원을 무조건 가입시키고, 전국에 수소문하여 회원을 찾아낸다. 2. 직장연 모임은 성격에 따라 회원을 선택하여 조직한다. 3. 기타 모임은 각자의 경우에 따라 조직한다.
3. 행사의 종류	1. 연간 1회 — 총회로 상반기 또는 하반기에 실시 2. 연간 2회 — 상반기 총회와 하반기 송년회로 구분 3. 연간 4회 — 3개월 단위로 계절별 모임 4. 연간 6회 — 격월간으로 홀수 혹은 짝수 달에 실시 5. 기타 — 모임에 따라 매달 또는 부정기로 실시
4. 행사의 내용	1. 총회 — 연중 1회 정기총회로 회장단·임원진·회원 모두 참여, 특히 회무보고/예산/결산/감사보고와 임기 만료 시엔 차기 회장단 임원진을 선출함 2. 임시회 — 나머지 모임을 말하며 회장단·집행부·임원진 모임을 따로 하거나, 송년회 같은 행사엔 회원 전원의 모임이 될 수도 있음
5. 행사의 통보	1. 해당 회원에게 1차(30일 전 도착), 2차(1주일 전 도착) 회보 우송/문자메시지(3일 전, 당일) 전송 2. 회보 양식은 이 책의 모임별 예문 참고

6. 행사의 준비	1. 각 행사별 프로그램 2. 플래카드 3. 각종 준비물(전체 선물/시상품 등) 4. 상패(공로패/감사패/기타) 5. 초청자(내빈/밴드/초대가수 등) 선정하여 연락 6. 각종 인쇄물(총동창회 연사/신문형 회보/팸플릿 등)
7. 행사의 진행	1. 모든 준비물 지참하여 행사 1시간 전 도착한다. 2. 접수대장에 참석자 기록과 회비를 징수한다. 3. 행사 프로그램 — 1부: 공식행사/ 2부: 만찬/ 3부: 여흥과 각종 시상 그리고 기념사진을 촬영한다. 4. 사회자로서 원만하고 재미있게 진행한다. 5. 모든 회원을 반갑게 맞고, 배웅도 신경 쓴다. 6. 행사 후 마무리와 간단한 뒤풀이도 마련한다.
8. 행사의 결과	1. 행사 다음날 문자메시지로 결과를 통보하고, 결과보고 회보를 1주일 내에 받아보게 우송한다. 2. 중요 회장단, 임원진, 회원(특히 행사에 찬조금을 낸 경우)에게는 별도로 감사 전화를 한다. 3. 행사 회보나 결과보고 회보를 보낼 때 회원의 경조사가 생기면 이를 첨부하여 공지한다.(그 외 경조사는 그때마다 회보/문자메시지 전송)
9. 별도의 업무	1. 모임 규모에 따라 홈피나 카페를 개설 운영함 2. 변동되는 경리사항은 각종 회보를 띄울 때마다 공지하여 회원의 신뢰를 얻도록 함 3. 연회비를 위해 단체 규모에 따라 지로 개설함 4. 회원의 경조사를 즉시 알려주고, 무조건 참석하여 축하와 문상을 해야 함
10. 기타 사항	1. 위의 매뉴얼을 참고하여 각자 모임에 적용할 총무 매뉴얼을 만든다. 이 책을 읽고 나면 그 해답은 절로 나올 것이므로 현재 총무나 미래의 총무께선 애독을 바랍니다.

1 학연(學緣) 모임

고려대 국어국문학학과
교우회보 10호

기념사

고국회 창립 20주년 준비를 위한 새출발의 길목에서!

여운계 회장

〈2003정기총회 겸 고국회의 밤〉 행사 안내

고려대 국어국문학과교우회 회장 여운계

고려대 국어국문학과
교우회보 12호

기념사 고국회20주년/국문과60주년을 축하하며!
그리고 〈지훈시비 제막식〉에 부쳐!

최동호 회장

〈지훈시비 제막식〉과 〈고국회20주년/국문과60주년〉
기념행사 겸 〈2006정기총회 고국회의 밤〉 안내

고려대 국어국문학과교우회 회장 최동호

고대국문과 교우회보

1. 초등학교 동창회
— 화암 7회 동창회

추억의 동창생을 찾아라

✻

인간은 청소년 시절엔 꿈을 먹고 살고, 중년엔 돈과 명예와 권력을 얻기 위해 살며, 그 이후에는 추억 속에 산다고 한다. 바로 초등학교 동창회를 만드는 일이야말로, 가장 아름답고 즐거운 추억 찾기가 되는 것이다.

나는 충남 청양군 화성면 화암리 공덕마을이라는 아주 오지에서 태어났는데, 우리의 화암초등학교는 1킬로쯤 떨어진 들판에 있었다. 여기에 화암리, 수정리, 기덕리, 농암리 등 4개 부락에 사는 학생들이 다녔던 것이다. 지금은 학생이 자꾸 줄어들어 아예 폐교가 되었지만, 50여 년 전 당시에는 우리 학급만 해도 남녀 합하여 50여 명이나 되었다.

그 시절의 추억 가운데 아직도 생생한 것은 한글 깨치기(배우기)와 구구단 외우기로 급우들과 경쟁하던 일이며, 가을 운동회 때의 온 동네 축제 분위기와 봄가을 소풍의 추억을 잊을 수가 없다.

초등학교를 졸업하자 몇 명은 중학교로 진학하고, 더러는 고향에 남아 농사를 지었으나, 대부분 1950~1960년대의 가난을 벗어나고자 서울 같은 대도시로, 심지어 밤도망까지 결행했던 것이다. 그리고 세월은 흘러 30~40대 중년이 되었을 때, 명절을 맞아 가끔 고향에서 동창들을 만났다. 그러나 그때는 아직 동창회를 만들만큼 정신적 · 경제적 여유가 없었다.

그러다가 1989년 초여름, 서울에 사는 동창 몇 명이 내가 교사로 근무하던 영등포여고에 찾아왔다. 우리도 이제 동창회를 만들 때가 되지 않았냐는 의견이 모아져서, 내가 총무를 맡고 회장을 뽑아 〈화암 7회 동창회〉를 결성하게 되었던 것이다. 그리고 이때부터 서울과 고향에 흩어진 동창들을 찾기 시작했는데, 시골 출신들이라서 수소문하니 쉽사리 많은 동창들을 찾을 수 있었고, 어느덧 우리 화암7회 동창회가 생긴 지도 20년이 넘었다.

동창회 명부와 회칙을 만들어라

동창회가 결성되면 맨 먼저 할 일이 전국에 흩어진 동창을 찾아 명부를 작성하는 것이다. 또한 하나의 모임인 만큼 회칙을 제정해야 한다. 나는 총무로서 먼저 찾은 동창들의 명부를 정리했는데, 이를 수시로 업그레이드하여 동창들에게 가끔씩 알려줌으로써 경조사에 활용하도록 했다. 그 양식은 아래와 같다.

<화암7회 동창회> 명부

강석길 151-022 서울 관악구 미성동 1563-6X(13/4), 02-862-41XX, 010-6212-41XX
김무현 122-874 서울 은평구 수색동 189-7X, 02-372-70XX, 010-4186-70XX
김성기 355-070 충남 보령시 명천동 정은스카이빌A 10X동 140X호, 041-935-43XX, 011-434-43XX
김영호 136-847 서울 성북구 정릉4동 788-1X 꿈에그린빌라 20X호, 02-926-69XX
송요인 345-820 충남 청양군 화성면 화암리 5XX, 041-942-44XX
신창식 138-122 서울 송파구 마천2동 170-X(11/6), 02-400-35XX, 016-443-35XX
(이하 생략)

다음에는 어느 모임이나 회칙을 제정해야 하는데, 우리 화암7회 동창회의 경우는 좀 거창하지만 형식에 따라 이렇게 만들었다.

화암초등학교 제7회 동창회칙

제1장 총칙
제1조: 본회는 <화암7회 동창회>라 칭한다.
제2조: 본회는 회원 상호간의 친목과 상부상조함를 목적으로 한다.

제2장 사업
제3조: 본회는 제2조의 목적을 달성하기 위하여 다음 사항을 수행한다. (1) 회원의 친목 및 복지에 관한 사항 (2) 회원의 경조사에 관한 사

항 (3) 모교의 발전을 위한 사항 (4) 기타 필요하다고 인정되는 사항

제3장 회원의 의무 및 권리

제4조: 회원은 다음의 의무와 권리를 갖는다.

(1) 회원은 본회의 회칙을 준수해야 하며, 소정의 회비를 납부하여야 한다. (2) 회원은 선거권과 피선거권 및 의결권 등 본회의 모든 권리를 갖는다.

제5조: 회비는 연회비로 연말까지 납입해야 한다. (단, 찬조금은 회원 각자 임의로 납부한다.)

제4장 임원 및 조직 운영

제6조: 본회는 다음의 임원을 둔다. (1) 회장 1명 (2) 부회장 약간명 (3) 감사 1명 (4) 총무 1명

제7조: 임원의 선출 방법은 총회에서 선거로 출석회원의 최다 득점자로 한다.

제8조: 임원의 의무는 다음과 같다.

(1) 회장은 본회를 대표하고 회무를 총괄하며 총회 및 정례회의 의장이 된다. (2) 부회장은 회장의 유고시에 본회의 업무를 대행한다. (3) 감사는 본회 업무 결과를 감사한다. (4) 총무는 회장단의 지시에 따라 재정에 관한 사항과 각종 모임 행사를 진행한다.

제9조: 임원의 임기는 2년으로 하되 연임할 수 있으며, 보궐로 선출된 임원의 임기는 잔여기간으로 한다.

제10조: 총회는 정기총회와 임시회 및 분기회를 가지며, 모든 결의는 출석회원 과반수의 찬성으로 하되, 가부동수인 경우에는 의장이 결정한다.

제11조: 총회의 결의사항은 다음과 같다.

(1) 임원의 선출에 관한 사항 (2) 회칙 변경에 관한 사항 (3) 예산 및 결산의 사항 (4) 기타 회무에 관한 사항

제12조: 본회의 회계연도는 매년 1월 1일 시작되어 12월 31일에 종료

되며, 예산 및 결산은 매 회계연도마다 작성하여 정기 총회에 보고 한다.
제13조: 회장은 다음에 해당되는 회원에 대하여 본회의 결의를 얻어 징계할 수 있다.
(1) 본회의 목적에 위반 행위를 한 자 (2) 본회의 명예를 손상시킨 자 (3) 본회의 재정에 손실을 끼친 자(해당액을 변제해야 함) (4) 회원의 의무를 이행하지 않은 자
제14조: 본회의 회칙은 공포한 날로부터 시행한다.

부칙: 경조사에 관한 사항
(1) 회원 본인 및 배우자 사망 — 별도 갹출 (2) 회원 부모(시부모와 장인 장모) — 조화 1개 (3) 회원 자녀 혼사 — 화환 1개 (4) 회원의 질병 및 재난 — 회장단이 결정 지출

1989년 6월 제정
1995년 3월 개정

모임 때마다 회보를 띄워라

우리 화암7회 동창회는 인원이 많지 않은 관계로, 서울과 고향 동창을 하나로 묶어 단일 동창회를 만들었다. 그리하여 연간 4회의 모임을 갖는데, 1월 정기총회는 고향과 가깝고 교통이 좋은 보령(대천)에서, 4월에는 서울에서, 7월은 서울의 화암총동창회 정기총회에 참석하며, 10월 가을에는 주로 전국으로 관광을 다니는 아주 다채로운 모임을 가졌다.

이때마다 총무는 미리 모임을 알리는 회보를 띄워야 하는데, 늦

어도 20일 전에는 받아보도록 해야 동창들이 스케줄을 잡는 데 차질이 없다. 옛날 동창회 장부를 들여다 보면 초창기에는 형식에 구애받지 않고 그냥 편지처럼 보냈으나, 컴퓨터가 널리 보급된 후에는 하나의 공문 형식을 갖춤으로써 회보 내용을 일목요연하게 알 수 있게 했다.

또한 사무적인 내용뿐 아니라 (내가 작가이므로) 가끔씩 재미있는 콩트라든지, 살아가는 데 도움이 될 만한 정보도 끝부분에 실었더니 아주 반응이 좋았다. 그 견본을 소개한다.

> **〈화암7회 동창회〉 정기총회 모임 안내**
>
> 다사다난했던 정축년도 어느덧 지나가고 무인년 새해가 밝았습니다. 그간도 동창 회원님 여러분의 하시는 사업이 번창하고 몸 건강하였으리라 믿습니다.
>
> 1998년 1월 18일 보령시 주택은행 옆 〈보령갈비(041-935-77XX)〉에서 낮 12시에 정기총회를 하오니, 바쁘시더라도 꼭 참석하여 지난 추억을 얘기하며 옛 친구들 얼굴이나 보려 합니다.
>
> 세월은 유수와 같다더니 우리가 화암초등학교를 졸업한 지도 벌써 강산이 네 번 이상 변한 만큼 흘렀습니다. 우리 동창들은 얼마나 변했는가, 얼굴에 주름살은 몇 개나 생겼나 만나서 세어보도록 하고, 서울 회원은 18일 오전 8시에 용산역 앞에서, 승용차 3대로 내려가기로 했으니 시간을 지켜주시기 바랍니다. 참가비는 3만 원입니다.
>
> 회장 최정호 드림
>
> 연락: 총무 이은집 (019-234-45XX)

지금에 와서 보면 좀 어설프지만, 오히려 초등학교 동창회다운 정감이 묻어나는 회보라 하겠다. 그 후 컴퓨터가 널리 보급되면서 편지 형식의 회보를 공문서 형식으로 바꾸었다. 그 형식은 다음과 같다.

화암초등학교 7회 동창회 〈2009년 신년총회〉 안내

화7회: 2008-12월 2008. 12. 22

수신: 전국 동창 귀하

일시: 2009. 1. 11(일) 낮 12시

장소: 보령 〈돈가명가〉

안녕하십니까? 2008년 한 해도 저물어갑니다. 그동안 여러 동창들의 성원과 협조로 우리 화암7회는 오늘날까지 특히 경조사에 힘쓰면서, 선후배 동기회 중에서 가장 모범적인 동창회로 성장해왔습니다. 이제 2009년 신년총회를 아래와 같이 갖고자 하오니, 꼭 참석해주시기를 간곡히 부탁드립니다. 아울러 아직까지 2008년 연회비를 미처 납부하지 못한 동창들께서는 올해가 가기 전에 부탁드립니다. 감사합니다.

-아래-

1. 일시: 2009. 1. 11(일) 낮 12시
2. 장소: 보령 〈돈가명가 041-935-25XX〉
3. 회비: 연회비 3만원(2008년 미납회비의 완납을 바랍니다)
4. 서울·경인지역 출발시간: 1월 11일(일) 오전 8시

〈5호선 개롱역〉에 모여 함께 가며, 교통비는 3만원

화암7회 동창회 회장 최정호 드림

<화암7회 동창회> 2009년 신년총회 순서

사회: 총무 이은집

제1부 신년총회

1. 개회
2. <화7회> 구호: (좌)그리운 얼굴! (우)즐거운 만남!
3. <화7회> 다짐: 우리는 우정을 나누고/모교사랑과/동창회 발전을 위해/ 자랑스러운 <화암7회 동창회>를/이끌어갈 것을/굳게 다짐합니다!
4. 회장 인사
5. 전회장 축사
6. 경과보고
7. 재무보고
8. 감사보고
9. 협의사항: 활성화 방안 (1) 좀 더 뭉치고 함께 나오자 (2) 입학 60주년 행사 준비하자
10. 공지사항: 주소/전화 변동/경조사 — 즉시 총무에게 통보 바람

제2부 행운추첨 & 각종 시상

1. 건배
2. 돌아가며 한 마디
3. 각종 시상 및 행운추첨: 1등도착상 — 3행시 — 행운추첨 — 대상 입상
4. 폐회 및 기념사진 촬영

<경과보고> 화암7회 동창회! 무엇이든 물어보세요

역대 회장단

1대 회장: 한재준/총무 이은집 2대 회장: 한재준/총무 이은집 3대 회장: 이인행/총무 이은집 4대 회장: 이인행/총무 이은집 5대 회장: 이오규/총무 임동진 6대 회장: 이오규/총무 강석길 7대 회장: 이인행/총무 이은집 8대 회장: 최정호/총무 이은집 9대 회장: 최정호/총무 이은집 10대 회장: 최정호/총무 이은집 11대 회장: 최정호/총무 강석길(2011. 1)

모임 참석현황

(1) 1월 13일 김포공항 아울렛 총회 21명 참석 (2) 3월 23~26일 중국 여행 20명(부부동반 12명) 참가 (3) 6월 1일 한관희 동창 혼사 15명 참석 (4) 7월 13일 화암총동창회 총회 6명 참석 (5) 7월 27일 서울 갯벌낙지 모임 13명 참석 (6) 10월 25일 이은집 출판기념회 8명 참석 (7) 11월 15일 칠갑산 여행 16명(부인 2명) 참가 (8) 1월 11일 대천 총회 18명 참석

*혼사: 4월 12일 김성기 / 6월 1일 한관희

*애사: 8월 13일 이재욱 / 11월 25일 한관희 모친상

경리 변동 상황

2001년 1월 인수=1,620,000원 2001년=2,741,710원

2002년=3,207,120원

2003년=4,766,190원 2004년=4,596,870원 2005년=3,961,860원

2006년=4,472,460원 2007년=5,108,770원 2008년=3,517,700원

<경리보고> 2008. 1. 13 <정기총회> 결산보고 5,108,770원

수입: 총 2,700,000원

2008. 1. 13 총회 시 연회비 113만원/ 1. 30 정화자 연회비 3만원/ 3.

16 이찬희 연회비 9만원/ 5. 23 이순자 연회비 2만원/ 6. 1 한관희 혼사시 연회비 18만원 한관희 커피대 10만원/ 7. 14 정화자 연회비 2만원/ 7. 27 여름축제시 연회비 21만원 중국여행 추가분 14만원/ 8. 6 한관희 중국여행 추가분 1만원/ 8. 8 조준옥 연회비 중국여행 추가분 4만원/ 8. 11 한문규 연회비 6만원/ 8. 19 이찬희 김영호 이재욱 중국여행 추가분 6만원/ 11. 15 단풍축제시 연회비 중국여행비 추가분 23만원/ 11. 15 단풍축제시 서울팀 차량대여비 21만원/ 11. 15 조준옥 연회비 2만원/ 12월 임길우 연회비 중국여행 추가분 10만원 / 이자(2008. 1~2008. 3. 15) 5만원

지출: 총 4,764,570원
2008. 1. 13 총회 회식비 829,400원 상품대 106,000원/ 1. 23 총회 결과지로회보 22,000원/ 2. 6 문자메시지 1,500원/ 3. 16 중국여행비 송금 2,000,500원/ 3. 23 중국여행시 껌과자 22,250원 필름건전지 1만원/ 3. 26 중국여행 사진현상비 29,000원/ 3. 26 중국여행관계 문자메시지 1만원/ 3. 27 중국여행결과보고 회보 13,200원/ 4. 12 김성기 혼사화환대 10만원/ 5. 15 이은집 소설책 스타탄생 우송비 46,000원/ 6. 1 한관희 혼사화환대 10만원/ 6. 2 김성기 책재우송 1,300원/ 6. 2 한관희 찬조공제 1만원/ 7. 4 여름모임 회보 17,500원 / 7. 27 각종 문자메시지 9,000원/ 7. 27 여름모임 회식대 19만원 중국여행 적자분 33만원/ 7. 28 여름모임결과지로회보 23,620원/ 8. 13 이재욱 모친상 조화대 10만원 차량기름값 45,700원/ 9. 22 가을여행회보 17,500원/ 10. 25 이은집 출판기념회 축하난화분 5만원/ 11. 7 칠갑산 관광회보 12,000원/ 11. 16까지 칠갑산 문자메시지 12,000원/ 11. 15 칠갑산 관광모임 회식대 24만원 차량대여 및 기름값 24만원/ 11. 17 칠갑산 사진현상비 32,000원/ 11. 17 칠갑산 결과지로회보 2만원/ 11. 25 환관희 모친상 조화대 10만원/ 12. 23 신년총회지로회보 18,000원/ 지로이용비 1,620원/ 문자메시지 4,000원
2009. 1 현재 잔액: 3,044,200원

화암7회 〈2009년 신년총회〉 행운추첨권

이　름 (　　　　　) 　　　　핸드폰 (　　　　　)
이메일 (　　　　　　　　　) 집 전화 (　　　　　)
주　소 (　　　　　　　　　　)

4행시 짓기

화:
암:
칠:
회:

참석소감:

〈화암7회 동창을 위한 콩트 선물〉 아내와 장밋빛 인생!

T.M
(해설) 드라마 콩트 〈아내와 장밋빛 인생!〉
T.M
(효과) 바람소리

(해설) 여기는 해발 790미터! 충청남도에서 두 번째로 높다는 오서산 정상의 갈대밭! 올해로 초등학교 졸업 40주년을 맞은 남편은 초

등학교 시절에 소풍을 왔던 이곳으로 남녀 동창들과 함께 졸업기념 산행을 왔던 것이었다.

남편: “야호! 야아호!”
여동창: “여우! 여어우!”
남편: “아니! 점순아! 넌 무슨 메아리를 야호 하지 않고 여우 하냐?”
여동창: “얼레! 넌 남자니께 호랑이처럼 야호 하지먼 난 여자라 여우 아닌감?”
남편: “하하하! 그래서 여우! 한다 이거지? 아무튼 넌 초등학교 시절에도 엉뚱한 소릴 잘 하더니, 할망구가 다 돼두 똑같구나?”
여동창: “야! 그래서 세 살 적 버릇 여든 간대잖여! 근디 너, 초등학교 5학년 때 여기루 소풍 와서 벌에 쏘였을 때, 내가 위티기 해준지 기억 나냐?”
남편: “전혀 안 나는디?”
여동창: “임마! 벌이 네 바지 속으로 들어가 쏴서, 내가 벗기구 마침 호박잎쌈을 먹을려구 가져온 된장을 발라 줬잖여?”
남편: “으응? 그랬어? 정말?”
여동창: “그때 네 거시기가 순식간에 부풀어 올라서…… 호호! 마치 비오는 날 두꺼비한테 오줌 누다가 독이 올랐을 때처럼 말여!”
남편: “에이! 넌 별걸 다 아직두 기억하는구나! 나두 점순이 너에 대해서 생각나는 게 있는디…….”
여동창: “뭔디? 말혀봐!”
남편: “너랑 초등학교 3학년 때까지 시냇물에서 함께 미역 감았잖여? 그때 난 네 비밀을 봤다.”
여동창: “뭐여? 뭘 봤다구? 이 새끼야! 초등학교 때처럼 너 나한티 한번 맞을래?”
남편: “하하하! 네 엉덩이에 콩알 만한 검은 점이, 마치 북두칠성처럼 일곱 개나 박혔잖여?”
여동창: “아, 이 자식이…… 나이 육십네 살이나 처먹은 것이, 우리

남편 들으면 큰일 날 소리허네!"

(효과) 핸드폰 소리

남편: "여보세요? 아아! 좀 크게 말해 봐요! 여기는 오서산 정상이라 소리가 잘 안 터져요!"
여동창: "누군디 그려? 혹시 집에서 걸려온 마누라 전화 아닌감?"
남편: "으응? 당신이 웬 일여? ……뭐라구? 오늘 저녁에 죽을 테니까 당장 서울루 올라오라구?"
여동창: "맞구먼 그려. 마누라 코는 서방이 딴 여자랑 있으면, 천리 밖에서두 냄새를 맡는다니께. 내 말은……."
남편: "야, 점순아. 다 듣것다! 남자 동창끼리만 등산 온다구 했단 말여. (핸드폰을 귀에 대며) 뭐라구? 위암 말기라구? 아닌 밤중에 무슨 날벼락 같은 소리를 하는거야? 엉?"

(효과) 기차소리

(해설) 그러나 분명히 마누라가 숨넘어가는 소리로 이렇게 소리를 지르고 보니 어찌 하랴? 남편은 등산을 중단하고 헐레벌떡 오서산을 내려와서, 새우젓으로 유명한 광천에서 기차를 타고 서울 집으로 부랴부랴 돌아올 수밖에 없었다.

남편: "(숨 가쁘게) 여보, 여보! 당신 지금 무슨 소리요? 위암 말기로 오늘밤에 죽는다니."
마누라: "흥! 당신은 팔자 좋게 마누라 죽는 것두 모르구, 40년 전 여자 동창이랑 오서산 꼭대기 가서 무슨 짓 했냐구?"
남편: "뭐야, 이 예편네가? 아! 남자 동창들이랑 갔다니깐!"
마누라: "어휴, 차라리 귀신을 속여라. 아, 남녀공학 초등학교 동창들이면 뻔할 뻔짜지! 사내들끼리 무슨 주변머리루 1박 2일 밥까지

해먹으면서, 등산인지 지랄인지를 하겠어?"

남편: "어휴! 무슨 마누라가 나이를 먹으니깐, 깡패보다두 더 험하게 변하네."

마누라: "자, 이젠 더 얘기할 짬두 없다구! 지금부터 바람핀 남편이 무슨 천벌을 받는지, 당신 두 눈으로 똑똑히 보란 말이야!"

남편: "아니, 여보…… 겨우 텔레비전 드라마 〈장밋빛 인생〉을 보라구 초등학교 졸업 40주년 기념으로 오서산 꼭대기에 올라간 남편을 불러 올렸단 말이오?"

마누라: "흥! 세상의 남편들은 맹순이(최진실) 죽는 것 보구 반성들 해야 해!"

남편: "여보, 이 판에 점순이처럼 웬 엉뚱한 얘기를 하는거요?"

마누라: "뭐라구? 점순이? 당신 다섯 살 때부터 소꿉장난하면서 부부로 살았다는 점순이 그년을 만났구먼? 아이고! 이래서 맹순이만 불쌍하지. 이놈의 자식, 지금은 반성하는 체하지만, 그걸 어찌 믿누…… 안 그래? 엉엉!"

남편: "아니, 이 사람이 술을 마셨나? 웬 생사람한테 주정이오?"

마누라: "아유…… (울먹하여) 여자 팔자는 뒤웅박 팔자라는데, 흐흐흑. 초년엔 바람피워 속 썩이더니, 중년에는 사업한다구 열두 번 말아먹어, 말년에는 하는 일 없으면 집이나 지키지, 사방팔방 쏘다니기만 하니, 나두 아마 저 맹순이처럼 암에 걸려서 죽을 거야. 아유, 내 팔자야!"

남편: "여보, 당신! 그런 소리 말아요. 암에 걸리기로 말하면 내가 먼저야."

마누라: "아니, 뭣이 어째요?"

남편: "그렇잖아? 요즘 내 머리칼이 부쩍 빠지는걸 보면, 마치 암에 걸려서 방사선 치료받는 것 같단 말이요."

(해설) 그런데 바로 그 순간이었다. 그처럼 기세등등하게 남편에게 들이대던 마누라가 갑자기 기세가 팍 꺾이면서 이렇게 건네 오는

게 아닌가?

마누라: “아이구나! 늦바람이 무섭다구 미리 예방하라구 해서 쇼 좀 부렸더니…… 여보, 내가 너무 심했나 봐요. 미안해요.”
남편: “뭐요? 당신 지금 누구에게 병 주고 약주는 거요?”
마누라: “아니, 글쎄, 저기 압구정동에 사는 내 친구 뚱뚱아줌마 있잖아요? 그렇게 부부 정이 좋다구 했는데, 알고 보니 걔 남편이 20여 년이나 딴살림 차리구 살았더래지 뭐유?”
남편: “허허, 〈장밋빛 인생〉 드라마가 무슨 대리만족인 줄 알았더니, 대리의심을 갖게 하는 부작용두 있구먼! 아무튼 당신은 오해가 풀렸으니 다행이오만…….”
마누라: “여보, 미안해요. 이 드라마를 보면서 옛날 우리 살아온 걸 돌아보니, 그냥 절망적인 생각만 들지 뭐예요? 근데 당신 얘길 들으니까 갑자기 희망이 보이네요. 당신 이젠 기운 빠져서 바람두 못 피우구, 더 이상 사업한다구 속두 안 썩일거구, 그렇담 아직 건강해서 좀 나돌아다니는 것쯤은 내가 눈감아줘야지, 안 그러우? 호호호!”
남편: “그래! 고맙소. 요즘 내가 만나는 친구들마다 하는 얘기가 뭔지 알아요? 다들 마누라 앞에서 먼저 저 세상 가는 게 가장 소원이랍디다!”
마누라: “어이구, 당신두 참. 갑자기 죽는 얘기는 왜 해요. 저기 맹순이처럼 어디 순서가 정해져 있다구…….”
남편: “으응, 내가 지난 시절에 사업 실패로 절망에 빠져서 〈자살〉을 생각하다가, 〈자살〉을 뒤집으니까 〈살자〉가 되더라구! 요즘 너나없이 모두 어렵다지만, 그래두 우린 열심히 살아가야지, 안 그렇소?”
마누라: “그럼요. 따지고 보면 절망과 희망 차이는 글자 한 자 차이잖아요. 독자 여러분, 우리 힘냅시다. 파이팅!”

(해설) 드라마 콩트 〈아내와 장밋빛 인생〉, 지금까지 남편에 OOO, 마누라에 OOO, 여동창 점순에 OOO, 해설에 OOO이었습니다.

요즘은 다음 모임의 내용을 훤히 알 수 있도록 아주 세밀한 회보를 띄우는데, 이는 동창들이 나이를 먹으니까, 아무리 모임 때 동창회 현황에 대하여 보고해도 금방 잊어먹고서 이러니저러니 말이 많아 항상 알려주는 것이다.

아무튼 특히 동창회 모임은 언제나 불평 불만자들이 있게 마련이므로, 의문을 갖지 않게 문호를 활짝 열어둘 필요가 있다.

초등학교 동창회의 추억의 보물상자를 열어라

화암7회 동창회가 결성된 지도 어언 21년이 되었는데, 그동안에 있었던 동창회 추억의 보물상자를 열어보면 참으로 찬란하다고 하겠다.

초창기에는 모임조차 쉽지 않았으나, 차츰 자리가 잡혀가자 경조사를 중심으로 우정이 돈독해졌다. 기금이 좀 모아지자 고향과 서울에서 모이는 것으로 끝내지 말고 매년 관광을 다니자고 특히 여동창들이 적극적으로 나섰다. 우선 고향 청양의 칠갑산 일원과 대천 해수욕장을 돌아보았고, 차츰 전국적으로 범위를 넓혀, 전남 목포로, 해남 땅끝마을로 드디어 2박 3일의 제주도 여행까지 했던 것이다. 그뿐 아니라 입학 60주년 때에는 중국 황산을 관광하는 외국여행도 함께 했으니, 역시 6년을 한 교실에서 공부한 초등학교 동창들이기에 가능한 일이 아닌가 한다.

이런 여행을 할 때면 또한 우정이 물씬 묻어나는 협찬이 들어온다. 누구는 떡을 해오고, 누구는 과일을 사오는가 하면, 음료수에 찬조금도 다투어 희사하는데, 중·고·대학으로 올라갈수록 이런 일은 구경할 수가 없다. 역시 사람의 정은 덜 배운 서민들일수록 서로 베풀며 사는 것 같다.

이처럼 화암7회 동창회로 해서 즐거운 추억도 있지만, 인명은 재천이라 먼저 세상을 뜬 동창들을 보낼 때 등 슬펐던 일도 많다. 그런데 먼저 간 동창들의 공통점은 동창회에 잘 나오지 않는다는 것이다. 즉, 혼자 외롭게 살거나 다른 사람들과 어울리지 않는 친구들이 단명하는 것을 총무를 하면서 많이 보아왔다. 그런 의미에서 독자 여러분도 오래 살고 싶으면 동창회에 열심히 참여하라고 권하고 싶다. 초중고 동창회에 자주 참석하면, 그 시절로 되돌아가서 신나는 엔도르핀이 팍팍 솟아나기 때문이다.

아울러 초등학교 동창들에게 더욱 고마웠던 점이 하나 있다. 얼마 전에 내가 가장 늦게 딸의 혼사를 치르게 되었는데, 개혼이기는 했지만 멀리 고향의 동창들이 장항선 첫 기차를 타고 대거 참석해 준 일이다.

내가 친하다고 생각하여 그의 부모·장인·장모· 아들·딸 등 여섯 차례나 경조사에 다 참석한 어떤 지인은 나의 청첩장을 받고도 모른 척 넘어갔다. 솔직히 실망감이 이만저만이 아니었는데, 그는 소위 사회적 유명인사에 권력과 재력도 대단한 사람이었다.

그런 뜻에서라도 초등학교 동창회는 동향 사람으로 뭉쳐진 모임이기도 하지만, 이 세상 다할 때까지 열심히 참여하고 이끌어나가야 할 모임이다.

2. 초등학교 총동창회
— 화암총동창회

초등학교 총동창회는 때가 돼야 만들어진다

✻

내가 다닌 충남 청양의 화암초등학교는 일제시대인 1936년 간이 학교로 출발하여, 1949년에야 화암초등학교로 독립되어 1회 졸업생을 배출했다. 한때는 한 학년이 3학급까지 편성된 꽤 큰 초등학교로 군내에서도 손꼽혔지만, 1990년대 들어서 농촌 인구의 급격한 감소로, 결국 1995년에 면소재지인 합천초등학교에 통합 폐교되고 말았다.

그래서 요즘 시골 초등학교가 대부분 그렇듯이 우리는 모교 없는 신세가 되고 말았다. 하지만 설·추석 같은 명절 때면 대부분 도시로 나간 선후배들이 만나 반가운 해후를 갖곤 했다. 그러나 모교가 생긴 지 거의 40년이 넘도록 총동창회가 결성되지 못했는데, 마침 이때 우리 학교 출신인 정종환(국토해양부 장관) 동문이 건설교통부 국장으로 승진하여 1회 백광현 선배와 5회 임동걸 선배가 주축이 되어, 정종환 동문의 승진축하회를 갖게 되었던 것이다.

이를 어떻게들 알았는지 서울에 사는 많은 선후배들이 모였고, 이 자리에서 이제 우리 화암초등학교도 총동창회를 만들 때가 되지 않았냐는 공론이 나왔다. 그 자리에서 임시 회장에 백광현 1회 선배, 사무국장에 임동걸 5회 선배, 그리고 나를 비롯한 몇 명이 간사로 뽑혀 화암총동창회가 만들어진 것이었다. 이때 누군가 말했다.

"역시 때가 되니까 총동창회가 탄생하네유! 그간 몇 번 시도가 있었지만 안 됐잖아유?"

아무튼 이리하여 고향과 서울에 흩어져 사는 동문들을 찾기 시작했다. 각 졸업기별로 이미 친목회 정도의 모임을 갖는 선후배들도 있었고, 시골 사람들은 부모나 일가친척 등이 서로 얽히고설켜, 비교적 단시일 내에 수많은 동문들을 찾아낼 수 있었다. 그래서 다음해인 1990년 6월 6일에 청계천 소재의 센트럴호텔 연회장에서 은사님까지 모시고 화암초등학교 총동창회 창립총회를 가졌으니, 그때의 감격을 아직도 잊을 수가 없다.

당시 우리 화암7회는 이미 동창회를 만들었기에 9명이나 참석한 사진이 〈화암 15년사〉 화보에 실려 있기도 하다.

초등학교 총동창회는 규모가 크므로 운영이 쉽지 않다

서울 같은 대도시의 초등학교는 졸업생이 몇 만 명이 넘기도 하지만, 우리 화암초등학교는 폐교 때까지의 졸업생이 1,975명이다. 그래도 총동창회의 총무가 이를 운영하자면 말처럼 쉽지가 않다. 각 기별 동창회와 달리 정기총회와 송년회 2회의 모임을 가졌지만, 우선 회보만도 1천 명 이상에게 띄워야 한다.

또 수시로 각 기별 회장과 총무에게 동문의 주소와 전화가 바뀌었는지 확인해야 하고, 중요 임원진에게는 전화로 가끔 안부를 묻고, 모임 때 역시 전화로 참석을 부탁드리기도 해야 하는 것이다. 요즘은 크로샷 문자메시지로 몇천 명까지 한꺼번에 연락할 수 있어 총무직 수행이 쉬워졌다고 하겠다.

또한 어느 모임이든 운영해 나가자면 예산이 필요하므로 연회비 제도를 만들어 거두어야 하는데, 일반 동창 1만원, 임원진 2만원으로 책정해도 쉽사리 걷히지가 않는다. 그래도 총무는 인내심을 가지고 총회와 송년회를 전후하여, 적어도 연간 4회 이상 편지와 지로를 동봉하여 연회비 갹출에 힘써야 한다.

그리고 총동창회는 큰 단체에 해당하므로 조직을 잘 짜야 한다. 우리 화암총동창회의 경우는 이렇게 임원진을 결성했다.

고문: 역대 회장과 총동창회에 기여도가 아주 큰 대선배
명예회장: 직전 회장
회장: 현 회장
상임부회장: 차기 회장
부회장: 각 기별 회장 중에 아주 중요한 위치에 있는 회장
감사: 총회에서 2명을 선출한다.
사무국장(총무): 실질적으로 총동창회의 운영과 살림을 도맡는다.
사무차장: 약간명으로 서울과 지방에 둔다.
이사: 각 기별 중에 3~5명으로 총동창회에 기여도가 있는 동문

총동창회의 각종 모임은 이렇게 해야 한다

화암총동창회는 연간 4회 정도의 임원회와 정기총회 그리고 송년회를 개최한다. 임원회의 회보는 초창기에는 아래와 같이 서간문 형식으로 작성했다.

임원님을 모시고 총동창회에 대한 좋은 고견을 듣고자 합니다!

안녕하십니까?

지난해 정기총회에서 본회를 이끌어 오신 이형집 회장님에 이어 불초 제가 신임회장을 맡았으나, 연말연시로 모두 바쁘신 것 같아 임원님을 모시고 새로운 계획을 의논할 시간을 미처 갖지 못했습니다. 이에 아래와 같이 임원회를 갖고자 하오니, 꼭 좀 참석하시어 좋으신 고견과 정다운 자리를 함께 해주시기 바랍니다.

1999년 2월 1일

회장 임동걸 드림

-아래-

화암총동창회 임원회 안내

일시: 1999년 2월 12일(금) 오후 6시 30분

장소: 2호선 을지로입구역 〈다보부페〉(늘 모인 곳입니다)

회비: 없음

협의 내용

(1) 5대 신임회장단 임원진 구성

(2) 총동창회 발전책과 활성화 방안
(3) 경리 인수인계
(4) 기타 사항

*연락: 019-234-45XX (이은집 사무국장)

각종 모임을 가졌으면 즉시 빠르게 결과를 알려야 하므로, 나는 아래와 같은 회보를 만들어 불참 임원에게까지 알렸다.

화암총동창회 임원회의 결과보고 회보

일시: 1999년 2월 12일(금) 오후 6시 30분
장소: 2호선 을지로입구역 〈다보부페〉

안녕하십니까? 지난 2월 12일에 가진 첫 번째 임원회의는 아래와 같이 진행되었기에 감사와 보고를 드립니다.

-임원회의 순서-

1. 개회
2. 회장 인사

3. 행사보고
1998년 12월 20일 오전 11시부터 청계천 〈센트럴 호텔〉에서 총회 개최
— 5대 임동걸 회장 선출. 제1회 '자랑스러운 화암인상' 정종환(11회) 철도청장 수상

4. 임원진 선출

1) 고문: 2명에서 4명 – 백광현, 임승룡, 임승일, 최달순

2) 지도위원: 6명에서 12명 – 송요선(1회) 외 11명(명단 생략)

3) 명예회장: 이형집(3회)

4) 부회장: 20명에서 30명(5회~35회)(명단 생략)

5) 감사: 이형우(5회) 유창근(12회)

6) 사무국장: 이은집(7)

7) 사무차장: 서울 – 임동재(17) 한홍규(19)/ 화성 – 정각현/ 대천 – 임동혁/ 대전 – 이재민

8) 이사: 40명 내외(명단 생략)

9) 간사: 42명(각 기별 대표로 당연직)

5. 협의사항

1) 회칙 개정 – 임원진 가운데 운영위원회 구성

2) 동문 명부 수첩 발간 – 그간 컴퓨터에 입력된 주소록을 보완하여 1회~42회까지 전원 수록함

3) 총회 날짜 변경: 연말에서 7월 17일(제헌절)로

4) 화암인의 날(송년회) 신설 – 매년 12월 중에 서울 동문을 중심으로 실시

5) 모교와 합병된 합천초등학교에 〈화암역사관〉 설치 협찬문제

6. 폐회

화암초등학교 총동창회 회장 임동걸 드림

이제 임원회의 회보내용을 소개했으므로 다음엔 전체 동문이 참석하는 정기총회 회보 중에 결과보고 회보를 여기에 예시하고자 한다. 아울러 내가 총무를 맡은 모든 회보에는 재미있는 콩트 같은 작

품뿐 아니라, 삶의 지침이 되는 명언명구를 보너스로 첨부했으니, 이를테면 아래 결과보고 회보 맨 끝에 있는 〈성공적인 삶을 만드는 30가지 지혜〉가 바로 그것이다.

정기총회의 회보나 송년회의 알림 및 결과보고 회보는 서로 비슷하기 때문에 생략한다.

화암총동창회는 2년에 한 번씩 새로운 회장을 선출하는데, 이때에는 사무국장(총무)이 신구 회장의 이취임사를 대필해주어야 하는 경우가 많다. 여기에 내가 쓴 견본을 덧붙인다.

화암초등학교 총동창회 〈창립 12주년 2002 정기총회〉 결과보고

안녕하십니까? 지난 7월 17일 열린 〈창립 12주년 2002 정기총회〉는 박철규 은사님, 이민용 은사 사모님, 이윤집 은사님, 정송환 은사님, 조명호 은사님을 모시고, 임승룡 고문님, 임동걸 명예회장님 등 150명 가까운 선후배 동창들이 참석한 가운데, 2000년에 이어 고향 화암 모교에서 뜻 깊은 행사를 가졌기에, 진심으로 감사드립니다.

특히 원로에 참석해주신 은사님과 역대 회장단 임원진, 먼 곳에서 또는 처음으로 참석해주신 모든 동창께 다시금 감사드리오며, 오는 11월 말 예정인 〈2002 화암인의 날 송년축제〉 행사에는 더 많은 참석을 미리 부탁드립니다. 감사합니다.

2002년 7월 19일

회장 최충순 드림

……………………………………………………………………

2002 정기총회 찬조 현황(단위: 만원)

신성일(1) 10 / 유근필(1) 10 /최달순(4) 상품 100 / 강희두(5) 10 /이은집(7) 10 /정화자(7) 10 / 이선명(9) 10 / 최 석(9) 10 / 조성호(9) 10 / 최충순(9) 500 / 임용희(14) 10 / 이경노(15) 20 / 송양의(17) 5 / 임동재(17) 10 / 이준우(19) 10 / 최직순(19) 10 / 김양기(27) 10 / 2회 10 / 4회 10 / 12회 10 / 22회 10 / 안병직 화성면장 5 / 김수철 합천초등학교 교장 5 / 합계 705만원

*올해에도 찬조해주셔서 대단히 감사합니다.

〈2002 화암인의 날 정기총회〉 순서

제1부 정기총회

사회: 임동재(17) 사무차장

1. 개회 선언: 조성호 상임부회장
2. 국민의례
3. 은사님과 내빈 및 임원 소개
4. 사은품 증정
5. 회장 인사
6. 격려사: 조명호 은사님
7. 축사: 안병직 화성면장/ 박상진 군의회의장/ 심재웅 합천초교감
8. 경과 및 결산보고: 이은집 사무국장
9. 감사보고: 류세근 감사
10. 7대 회장 및 감사 선출
11. 신임회장 취임사
12. 공지사항

(1) 합천초등학교에 〈화암역사관〉 찬조 200만원
(2) 〈화암 50년사〉 〈총동창회 15년사 명부〉 2004년 발간 예정
(3) 총동창회보 〈화암인〉 2호 발간
(4) 〈7대 회장단 임원수첩〉 2002년 발간 예정

오찬

제2부 여흥과 경품권 추첨

사회: 이은집(7) 사무국장

1. 초대 가수와 함께: 오재용(KBS 목포가요제 대상)
2. 화암 기별 노래자랑 & 소감 한마디
3. 행운권 추첨과 시상식

*행운 경품권 추첨내용
부지런(1등도착)상: 한태규(14)/ 최다 참석상: 4회 14명/ 최연소 후배상: 이미연(34)

*2002 행운권 추첨상
대상(행운의 순금열쇠): 최영환(14)
후보: 신수철(1) 한세희(1) 박흥신(8) 임동성(9) 박세민(12)
1등: 전용순(11)/ 2등: 박경진(25) 송요정(25)/ 3등: 신문식(4) 이선희(15) 한명수(29)

*노래자랑 시상 안내
대상: 유근필(번지 없는 주막)
금상: 최영신(16)/ 은상: 임순호/ 동상: 신성일(1)/ 인기상: 이천집(17)/ 특별상: 이을순

4. 폐회 및 기념 촬영

....

〈경과보고〉

*화암총동창회! 무엇이든 물어보세요(2001~2002)

(1) 2001. 4. 16 확대임원회의 〈일진회관〉
(2) 2001. 6. 29 2차 확대임원회의 〈일진회관〉
(3) 2001. 7. 10 집행부회의 〈63빌딩 한가람〉
(4) 2001. 7. 17 〈화암인〉 창간호 발간
(5) 2001. 7. 17 〈2001 정기총회〉 충무로 〈그랜드부페〉 - 184명 참석
(6) 2001. 8. 28 총회감사 모임 - 20명 참석
(7) 2001. 11. 15 〈2001 송년축제〉 준비회의 〈일진회관〉
(8) 2001. 11. 25 〈2001 송년축제〉 〈그랜드부페〉 - 92명 참석
(9) 2002. 3. 12 〈2002 정기총회〉 준비 확대임원회의 〈일진회관〉
(10) 2002. 4. 10 집행부 회의 〈63빌딩 한가람〉

*연도별 정기총회 참석상황
1990년: 111명/ 1991년: 173명/ 1992년: 157명/ 1993년: 123명/ 1994년: 124명/ 1995년: 139명/ 1996년: 146명, 119명 1997년: 172명/ 1998년: 87명/ 1999년: 120명, 115명/ 2000년: 200명, 136명/ 2001년: 184명, 192명

*경리 변동상황
1990: 5,351,320/ 1991: 8,946,320/ 1992: 7,462,840/ 1993: 7,578,048/ 1994: 7,335,000/ 1995: 6,972,693/ 1996: 7,019,479/ 1997: 7,188,718/ 1998: 7,158,866/ 1999: 7,459,370/ 2000:

13,759,940/ 2001: 21,712,880
(2002. 7. 17 현재 잔액: 21,316,710원)

*연도별 연회비 납부상황
1999년: 284명/ 2000년: 387명/ 2001년: 356명/ 2002년: 265명

〈성공적인 삶을 만드는 30가지 지혜〉

1. 떠오르는 태양을 보며 하루를 시작하라. 희망은 태양과 더불어 떠오른다.
2. 아무리 좋은 활도 과녁이 없으면 맞출 수가 없다. 인생의 과녁을 설정하라.
3. 사람은 마음먹은 만큼 행복해진다. 마음먹는 데 돈이 들지 않는다.
4. 열정에 몸을 바쳐라. 뜨거운 열정은 기적을 이끄는 견인차다.
5. 지키지 못할 약속은 하지 말라. 한번 했으면 하늘이 두 쪽 나도 지켜라.
6. 꿈을 잃지 말라. 꿈은 자신의 청사진이다.
7. 먼저 자신을 사랑하라. 자기 사랑이 우주를 내 것으로 만든다.
8. 기쁨과 즐거움으로 일을 하라. 그래야 성공한다.
9. 부모님을 기쁘게 하라. 어느 곳에 계시건 최고의 수호신이다.
10. 일소일소(一笑一少)다. 웃음은 성공, 건강, 행복의 묘약이다.
11. 넘어짐은 부끄러운 일이 아니다. 일어나지 않음이 부끄러운 일이다.
12. 기쁨, 감사, 축복, 사랑의 언어를 사용하라. 천국시민권을 얻게 된다.
13. 책은 영혼의 양식이다. 밥으로만 배를 채우면 영혼이 황폐해진다.
14. 하루 1시간씩 값지게 사용하라. 평생 5년이 덤으로 생겨난다.
15. 말수를 줄여라. 그 시간에 자기를 성찰하라.

16. 옳은 일은 땅에 뿌려진 씨앗과 같다. 때가 되면 싹이 트고 열매 맺는다.
17. 아픔에 감사하라. 나를 강하게 쓰시려는 신의 배려다.
18. 큰 축복을 원한다면 받은 축복을 인정하라. 감사할 줄 모르면 축복도 도망간다.
19. 성공 비결은 목적 불변에 있다. 하나의 목표에 집중하라.
20. 가족을 위해 기도하라. 가족은 평생을 함께하는 삶의 울타리다.
21. 손해에 기뻐하라. 손해와 이익은 손바닥의 앞뒷면과 같다.
22. 용서를 빌고 용서하라. 화해처럼 값진 덕목은 없다.
23. 일기 쓰기의 달인이 되라. 과거를 통하여 미래를 보게 된다.
24. 배우고 또 배워도 언제나 부족하다. 학생으로 남아 있어라.
25. 뒤돌아보지 말라. 내가 가야 할 곳은 뒤가 아니라 앞이다.
26. 수시로 자신에게 물어보라. '나는 어디쯤 가고 있는가?'
27. 용기는 위대함의 척도이다. 끝까지 용기를 잃지 말라.
28. 좋고 나쁨을 가리지 말라. 옳고 그르고만 판단하라.
29. 오늘은 축제의 날이다. 즐거움을 만끽하라.
30. 그냥 잠들지 말라. 하루를 결산하고 내일을 맞이하라.

〈총동창회장 이임사〉

창립 10주년의 자랑스러운 총동창회, 더욱 발전하길 빕니다!

존경하는 은사님과 내빈님 그리고 선배님을 비롯한 동문 여러분! 그동안 안녕하셨습니까?
우리가 처음 만나 배우고 뛰놀던 모교 화암의 교정에서 화암초등학교 총동창회 창립 10주년을 기념하는 2000년 정기총회를 갖게 된 것을 매우 뜻 깊게 생각합니다. 더욱이 〈제2회 자랑스러운 화암인상〉을 드리게 된 것을 영광으로 생각하며, 무덥고 바쁘신데도 불구하고 참석해주신 동문 여러분에게 감사의 말씀을 드립니다.

저는 어려서부터 작은 인연이라도 소중히 하며, 옷깃만 스친 인연이라도 소홀히 하지 말라는 말을 들으며 살아왔습니다. 오늘 우리가 자랑스럽게 생각하는 것은 화암초등학교 동문 중에서 사회적으로 높이 되고 경제적으로 성공한 동문이 있어서가 아니라, 그분들이 사회에서 모범이 되고 유능함과 동시에 고향과 나라를 사랑하며 봉사하고 헌신하는 동문들이라는 것입니다.

존경하는 동문 여러분!

우리는 어린 시절에 함께 뛰놀고 배우던 죽마고우가 아닙니까? 우리 형제와 부모 조상 대대로 이어온, 참으로 끊으려야 끊을 수 없는 이 세상에서 가장 소종한 사람들이 여기에 모인 것입니다. 따라서 함께 힘을 합하여 서로간의 우정을 돈독히 하면서, 우리 고향을 더욱 아끼고 사랑합시다. 오서산의 깨끗한 물과 정기를 받은 우리가 우리 자신과 자손에게 깨끗함과 용기를 불어넣어 혼탁한 오늘의 사회를 정화하는 데 활력소가 됩시다.

다시 한 번 오늘 〈자랑스러운 화암인상〉을 수상하신 이형집 명예회장님께 축하를 드리고, 여기 모이신 동문 여러분과 참석하지 못한 동문들의 건강과 행운을 빕니다. 그간 부족한 본인이 회장이란 중요한 직무를 대과(大過) 없이 마치게끔 물심양면으로 도와주신 선후배님과 전현직 임원님들에게 진심으로 감사드립니다.

끝으로 이번에 새로 선출되신 최충순 회장님을 중심으로 새로운 동창회가 더욱 발전하길 기원합합니다. 감사합니다.

2000년 7월 17일

화암초등학교 총동창회 회장 임동걸 드림

최충순 신임회장은 오래전부터 항상 협찬하고 봉사를 해왔기 때문에, 그야말로 우리 화암총동창회로서는 큰 경사가 아닐 수 없었다. 어느 단체나 훌륭한 회장을 모신다는 것은 쉽지 않은 일이기 때문이다. 이제 창립 10주년을 맞은 화암총동창회는 6대 최충순 신임 회장을 맞음으로써 일대 전환기에 들어서게 되었기에, 나는 그의 뜨거운 의욕과 포부를 담은 취임사를 썼다.

〈총동창회장 취임사〉

화암총동창회와 모교 역사책을 저의 임기 중에 꼭 만들겠습니다!

존경하는 은사님 그리고 그동안 너무나 수고를 하신 임동걸 회장님, 선배님, 동문 여러분, 안녕하십니까?
뜻하지 않게 여러 모로 부족한 제가 총동창회장이란 중책을 맡게 되어, 우선 어깨가 무겁다는 말씀을 드리지 않을 수가 없습니다.
돌이켜보면 우리 화암초등하교는 50여 년의 역사 속에 이젠 폐교가 되었지만, 우리 마음속에는 언제나 생생하게 살아있는 학교요, 마음의 고향이 아닐 수 없습니다. 그러한 뜻을 모아 화암총동창회가 만들어졌고, 훌륭한 선배님들의 노력으로 면면히 이어져온 우리의 자랑스러운 전통을 잘 알고 있습니다.
동문 여러분!
이제 우리 모교는 폐교되었으나 그 흔적과 발자취를 더듬어 결코 사라지지 않을 우리의 이야기를 모아 〈화암총동창회와 모교 역사〉를 담은 책을 저의 임기 중에 꼭 발간하고자 합니다. 여러분이 남기고 싶은 이야기, 정담 어린 추억과 회고 등이 지면을 장식할 것입니다. 그래서 우리의 마음속에 영원히 지워지지 않을 화암의 역사를 기록할 것입니다.
끝으로 지난 2년간 본회를 이끌어 오시느라 노고가 크신 임동걸 회장님과 〈제2회 자랑스러운 화암인상〉을 수상하신 이형집 고문님께 감사와 축하를 드리고, 여러분의 적극적인 참여와 성원을 바라면서 저 또한 열심히 뛸 것을 다짐합니다.
무더운 여름에 동문 여러분의 건강과 평안을 기원하면서 취임의 변을 마치고자 합니다. 고맙습니다.

2000년 7월 17일

화암총동창회 신임회장 최충순 드림

초등학교 총동창회는 역사 만들기를 해야 한다

초등학교 총동창회는 대단위 모임이므로 단순히 정기총회나 송년회에 그쳐서는 안 되고 〈역사 만들기〉를 해야 한다. 즉, 적어도 정기총회 때에는 12페이지 내외의 회보를 발행해야 하는데, 내가 사무국장으로 있을 때만 만들었으니, 워낙 전문지식을 갖추고 있어야 할 수 있는 일이기 때문이리라.

아무튼 나는 〈화암인〉이라는 총동창회보를 발간했는데, 그 내용은 회장 발간사, 은사님 격려사, 고문 축사, 각 기별 활동사항, 동문근황, 동문 문예작품, 총동창회 총회와 송년회 결과보고, 연회비 납부상황, 협찬 광고 등 되도록 다채롭게 엮었다.

그리고 총동창회가 10년이 됐다든지 20년 혹은 30년처럼 상당한 세월이 흐르면 〈총동창회 년사〉를 발행해야 한다. 그런데 우리 화암총동창회는 재력 있는 최충순 회장이 있어서 〈화암총동창회 15년사〉을 발간하게 되었던 것이다.

이 일은 누구 혼자 할 수 있는 일이 아니므로 발간위원회를 구성하고, 원고청탁이라든지 내용 집필을 할 수 있는 사람을 선정해야 한다. 그런데 우리 화암총동창회는 모두 생업에 바쁘고 또한 그런 일을 해낼 전문가가 없어 결국 나 혼자 이 작업을 해야만 했다.

우선 15년이란 짧은 총동창회의 역사지만 그간의 자료를 수집하고 창립하여 이끌어온 역대 회장을 비롯한 임원진과 인터뷰를 했으며, 역대 은사님을 찾아 모교에 근무하던 시절의 추억담을 여쭙기도 해서, 아무튼 충실한 자료를 모으는 데 가장 심혈을 기울였다. 그리고 집필에 들어갔는데 다행히 내가 중요 임원진과 오랫동안 사무국장을 맡았던 시기의 각종 서류와 자료는 모두 가지고 있었으므로, 3년 만에 화암총동창회 15년사인 〈아! 화암의 낙원이여〉를 발행할 수 있었던 것이다.

여기에 수록된 내용을 훑어보면, 총회의 기념사진을 담은 컬러 표지에는 집행부의 축하 메시지와 사진 그리고 동문의 자동차 광고를 실어 예산에 보태기도 했다. 이어서 컬러 화보로 화암의 상징물인 교훈, 교화, 교조, 교목을 싣고, 다음 페이지엔 교가와 응원가를 악보까지 게재했다. 다음에는 모교 화암초등학교의 연혁을 간략히 정리해 싣고, 역대 교장선생님 명단과 역대 교감선생님 그리고 역대 근무하신 선생님도 빠짐없이 찾아 사진과 함께 연도별로 실었다. 모교 사진도 초창기부터 현재까지 신축한 변천 사진을 넣어, 각 동문들이 학교에 다니던 시절의 추억을 떠오르게 했던 것이다.

또 역대 회장과 현 회장단 중요 임원진의 사진과 명단을 일목요연하게 싣는가 하면, 총동창회 창립 때부터 기념 촬영한 중요 사진을 화보로 꾸몄다. 각 기별 동창회 전체 사진과 총동창회 동문 중에 개인 사진을 보내준 경우는 선후배별 가나다순으로 모두 실어주었더니, 화보만 무려 50여 페이지로, 본문까지 합하면 342페이지나 되었다. 구체적인 내용을 들기에는 너무나 방대하므로 목차를 소개함으로써 이를 대신하고자 한다.

〈화암총동창회 15년사〉 아, 화암의 낙원이여!

-차례-

초등총동창회는 홈피나 카페를 개설해야 한다

한때 인터넷 사이트에서 〈아이러브스쿨〉 또는 〈모교사랑〉이라고 해서, 그곳에 들어가면 초등학교부터 대학까지 만나고 싶은 동창들을 만날 수 있어, 더러 남녀동창끼리 결혼까지 성사되는 등 인기였던 적이 있었다.

초등학교 총동창회가 창립되면 바로 이런 총동창회 홈피나 카페를 개설해야 한다. 하지만 홈피의 경우는 제작비와 유지비가 많이 들므로, 카페를 활용하여 만들면 비용이 안 들어 좋다.

다만 동문 중에 전문가를 찾아 카페를 개설해야 한다. 그런데 카페는 너무 간단해도 또는 너무 복잡해도 동문들이 잘 방문하지 않는다. 따라서 다음과 같이 재미있게 내용을 구성하면 어떨까 싶다.

1. 오늘의 방문록 2. 회장 전용방 3. 집행부 알림방 4. 총동창회 연락방 5. 동문 애경사방 6. 문예실 7. 음악실 8. 동영상실 9. 유머실 10. 군민향우회 소식실 11. 동문 명부실(동문에게만 공개함) 12. 각종 자료실

그밖에 각각 필요에 맞게 방을 꾸미면 된다. 하지만 카페는 처음엔 방문객이 활발히 드나들지만 얼마 안 가서 적막강산이 되기 쉬우므로, 사무국장(총무)은 항상 점검하여 수시로 내용을 업그레이드해야 한다.

화암총동창회의 20년 추억을 돌아본다

1990년에 창립된 화암총동창회는 서울에서만 몇 번 총회를 열다가 드디어 고향 모교에서도 총회를 열게 되었는데, 그때의 에피소드 한 가지를 소개하려고 한다.

서울 사당역 주차장에 관광버스 두 대를 대기시켰는데, 누가 시키지 않았는데도 남녀로 나뉘어 각각 두 차로 갈라지는 게 아닌가?

"아니, 우리는 남녀공학이었는데 선후배 기별로 타셔야죠?"

사무국장인 내가 말했지만, 여동창과 남동창 선후배님들의 대꾸가 뜻밖이었다.

"아이구, 암만 한 동창이래두 남녀가 유별하구만유!"

"아따, 서너 시간 내려갈려면 술두 마시구 해야는디, 여동창들이 끼면 불편혀!"

아무튼 이래서 나는 여동창들이 탄 버스의 안내자가 되었는데, 모처럼 파마를 새로 하고 옷도 한껏 차려 입은 선후배 여동창들은 꿀 먹은 벙어리처럼 조용히 앉아 갈 뿐이었다. 이를 보다 못한 내가 운전기사님께 부탁해서 신나는 트로트 메들리를 틀게 하고 버스 안을 휘젓고 다니며 이렇게 권했던 것이다.

"아유, 누님, 누이들. 모처럼 반가운 선후배 만나 고향 가는데 즐겁지 않으세유? 자, 음악에 맞춰 춤추면서 가시자구유! 여자들은 관광여행 다닐 때 잘들 추시잖아요?"

그러면서 학창시절 잘 까불던 누나, 동생부터 일으켜 세우려 했다.

그런데 "어매나! 난 춤 못 춰유!" 하고 새촘하게 앉아 있는 게 아닌가? 그래도 내가 억지로 끌어내어 몇 번 춤추는 흉내를 냈더니, 이윽고 카바레 춤솜씨로 추어대면서 하는 말이 "얼래! 얼래! 내가 왜 이런디야? 미쳤나베!"

그러자 여기저기 앉아 있던 여동창들이 다투어 일어나 관광버스 통로를 가득 메우고 춤을 추었던 것이다. 그리고 얼마 후 휴게소가 가까워져 내가 안내 멘트를 했다.

"거 보세요, 누님, 누이들! 금의환향 고향 나들이니까 절로 춤이 나오시죠? 이제 휴게소에 다 왔으니까 잠시 춤은 중단하시고……."

"하이고, 휴게소는 뭔 휴게소랴? 그냥 춤이나 추면서 가유!"

그런가 하면 모교 개교 50주년 기념 송년회 때에는 합동 사은회도 겸하여 열렸다. 참석하신 은사님들은 회고사에서 모교 재직 당시의 추억담과 함께 다시 제자들을 만나 감개무량한 회포와 감상을 말씀하셨다.

특히 2부 〈여흥과 경품 추첨〉에서는 초대가수로 KBS 신인가요제 출신인 김용임(〈사랑의 밧줄〉과 〈내 사랑 그대여〉를 히트시킨 가수) 인기가수가 출연하여 흥겨운 노래선물로 축하 분위기를 더욱 고조시켰다.

여기서 특기할 일은 그동안 간단히 흑백 인쇄물이나 공문서 형식으로 동문들에게 총회를 알려왔는데, 2000년 총동창회 창립 10주년 총회 때에는 처음으로 컬러로 된 정식 초대장을 만든 것이다. 그리고 다시 고향 모교에서 총회 행사를 갖는 만큼 〈그리운 화암 선후배님! 모교에서 만납시다!〉라는 플래카드를 미리 내걸고 워낙 홍보를 많이 해서인지, 고향과 서울 동문들이 구름처럼 모여들었다.

한여름 7월의 날씨는 무더웠으나 재향 임원을 비롯한 선후배 동문들과 동네 부녀회에서 음식을 장만하느라 부산했다. 마치 우리가 화암초등학교를 다니던 시절의 운동회 날처럼, 교정에는 동문들뿐 아니라 동네 아저씨·아주머니들까지 오셔서 무슨 잔치를 벌이듯

푸짐했던 것이다.

아무튼 지난 20년의 화암총동창회에서 (지금은 후배에게 물려주었지만) 15년 이상 집행부 간사와 사무국장(총무)을 지낸 나의 추억은 헤아릴 수 없을 만큼 많다.

흔히 '국적은 바꿀 수 있어도 학적은 바꿀 수 없다' 고 하듯이, 이제 총무 역할의 짐은 벗었지만, 내 평생 다하도록 선후배님들과 함께 계속 화암총동창회의 모임에 참석하여, 찬조금도 내고, 후배들이 이끌어가는 화암총동창회를 위하여 그간의 노하우를 전수해주고 있다.

나에게 행복을 준 영원히 잊지 못할 화암 모교와 화암총동창회의 추억들이 영원하길……!

3. 중학교 동창회
— 광천중 10회 · 11회 동창회

사춘기의 애틋한 추억이 별처럼 반짝이는 시절이여

✻

나는 어리굴젓과 자연산 김으로 유명한 충남 광천에서, 광천중학교 10회로 입학하여 11회로 졸업하였다. 원래 우리 화암초등학교 출신들은 대개 청양중학교로 진학했지만, 나는 홍성군 광천읍 벽계리란 마을에 당숙어른이 사셔서 그곳에 기숙할 수가 있었던 것이다.

당시만 해도 중학교에 진학하는 인원은 초등학교 졸업생 50여 명 중에 7~8명도 되지 않았지만, 3대 1의 입시경쟁에서 나는 우등생으로 합격했다.

중학교 시절 기억나는 추억이 하나 있다. 토요일에 집에 오면 하루라도 더 있고 싶어, 월요일 신새벽에 등교해야 했는데, 〈공덕재〉라는 10리 고개가 있어 캄캄한 길을 더듬거리며 넘었던 일이며, 학비를 보태기 위해 가을이면 논에서 미꾸라지를 잡아 깡통에 담아 30리 길을 걸어서 팔았던 일이 생각난다.

그리고 운동화 한 켤레로 3년을 신었으니, 평소 길을 걸을 때에는 벗어들고 맨발로 다녔으며, 교문 근처에서야 신었던 것이다. 교과서는 물려받고 교복은 기워 입었지만, 그래도 나의 뜨거운 꿈과 희망은 꺼지지 않았다.

그 시절엔 중학교도 남녀공학으로 합동으로 학예회를 할 때 내가 사회를 맡았는데, 한 여학생이 어찌나 예뻐 보이던지 짝사랑에 가슴 아프던 추억도 있다. 또 당시 〈학원〉이라는 학생 잡지에 내가 글을 써서 당대 유명작가이신 김동리 선생님의 칭찬을 받았고, 교내 백일장에서 장원을 하기도 했다. 조흥은행에서 모집한 저축수기 모집에 당선해서 두둑한 상금과 상장을 받았을 땐, 토요일에 허위단심으로 고향집에 달려가 부모님께 자랑했더니, 아버지께서 "허허! 장하다! 상금은 이리 주고, 상장은 너 가져라." 하셨던 것이다. 물론 나중에 그 상금으로 월사금을 내고, 서울로 고등학교를 진학할 때 보태주셨지만.

이처럼 중학교 시절은 나에게 문학에 대한 꿈을 꾸게 해주었고, 아마 다른 동창들도 저마다 다른 희망의 씨앗을 품었으리라.

그런가 하면 처음으로 선배들한테 단체기합으로 '빠따'를 맞아 벌벌 떨기도 했는가 하면, 전교생이 오서산 줄기의 동산에 토끼몰이를 가서 노루까지 잡은 추억도 생생하다. 그만큼 중학시절의 애틋한 추억들은 인생에서 가장 별처럼 반짝이는 추억이라고나 할까?

그러나 중학교 동창들은 대부분 서울이나 다른 도시로 진학하거나, 광천에 남아 광천상고에 입학한 동창들이 많았으므로, 대학을 졸업하고 군대를 다녀오고 어렵사리 직장에 취직하고서도 대부분 서로 잊고 지냈던 것이다. 그러다가 총동창회의 지시로 매년 기별 체육대회를 주최해야 하는 제도가 생겨, 우리 광중 10회·11회 졸업생들도 그제야 동창회 결성을 하게 된 것이었다.

이때 우리는 광천에 남아 있는 동창과 서울에서 우연찮게 연락된 동창들을 모으니, 의외로 어렵지 않게 광중 10회·11회 동창회가 만들어졌던 것이다. 그래서 졸업 50주년을 넘긴 우리 광중 10회·11회 동창회는 재경과 재광으로 이원화되었고, 여동창들도 독자적인 모임을 갖고 있는 것이다.

중학교 동창회는 결성하는 것부터 쉽지 않다

앞서 우리 광천중 10·11회 동창회는 총동창회 행사인 기별 체육대회를 맡게 되어 만들어졌지만, 인근 몇 마을의 학생들로 구성된 초등학교와 달리 광천읍내 소재의 두 개 초등학교와 홍성군 각 면의 초등학교 그리고 다른 군(청양군 보령군)에서 온 출신들까지 나뉘어져 있었다. 이런 관계로 서로 경쟁의식이 있어서 회장이나 총무는 임원진을 구성할 때 지역과 출신교의 안배를 잘 해야 한다. 다행히 우리 광천중 10회·11회 동창들은 그런 것을 따지지 않아 처음부터 잘 돌아갔지만, 참고할 사항이라고 하겠다.

우리는 보릿고개를 겪은 세대로서, 형편이 어려운 동창들이 많아 초창기엔 동창회가 활성화되지 못했다. 몇몇 동창들의 희생적 봉사로 가까스로 기별 체육대회의 의무를 마치자 다시 해체의 지경에 이르렀다. 말하자면 서로 친한 동창들이 친목회 수준으로 만났던 것이다.

그러다가 겨우 50대에 들어서야 동창회의 기틀을 다시 다져서 정기적으로 만나고 경조사에도 참석하는 수준에 이르렀다. 이때 나에게 총무 제의가 들어왔는데, 이미 여러 개의 총무를 하던 나였기에 처음 소개한 〈총무론〉 원칙에 따라 중학교 동창회를 운영했더니 모두 좋아했다. 광중 10회의 이야기는 11회와 비슷하므로 여기선 생략하고 11회를 중심으로 소개한다.

1999년 8월 광천중 11회 동창회 모임에서 회장단이 바뀌자, 총무인 나는 즉시 새롭게 동창회 명부를 보강했다. 마침 그해가 우리 졸업 40주년의 뜻 깊은 해였기에 준비위원회를 결성해서, 송년회 때 은사님을 모시는 사은회 행사로서 재경·재광 여동창회까지 합동으로 하기로 결정했던 것이다. 그러기 위해 연회비와 찬조를 받기로 하고, 지로와 함께 전국 남녀동창들에게 다음과 같은 간곡한 회보를 띄웠다.

1999년은 〈광천중 11회 졸업 40주년의 해〉입니다!

안녕하십니까?
무덥던 여름도 지나가고 결실의 가을이 다가옵니다.
1956년 3월에 처음 광천중학교 모교에서 처음 만난 우리가 이제 50대 중반을 넘어섰습니다. 그동안도 만나오긴 했지만, 우리 광천중 11회 동창회의 발전과 활성화를 위해 심기일전하는 각오로, 이번 여름모임에서 이은집 동창을 〈졸업 40주년 기념 준비위원장〉으로 임명하였고, 올 연말에 정말로 가장 감격스러운 〈졸업 40주년 기념 광천중 11회 동창회 전국남녀동창 만남의 날〉 행사를 갖자는 결의를 함께 했습니다.
광천중 11회 남녀동창 여러분!
1999년은 우리가 광천중학교를 졸업한 지 40주년이 되는 뜻 깊은 해인만큼 40년 전 꿈 많던 시절의 설레는 마음으로 다함께 참여해 주시기를 부탁드립니다. 언제나 좋은 의견을 주시면 행사에 반영하겠사오니, 우선 처음으로 발행하는 〈남녀동창 명부〉을 만드는 데 협조해주시기 바랍니다. 감사합니다.

1999년 8월 23일

회장 서기철 드림

....

광천중 11회 동창 여러분!

저 이은집이 이제 〈졸업 40주년 기념 준비위원장〉으로서 우리 〈광천중 11회 동창회 만남의 날〉 행사가 잘 되도록 열심히 일하겠습니다. 꼭 행사를 멋지게 잘 해낼 수 있도록 도와주십시오!

졸업 40주년 준비위원장 이은집 올림

....

*우선 동봉하는 종이에 해당사항을 적으시고, 아직 찾지 못한 동창들도 아시면 알려주시기 바랍니다. 속히 반송봉투에 넣어 보내주셔야 행사에 맞추어 〈광천중 11회 동창회 명부〉를 발간할 수 있습니다.

〈광천중 11회 동창회 수첩을 발간을 위한 자료〉

이름 (　　　　)
가족관계 (부모, 장인, 장모, 아들 명, 딸 명)
집 주소 (　　　　　　　　　　　　　　) 우편번호 (　　　　)
집 전화 (　　　　　　　) 직장 전화 (　　　　　　)
직장명 (　　　　　) 직위 (　　)
직장 주소 (　　　　　　　　　　　　　) 우편번호 (　　　　)
사진(주민등록증용 크기) 1매 첨부

이런 회보를 전국에 있는 남녀동창들에게 보낸 다음, 즉시 광천중 모교에 찾아가 졸업대장을 복사해서 본격적으로 숨은 동창 찾기를 했다. 114를 통해 옛날 재학시절에 살던 주소로 문의하니까 의외로 여러 명을 찾아냈고, 다른 동창들을 통해서도 이산가족처럼 수소문해서 찾아냈다. 그리하여 졸업 40주년 행사 전에 다음과 같은 내용의 〈광천중 11회 동창회 졸업 40주년 기념 명부 수첩〉이 발간된 것이다.

〈졸업 40주년 기념 광천중 11회 동창회 명부 수첩〉

1999년·2000년 캘린더/ 회장 〈발간사〉/ 교기·교훈·교가·모교·연혁/ 광중 11회 동창회 회칙/ 역대 회장단·회장·총무 명단/ 개인별(가나다순) 명부 및 전화부(재경동창회, 재광동창회, 여자동창회 순)/ 은사님 주소록/ 별세한 동창 명단/ 판권

그리고 드디어 우리 광천중 11회는 서울과 광천과 여동창까지 함께 만나는 최초의 〈졸업 40주년 기념 만남의 날〉 행사를 갖게 되었는데, 이때 나는 석 달 전부터 전국 남녀동창들에게 우리 처음 함께 만나는 모임이니 꼭 참석해달라는 간곡한 회보를 다섯 차례나 띄웠다. 그래서인지 서울에서 가진 광천중 11회의 40년 만의 해후는 그야말로 남북이산가족의 상봉처럼 감격스럽게 이루어졌다.

중학교 시절에 그토록 친했던 동창을 만나니 너무나 변해서 알아보지도 못할 정도가 되었는가 하면, 특히 여학생 동창들은 서로 낯선 모습이 되었지만, 그래도 같은 추억과 꿈을 가졌던 동창들이기에 금방 옛날로 되돌아가 끝없는 이야기꽃을 피우기도 했다. 중학교 동창들이란 바로 이런 점에서 다른 초등·고등·대학 동창들보다 더욱 친밀한 것 같다.

아무튼 이 행사를 마치고서 나는 즉시 결과보고 회보와 함께 사진을 동봉해 보냈는데, 그 내용은 다음과 같다.

〈광천중 11회 동창회 졸업 40주년 기념 만남의 날〉 행사 결과보고

일시: 1999년 12월 5일 오후 4시
장소: 서울 충무로 〈그랜드부페〉

안녕하십니까?
이번 우리 광천중 11회 졸업 40주년 기념으로 가진 전국 남녀동창의 〈만남의 날〉 행사에는 재경동창회, 재광동창회, 여동창회 등 40명 가까운 동창들이 참석한 가운데, 아래의 프로그램과 같이 참으로 즐겁고도 정겨운 행사를 가졌기에, 전국의 남녀동창께 보고를 드립니다.
장장 4시간에 가까운 긴 행사였음에도 헤어지는 발길이 떼어지지 않았으며, 이제 앞으로 해마다 8월 15일엔 모교 광천중학교 교정에서 열리는 총동창회 체육대회에서 만나고, 송년모임은 서울에서 올해처럼 갖기로 했사오니, 일 년에 두 번씩은 우리 꼭 함께 합동으로 만났으면 합니다.
끝으로 새천년을 맞으며 동창 여러분의 댁내에 건강과 행운이 가득 넘쳐나시길 빕니다.
감사합니다.

1999년 12월
11회 동창회장 김정태(재광)·서기철(재경)·오영(여동창) 드림

〈광중 11회 동창회 만남의 날〉 순서

제1부: 졸업 40주년 기념행사
1. 개회선언

2. 국민의례

3. 참석동창 소개

4. 재경·재광 여동창 회장 인사

5. 준비위원장 경과보고

6. 결산보고

7. 공지사항

제2부: 만찬

제3부: 여흥과 경품 추첨

1. 초대가수와 함께

2. 광중 11회 노래방: 노래자랑과 참석 소감

3. 행운의 경품추첨

*부지런상(1등도착): 강길호

*풍선불기 1등상: 이석춘

*먼 데서 오신 상: 임환직

*99행운대상: 박원길/ 2등: 신동민/ 3등: 김동일/ 4등: 박양화/ 5등: 이석환

*노래자랑 대상: 표경문 〈귀국선〉/ 금상: 김희자 〈보리밭〉/ 은상: 서명동 〈우중의 여인〉/ 동상: 김선찬 〈미워도 다시 한 번〉/ 인기상: 이준택 〈애정이 꽃피는 시절〉/ 특별상: 허영숙 〈울산 큰애기〉

4. 폐회 및 기념 촬영

....

〈경과보고〉

1) 1999년 8월 10일 11회재경동창회 모임에서 〈졸업 40주년 기념 만남의 날〉 행사를 갖기로 결의하고 이은집 준비위원장 선임

2) 8월 23일 전국 남녀동창들과 합동으로 행사를 확대하고 첫 안내장을 보냄

3) 10월 5일 두 번째 안내장을 보냄
4) 11월 6일 세 번째 안내장을 보냄
5) 11월 18일 네 번째 안내장을 보냄
6) 11월 20일 역대 회장단 최종 준비모임 가짐
7) 11월 26일 다섯 번째 안내장 보냄
8) 11월 26일 광중 11회 동창회 명부 편집작업 완료
9) 12월 5일 서울 충무로 〈그랜드부페〉에서 〈광천중 11회 졸업 40주년 기념 만남의 날〉 행사를 갖게 됨

〈결산보고〉
수입부
가정노 2만원/ 강길호 5만원/ 이하 생략/ 합계 51명/ 총 293만원

지출부
장부구입 2,000원/ 회보우송(5회) 255,800원/ 필름, 건전지, 사진 현상비 94,500원/ 컴퓨터 주소입력 작업비 15,000원/ 통신료 5만원/ 지로입금 수수료 3,000원/ 기념수건 125,000원/ 플래카드 3만원/ 각종상품대 및 준비물 316,900원/ 주소록 수첩 제작비 50만원/ 밴드맨 25만원/ 가수(2명) 출연료 25만원/ 회식대 845,000원/ 행사 후 커피와 담배 55,000원/ 합계: 2,792,200원/ 잔액: 137,800원
(잔액은 행사 결과보고 회보와 수첩 우송료로 쓸 예정입니다.)

*결과보고 회보 4페이지 중 남은 2페이지는 행사사진으로 화보를 꾸밈(생략)

〈나이 들어 대접받는 7가지 비결〉

세상 모든 이치가 그렇듯, 〈존경받는 노후〉를 위해서는 나름대로의

투자와 훈련이 필요합니다. 그런 점에서 최근 각종 모임을 통해 전파되고 있는 〈나이 들어 대접받는 7가지 비결〉을 소개합니다. 노년의 삶을 업그레이드 하는 청량제 같은 지혜라는 의미에서 〈세븐업(7-UP)〉으로 회자되기도 합니다.

첫째, Clean up!
— 나이 들수록 몸과 집과 환경을 깨끗이 해야 합니다. 주변을 정리정돈하여 자신에게 필요 없는 물건은 과감히 덜어내야 합니다. 귀중품이나 패물은 유산으로 남기기보다는 살아생전에 선물로 주는 것이 효과적이고, 받는 이의 고마움도 배가됩니다.
둘째, Dress up!
— 항상 용모를 단정히 해서 구질구질하다는 소리를 듣지 않도록 해야 합니다. 젊어서는 아무 옷이나 입어도 괜찮지만, 나이가 들어서는 비싼 옷을 입어도 좀처럼 태가 나지 않는 법입니다.
셋째, Shut up!
— 말하기보다는 듣기를 많이 하라는 주문입니다. 노인의 장광설은 모임의 분위기를 망치고, 사람들을 지치게 합니다. 말 대신 박수를 많이 쳐주는 것이 환영받는 비결입니다.
넷째, Show up!
— 회의나 모임에 부지런히 참석하라는 말입니다. 집에만 칩거하며 대외활동을 기피하면 정신과 육체가 모두 병듭니다. 동창회나 향우회 또는 직장동료 등 다양한 사람들과 만나는 모임이 더 좋습니다.
다섯째, Cheer up!
— 언제나 밝고 유쾌한 분위기를 유도하는 것이 좋습니다. 지혜롭고 활달한 노인은 주변을 활기차게 만듭니다. 짧으면서도 연륜이 묻어나는 곰삭은 지혜의 말에 독창적인 유머 한 가지를 곁들일 수 있으면 더 바랄 것이 없습니다.
여섯째, Pay up!
— 무엇이든 자기 몫을 다해야 합니다. 특히 지갑은 열수록, 입은

닫을수록 대접받는다고 합니다. 이리 하면 우선 자신이 즐겁고 가족과 아랫사람들로부터 존경과 환영을 받게 될 것입니다.

일곱째, Give up!

— 포기할 것은 과감히 포기하라는 말입니다. 이것이 가장 중요합니다. 이제껏 되지 않은 세상만사와 부부 자식 문제가 어느 날 갑자기 기적처럼 변할 리가 없지 않습니까? 되지 않을 일로 속을 끓이느니 차라리 포기하는 것이 심신과 여생을 편안하게 합니다.

이에 곁들여 1) 하루 1가지씩 좋은 일을 하고 2) 하루 10사람을 만나고 3) 하루 100자의 글을 쓰고 4) 하루 1,000자를 읽으며 5) 하루 10,000보씩 걷는다면, 이보다 더 훌륭한 노인은 없을 것입니다.

광천중 10회·11회 동창회의 20년 추억을 추억한다

우리 광천중 10회·11회 동창회는 현재 지역에 따라 서울의 〈재경동창회〉, 모교가 있는 광천의 〈재광동창회〉, 대전의 〈재전동창회〉, 그리고 〈여자동창회〉로 4원화되어 있다.

그러나 매년 8월 15일 광천중 총동창회의 〈모교 방문 체육대회〉와 11월의 〈재경총동창회 행사〉엔 합동으로 만나며, 요즘은 격년제로 서울에서 〈전국합동송년회〉를 갖는다. 그런데 나이 탓인지 여동창들은 사양을 해서 차츰 참석자가 줄어들고 있어, 나이 앞에 장사 없다는 옛 어른들의 말씀을 실감하게 된다.

지난 20여 년간 우리 광천중 10회·11회 동창회의 꽃밭 같은 추억들을 추억해보면 다채롭기만 하다.

먼저 해마다 8월 15일에 서울에서 기차로 총동창회의 모교 방문 체육대회에 참가하면, 기차 안 객실에서 선후배도 만나며, 동창들과 정담 속에 나누는 깡맥주 맛도 시원하고, 광천역에 내리면 후배들과 재학생 농악대가 신나는 농악으로 환영해준다. 그리고 체육대회 후에는 푸짐한 경품 추첨이 있고, 초대가수의 축하공연과 기별 노래자랑이 펼쳐진다.

그동안 우리 광천중 10회 동창회에선 지방에 공장을 가진 사장 덕에 덕유산 관광을 가서 남녀동창이 함께 케이블카를 타고 1박 2일로 즐겼던 추억이며, 내가 항상 모임 때마다 연출하는 먹거리축제, 웰빙축제, 문화축제, 송년축제에서의 추억이 많다. 비록 일 년에 4회 정도 만나지만, 동창들 말마따나 우리 광천중 10회·11회 동창회에 참석하면 엔도르핀이 팡팡 솟는다고 한다.

물론 각 동창들의 경조사는 아주 철저하게 챙겨주니까 더욱 고마워하고 즐거워한다고나 할까?

그래서 지금 전국에서 중학교 동창회를 운영하는 총무님들은 우리 광천중학교 10회·11회 동창회에서 아이디어를 얻으셔도 좋겠다.

4. 중학교 총동창회
— 광천중 총동창회

✻

우리나라의 대부분 중학교는 역사가 깊기 때문에 이미 총동창회가 결성되어 있게 마련이다. 다만 신설학교로서 처음 총동창회를 결성한다면, 나의 초등학교 총동창회가 탄생한 경우와 비슷할 터이므로 참고하기를 바란다.

이미 결성된 중학교 총동창회의 사무국장(총무)이 되고 싶다면. 무조건 몇 년이고 열심히 참여하여 선배 회장님을 비롯한 여러 임원진의 신뢰를 얻어야 한다. 그러다 보면 어느 날엔가는 총동창회의 사무국장 감투가 씌워지게 될 것이다.

그런데 중학교 총동창회만 해도 동문이 수천 수만 명이 되는 대규모 단체가 되므로, 각 기별 동창회 같은 구멍가게 식으로는 운영할 수가 없다. 역사와 전통을 자랑하는 총동창회의 흐름을 훤히 꿰뚫어야 하고, 특히 전·현임 중요 회장단 임원진에게는 각별한 관심으로 자주 연락을 취해야 신년하례식, 임원회, 총동창회 정기총회(체육대회 겸), 송년회 같은 행사에 참석하고 찬조를 해준다.

따라서 수많은 동문 선후배 중에 누가 관직의 높은 자리에 있으며, 경제적으로 성공했는지, 어떤 분야에서 유명인사가 되었는지도 파악하여야 한다. 그만큼 중학교 총동창회 사무국장(총무)만 되어도 스케일이 커야 하는데, 사무국장으로서 갖춰야 할 재능은 앞서 소개한 나의 〈총무론〉에서 찾아주시기 바란다.

중학교 총동창회는 철저한 조직으로 운영해야 한다

내가 졸업한 광천중학교 총동창회의 동문 중에는 국회의원과 충남도지사를 지낸 이완구 동문, 한국 최고의 소리꾼인 장사익 후배도 있는 학교로서, 충남 서해안의 명문중학교로 꼽힌다. 그래서 벌써 수십 년 전부터 광천중 총동창회가 매우 활성화되고 있다.

총동창회는 선배님들 가운데 재력, 유명도, 그리고 모교에 대한 열정을 가진 분들이 이끌어가고 있는데, 이들을 주축으로 각 기별 동창회를 잘 끌어들여야 한다. 따라서 사무국장은 만일 아직 조직이 안 된 후배 기별이 있다면, 조속히 기별 동창회를 결성하도록 이끌어주어야 한다.

중학교 총동창회의 구성을 보면 초대부터 현재까지의 총동창회장을 중심으로, 약간명의 부회장단 그리고 각 기별 역대 회장은 현 회장보다 선배들은 자문위원으로 하고, 후배 회장들은 지도위원으로 한다. 또한 현 회장 기별 중에 운영위원장을 둘 수 있고, 총동창회에 열심히 참여하고 찬조하는 동문들은 운영위원으로 위촉하고, 현재 각 기별 총무는 간사로 해서 각종 연락사항은 이들에게 부탁한다.

이처럼 중학교 총동창회는 규모나 실정에 따라 조직을 다양하게 활성화해야 한다.

중학교 총동창회는 할 일도 엄청 많다

우선 정기 행사로는 앞서 소개한 대로 모든 동문이 참여하는 연간 1회의 정기총회(나의 모교 경우는 8·15 모교 방문 체육대회)와 연말 또는 신년 초에 모든 임원진이 참석하는 〈송년회〉나 〈신년 교례회〉가 있고, 정기총회 준비를 위한 집행부 중심의 소모임도 가져야 한다. 이런 행사 때마다 사무국장은 회보와 문자메시지 그리고 중요 임원에게는 전화로 참석을 독려해야 한다.

그리고 모교에서 열리는 정기총회(기별 체육대회) 때에는 지역신문에 행사의 안내 광고도 미리 해야 한다.

또한 재학생에게 장학금을 지급해야 하며, 지역유지 이를테면 국회의원, 군수, 군의회 의장, 면장 외에 여러 분야의 내빈도 초청해야 한다. 물론 체육대회 행사나 식사 문제는 당해년도 행사를 맡은 기별 동창회에서 준비하지만, 전체적인 행사는 사무국장이 총괄해야 한다.

역사와 전통을 자랑하는 중학교 총동창회는 〈동문 명부〉를 5년 또는 10년 단위로 발간하기도 하는데, 요즘은 홈페이지에 동문 명부방을 만들어 수시로 업그레이드하면, 오히려 경비 절감도 되고 편리하지 않을까 한다. 아무튼 각종 행사 때에는 여러 유인물도 많아 학교에 따라서는 홍보 간사나 홈피지기를 두기도 한다. 근래에 와서는 모든 단체 및 모임에서 홈피의 중요성이 아주 높아져서, 중학교 총동창회쯤 되면 상당히 세분화된 홈페이지를 운영해야 한다.

아울러 〈모교 개교 50주년〉이나 〈총동창회 창립 30주년〉 같은 특별한 해에는 이를 기념하는 대규모 행사를 하게 되는데, 이때에는 찬조금도 많이 모아야 하고, 행사 내용도 대형으로 다채로워야 한다.

우리 광천중 총동창회 경우는 지난 2006년에 모교 개교 60주년을 맞아 총동창회 주최로 큰 잔치를 펼쳤는데, 3년 전부터 준비위원장을 뽑아 3월에는 행사준비를 위한 임원진 워크숍, 6월에는 오서산 등반대회, 10월에 드디어 개교 60주년 기념축제를 가졌다. 그간의 총동창회 공로자에 대한 각종 시상과 모교 발전기금 전달, 장학재단 확충 등 사업을 벌였고, 모교 출신 소리꾼 장사익 동문의 축하공연도 펼쳤는데, 마침 광천의 새우젓축제까지 겹쳐 더욱 즐겁고도 흥겨운 축제행사가 되었다.

또한 중학교 총동창회는 대개 개인별 연회비 제도가 없으므로, 각 기별 분담금이나 임원진의 분담금 혹은 찬조금으로 운영해야 하므로, 사무국장은 여간 노력하지 않으면 안 된다. 하지만 이처럼 사무국장의 업무가 벅차다고 해서 미리 겁먹을 필요는 없다고 하겠다. 웬만큼 열정을 바치면 협조해주는 동문들이 많은 것도 또한 중학교 총동창회라 하겠다. 특히 각 기별 회장과 총무들의 협조와 성원을 받으면 훨씬 업무가 가벼워진다.

그럼 여기서 나의 모교인 광천중학교 〈개교 60주년 기념행사〉의 하나로 6월 6일 현충일에 가졌던 〈오서산 등반대회〉에서 추진위원장의 대회사를 참고로 소개하면서, 중학교 총동창회에 대한 안내를 마친다.

황해의 푸른 물결 밀려오고, 반공에 우뚝 솟은 장엄한 오소명산을 오르며 동창들께 드립니다!

— 〈개교 60주년〉 축하 등반대회에 부쳐

존경하는 광천중 선후배 동문 여러분, 안녕하십니까?

오늘 우리 모교 광천중학교의 개교 60주년을 기념하는 〈오서산 등반대회〉에 이렇게 성황을 이루어주셔서 대단히 감사하고 반갑습니다.

오서산은 교가 속에서 우리를 자랑스럽게 하였고, 그 푸른 기상은 볼 때마다 가슴에 넘쳤으며, 향수 속에선 언제나 그리웠습니다. 그 어머님 같은 다정한 품속에 오늘 재경·재향 많은 선후배 동문들이 함께 자리하였습니다.

오늘은 나라를 위해 목숨 바친 호국영령의 충성을 기리는 현충일이기도 하지만, 우리에겐 10월의 모교 개교 60주년 행사를 위하여 성공을 다짐하고 약속하며, 재경·재향 선후배 동문들의 결속을 다지는 날입니다. 그리고 반공에 우뚝 솟은 오서명산의 영봉까지 함께 땀 흘리며 등반하는 것으로 개교 60주년 행사를 시작하는 날입니다.

산은 언제나 변함없고, 조용하며, 어느 때라도 누구든 반겨주는 가슴 넓은 친구입니다. 산에선 누구와도 손을 맞잡을 수 있는 동지가 되게 하고, 산에서의 동지는 그 동지를 위해 기꺼이 자신의 생명을 희생하게 하는 용기를 갖게 합니다.

어느 날 저는 주말 산행을 즐기는 평범한 등산객이 되어, 경남 사천의 중산리에서 지리산에 올라 천왕봉으로 13.7킬로의 산행을 시작으로, 설악산 미시령에서 백두대간 기념비까지의 종주를 경험하였고, 백두산 천지에 올라 능선과 협곡을 종주하며 신비스런 천지의 아름다움에 경탄하였던 추억을 갖기도 하였습니다.

또 설악산 한계령에서 대청봉에 올라 소주 몇 잔으로 밤을 새우고, 마승령 황철봉 미시령까지 장장 23시간에 걸친 산행을 하면서 지옥 같은 어둠속에서 길을 잃기도 하였습니다. 천 길 절벽을 보지 못해 황천객이 될 뻔도 하였으며, 모르는 사이에 하산길이 없는 암벽에 올라 살아서 나가기 어렵겠다는 생각을 해보기도 했지만, 주저앉은 적은 없었습니다.

선후배 동문 여러분!

물론 요행이 있었기 때문이었지만, 산이 우리에게 준 〈다투지 말라, 몸을 낮추라, 언제나 겸허하라〉는 교훈과 용기를 잃지 않는 마음이 있었기 때문이라고 생각합니다. 이처럼 서두르지 않고 몸을 낮추며 동지애를 잊지 않는다면, 우리 모두 함께 정상에 오를 수 있을 것입니다. 그래서 동문들이 일치단결로 결속하며 동지애를 발휘한다면, 10월의 60주년 행사도 꼭 성공하리라 믿습니다.

오늘 이 등반대회를 통하여 차후 재경동창회의 동문산악회가 발족될 것이며, 오늘의 성과는 10월 본행사로 이어져 동문의 긍지와 모교의 위상을 더욱 높이는 계기가 되어줄 것입니다. 아름다운 추억으로 오래오래 기억될 수 있도록 함께 땀 흘려주시기 바랍니다.

이 자리를 함께해주신 선후배 동문 여러분께 다시금 감사드리면서 대회사를 마칩니다. 감사합니다.

2006년 6월 6일

광천중 총동창회 개교 60주년 기념 오서산 등반대회

추진위원장 장준호

5. 고등학교 동창회
— 한성 11회 동창회

✻

고등학교 시절은 누구나 사춘기를 지나 자신의 현실과 미래에 대한 고민으로 고통과 환상에 빠져 뒤죽박죽의 나날을 보내는 〈질풍노도〉의 시기가 아닐까?

나 역시 시골인 충남 광천중학교를 졸업하고, 다행히 큰형님이 서울에 살아서 고등학교 진학은 서울로 하게 되었다.

그런데 시골 중학교에선 우등생으로 공부를 잘했지만, 당시 소위 서울의 4대 명문고이던 경기고, 서울고, 경복고, 용산고 중에서도 겁 없이 경기고를 지원했던 것이다. 하지만 시골 중학생의 실력으로는 역부족이어서 보기 좋게 낙방하고, 할 수 없이 럭비 운동으로 이름이 알려졌던 한성고등학교에 진학하게 되었는데, 나의 큰형님이 그 학교 출신이었던 탓이기도 했다. 아무튼 이런 상처를 안고 택한 고등학교였기에, 대학만큼은 꼭 원하는 곳에 가려고 무척 열심히 공부를 했던 기억이 난다.

사정이 이러하여 큰형님 댁에 얹혀살게 되었는데, 그 시절엔 정전이 잘 되고 전기세가 비싸서 형수님이 밤 12시가 넘으면 그만 자라고 채근하기가 일쑤였다. 그리하여 한번은 책을 들고 집 밖으로 나가 전신주에 매달린 가로등 불빛으로 공부를 하는데, 방범대원이 나를 도둑으로 오인하고 방망이를 휘둘러 몇 대 맞기까지 했던 것이다. 또한 홈시크(homesick)에 걸려 수업시간에도 철길 따라 고향으로 달려가는 환상에 빠지기도 했으니…….

아무튼 그런 어려운 환경에도 나는 열심히 공부하여 처음으로 시행된 〈대학입학 자격고사〉에서 전국의 국문과 지원자 중에 17등을 했는데, 당시 서울대학교 국문과가 20명을 뽑았다. 말하자면 나는 성적순으로는 서울대에 입학할 수 있었던 것이다. 그러나 나는 체력장에서 기본점수밖에 못 받아 서울대 입시에서 낙방했다. 다행히 고려대 국문과에도 원서를 냈는데 마침 체력장이 오후에 있어서 응시를 할 수 있었으니, 체력장이 기본점수라도 1등으로 들어갈 수 있었던 것이다. 물론 지금에 와서는 고려대에 다닌 것에 자긍심을 느끼고 다행으로 생각하지만 당시엔 아쉬움이 크기도 했다.

어쨌든 이런저런 추억을 돌이켜볼 때 고등학교 시절은 우리의 삶에서 가장 불우하고도 행복한 것 같다. 그래서인지 초·중·고·대학 동창회 중에서 가장 동창회다운 의미의 동창회는 고등학교가 아닐까 한다.

내가 졸업한 한성고 11회 동창회는 비교적 일찍부터 결성되었다. 1980년대 초부터니까 벌써 30년을 헤아린다. 그러나 고등학교 동창들은 대부분 동계 중학교인 한성중 출신들이 주축을 이루었고, 나처럼 지방에서 올라와 전기고 시험에서 낙방한 엘리트층(?)이 10프로쯤 차지했다. 동창이면 같이 입학했든 중간에 전학을 왔든 또는 전학을 갔든 모두가 같다. 잘나든 못나든, 사회에 나와 높은 직위에 오르든 그렇지 못하든, 구별을 해서는 안 된다고 생각한다. 그런 만큼 특히 총무의 눈에 고운 동창과 미운 동창이 눈에 띄면 안 되는 것이다.

전국에 숨어 있는 동창을 찾아라

초·중학교 동창들은 대개 고향을 중심으로 쉽게 찾을 수 있지만, 고등학교의 경우는 서울에선 이사라도 한번 가거나 잠적하면 행방을 파악하기가 어렵다. 더구나 전국의 지방 출신 동창들도 있으니 더욱 동창회 결성이 힘들다고 하겠다. 우리 한성 11회 동창회만 하더라도 1980년대 초부터 모였지만, 처음엔 친목회 비슷한 모임이 시작되어 동창회로 확대된 것이었다.

그래서 당시에는 1년에 한 번, 11회이므로 12월 11일을 전후하여 망년회 형식의 만남을 가졌다. 하지만 차츰 많은 동창들을 찾아 210명 졸업생 중에 40여 명이 참석하기도 했다. 그러나 그리운 동창이 보고 싶어 한풀이처럼 들쭉날쭉 만나던 동창회 모임은 점점 매너리즘에 빠진 듯, 1998년 송년회에는 18명밖에 모이지 않아 위기감을 느끼게 되었다. 이때 참석자 모두가 나에게 총무를 부탁하면서, 우리 한성고 11회 동창회의 새로운 변신을 위해 일해줄 것을 요청했던 것이다.

이때는 내가 이미 초·중·대학을 비롯한 20개 가까운 모임의 총무를 맡아 바빴지만, 평소 고등학교 동창회에 대해서도 안타까운 마음을 가졌었기에 흔쾌히 승낙하고, 고등학교 동창회의 새로운 출발을 시작했다. 그래서 아래와 같은 편지 회보를 모든 동창생에게 띄웠다.

한성고 11회 동창들께 띄웁니다

안녕하십니까?

IMF의 한파로 힘겨웠던 올해도 저물어갑니다. 1959년 3월에 한성 교정에서 처음 만난 우리가 이제 50대도 중반을 넘어섰습니다. 그 동안 연말이면 변함없이 만나오기 십수 년! 하지만 1998년 송년모임은 18명만 참석한 조촐한 모임을 갖고, 이젠 우리 한성고 11회도 심기일전해야겠다는 각오로 이은집 동창을 총무로 뽑아 2000년 말 임기까지 정말로 한성에서 가장 자랑할 만한 동창회로 만들어보자는 다짐을 했습니다.

한성고 11회 동창 여러분!

1999년은 우리가 한성고에 입학한 지 40주년이 되는 뜻 깊은 해인 만큼, 40년 전 입학 때의 그 가슴 설레던 마음으로 멋진 한성 11회 동창회를 만들기 위해, 다함께 참여하고 성원하며 이끌어가 봅시다. 언제나 좋은 의견을 주시면 저와 총무가 감사히 반영하겠사오니, 우선 1999년 모임 때엔 꼭 나와 주십시오. 감사합니다.

1998년 12월 18일

회장 이강신 드림

한성고 11회 동창 여러분!

저 이은집이 총무로서 이강신 회장님을 보필하여 2000년 임기까지, 우리 한성고 11회 동창회의 자랑스러운 꽃을 피우도록 열심히 일하겠습니다. 성원해주십시오!

1998년 12월 18일

총무 이은집 드림

한성고 11회 동창회
〈1998 정기총회 겸 송년모임〉 결과보고

일시: 1998년 12월 17일(목) 오후 7시

장소: 종로1가 〈부림음식점〉

결의사항: 회장 이강신 총무 이은집 선출(임기: 2000년 총회까지)

참석자: 강희창 김남수 김양삼 김정소 김태영 김태홍 김희진 서광택 오용근 이강신 이원규 이유구 이은집 전창연 전태황 정재윤 정한수 한원식

1999년은 한성고 11회 입학 40주년의 해! 우리 함께 만나요!

내가 한성고 11회 동창회의 총무를 맡은 뒤 나의 총무론에 입각하여 이처럼 신속하게 회보를 띄웠더니, 당장에 우리 한성 11회 동창회가 달라졌다는 반응이 왔다.

그래서 다음에는 일 년에 총회 겸 송년회 한 번만 가졌던 모임에서, 새로이 〈한성고 11회 동창회 입학 40주년 기념 만남의 날〉 행사를 갖기로 하고, 다시 다음과 같은 회보를 보냈던 것이다.

한성 11회 동창 여러분! 안녕하십니까?

어느새 개나리 진달래가 만발하는 새봄이 돌아왔습니다. 이미 알려드린 우리 〈한성 11회 동창회 입학 40주년 기념 만남의 날〉 행사를 아래와 같이 갖고자 합니다.

이 뜻 깊은 행사에 40년 전 입학 때의 가슴 떨리던 마음으로 꼭 참석해주시기 바랍니다.

앞으로 회장과 총무가 앞장서 여러분의 심부름을 성심껏 하겠사오

니, 우선 이번 1999년 〈입학 40주년 기념 만남의 날〉 행사에는 만사 제폐하고 꼭 나와 주십시오!
감사합니다.

1999년 3월 10일
회장 이강신/ 총무 이은집 드림

〈한성고 11회 동창회 입학 40주년 기념 만남의 날〉 행사 안내

일시: 1999년 4월 10일(土) 오후 4시 30분(40주년이라 4월 10일!)
장소: 〈그랜드부페〉 3·4호선 충무로역 1번 출구 2분 거리 3층
회비: 2만원
내용: 1부– 입학 40주년 기념식/ 2부– 만찬/ 3부– 여흥 및 행운추첨

한성고 11회 동창 여러분!

저 이은집이 총무로서 이강신 회장님을 보필하여 첫 번째 진행하는 모임이오니, 멋진 결실을 맺을 수 있도록 성원과 협조를 부탁드립니다.

총무 이은집 올림(019-234-45XX)

이렇게 한 달 전부터 회보를 띄우기 시작해서 소재불명 동창을 찾는 회보와 다시 홍보회보를 띄우고도 전화로 참석여부를 확인까지 했더니, 지성이면 감천이라고 차츰 동창들의 호응도가 높아갔다.

사실 그전까지의 한성 11회의 역사를 살펴보면, 이미 고인이 된 김영작 동창 등이 1960년대 말에서 1970년대 중반까지 일부 동창들을 중심으로 친목회 형식으로 모였다고 하나, 자료가 남아 있지 않고, 1980년대 들어서야 동창회가 결성되어 대개 12월 11일(11회이므로)에 망년회로 연간 1회의 모임을 가졌는데, 가끔씩 은사님을 모셨다고 한다.

아무튼 그래서 초대 회장 한원식 총무 송창섭을 시작으로, 2대 송창섭 회장 총무 오용근, 3대 회장 이특구 총무 오용근, 4대 회장 김광영 총무 이용민으로 이어지다가, 1992년부터 이강신 회장이 총무 없이 동창회를 이끌어오다가 1998년 12월에 내가 총무를 맡게 된 것이었다. 이런 것을 여기에 소개하는 이유는 여러분이 새로이 총무를 맡는다면 맨 먼저 이런 동창회의 역사부터 꿰어야 하기 때문이다.

그리고 드디어 우리 〈한성 11회 동창회 입학 40주년 기념 만남의 날〉 행사가 나의 열성을 넘어 극성으로 개최되었는데, 작년의 18명에서 40주년 행사라선지 딱 40명이 참석하는 대성황을 이루었던 것이다. 그동안은 대개 음식점에서 만나 잡담이나 하다가 식사를 하고 술을 마시고 헤어지던 모임에서, 처음으로 프로그램에 의한 정식행사를 하니까 동창들이 모두 새로운 관심을 보였다.

이번 행사를 계기로 우리 한성 11회는 새 출발을 하게 되어 지금까지는 〈결과보고 회보〉가 없었는데, 나의 스타일대로 다음날 아래와 같이 만들어 보냈다.

〈한성고 11회 동창회 입학 40주년 기념 만남의 날〉 결과보고

일시: 1999. 4. 10(토) 오후 4시 30분
장소: 충무로 〈그랜드부페〉

안녕하십니까?
온 누리에 백화만발한 아름다운 계절에 동창들의 건강과 행운을 빕니다.
이번 우리 〈한성 11회 동창회 입학 40주년 기념 만남의 날〉 행사에는 40명의 동창들이 반갑고도 기쁘게 만나, 이 회보의 내용과 같은 추억을 남겼기에 보고를 드립니다.
아울러 다음 송년모임에는 더 많은 참석이 있으시기를 미리 간곡히 부탁드립니다.
감사합니다.

〈한성 11회 입학 40주년 기념 만남의 날〉 행사 순서

제1부 입학 40주년 기념식

1. 개회
2. 참석동창 소개
3. 회장 인사
4. 경과보고
5. 협의사항: 사진 명부 발간/ 연간 모임을 2회로 확대
6. 기타

제2부 만찬

제3부 즐거운 여흥과 추첨

1. 한11 노래방: 노래+소감 한마디

2. 각종 시상

1등도착상: 이기호/ 먼 데서 오신 상: 류호덕(경북 안동)/ 입학 40주년 기념상: 심현무

3. 노래자랑

대상: 이용민 〈잊혀진 계절〉

금상: 이윤기 〈옥경이〉

은상: 김동혁 〈고향에 돌아와도〉

동상: 이상쾌 〈해운대 엘레지〉

인기상: 정재윤 〈청춘을 돌려다오〉

특별상: 정한수 〈터질 거예요〉

4. 폐회 및 기념 촬영

....

〈경과보고〉

1. 1998 총회 겸 송년회 12월 17일 종로1가 〈부림음식점〉 18명 참가

2. 당일 신임회장 이강신, 총무 이은집 선출(임기: 1998년~2000년)

〈1998년 경조사〉

혼사: 정한수 윤정근 이기호 이 용 정재윤 천준영 한원식

애사: 권광영 모친상/ 이재식 장인상/ 임정석 부친상/ 정문기 부친상

〈혼사 안내〉

김장수 동창 — 1999년 4월 18일(일) 오후 1시 〈대명웨딩홀 4층 무궁화홀〉(전철 5호선 답십리역 5번 출구)에서 장남 혼사가 있사오니 많은 축하를 바랍니다!

〈중간 경리 보고〉

수입부

〈입학 40주년 만남의 날 행사〉 참석자 금정수 동창 등 40명 참가비와 찬조금

합계: 192만원

지출부

여러 차례 회보 우송료, 만남의 날 행사 회식비, 각종 상품대 준비비용

합계: 1,015,820원

현재 잔액: 904,180원

(자세한 내역은 정기총회 때 보고하겠습니다)

야! 이게 얼마만이야? ― 현장 스케치 ―

가슴 설레며 기다렸던 4월 10일! 그러나 아침부터 봄비로 걱정이 태산! 근데 웬걸! 오후 들어 날씨는 쾌청! 드디어 하나둘 모여드는 동창들! 신기해라, 40주년이라서 40명 참석인가?

"야! 이게 얼마만이야?" 저마다 붙들고 반갑고도 기쁜 인사!

이윽고 행사에 들어가 회장의 인사와 여흥시간이 되어도 이야기꽃은 끝없이 피어나고…… 특히 간암으로 투병 중인 심현무 동창의 참석으로 만남의 감동은 더욱 가슴 깊이 새겨졌는데…… 오가는 술잔 속에 우리의 우정은 다시 꽃피어나고, 노래와 춤 속에 시간은 흘러 어느덧 작별 인사.

우리 한성고 11회 동창 여러분!

이제부터는 평생토록 함께 만나며 살아갑시다! 고맙습니다!

― 총무 이은집 기록

〈한성고 11회 입학 40주년 기념 만남의 날〉 추억앨범

(사진은 생략)

사진 1 — 이강신 회장의 인사

사진 2 — 송창섭 전회장의 건배

사진 3 — 노래자랑 대상 이용민 동창의 열창

사진 4 — 동창들아! 이보다 더 좋을 순 없다(신나는 춤)

사진 5 — 우리 다시 만나요(단체사진)

위와 같은 결과보고 회보에 각 개인별 사진까지 동봉하여 보냈더니, 워낙 이런 일이 처음인 때문인지, 여러 동창들한테서 고맙다는 전화가 쏟아졌다.

그리고 이번 모임에서 결의된 〈입학 40주년 기념 명부 수첩〉 발간을 위해 인적사항, 사진과 함께 발행비인 최소 1만원 이상 10만원 이하의 찬조금을 거둔다는 회보를 간곡하게 써서 보냈더니, 의외로 많은 동창들이 호응해주어 12월 19일에 열린 송년회에서 배부할 수 있게 되었던 것이다. 수첩의 형식과 내용은 중학교 동창회 때와 비슷하기에 소개를 생략한다.

아무튼 우리 한성 11회 동창회의 기금은 1998년 총회 때 바닥이 났는데, 이는 행사 때마다 당일 경비를 쓴 만큼만 거두는 전례의 탓이기도 했다. 그러나 모든 단체는 기금이 되어야 원활하게 돌아가므로, 나는 2000년부터는 총회에서 5만원의 연회비 제도를 결의하고, 연회비 납부자에 한하여 경조사를 챙겨주는 수익자 부담 원칙을 시행했다. 그러니까 행사 때에는 참가비만 거두어 진행하여도 우리 한성 11회 동창회의 기금은 눈덩이처럼 쑥쑥 늘어났던 것이다.

2002년에 〈졸업 40주년 기념 만남의 날〉 행사를 다시 개최하면서 찬조를 부탁했더니, 행사 후에 2,000만원 넘게 기금이 불어났다. 물론 총무는 예산을 집행함에 있어서 단돈 1원도 낭비하지 않고 알뜰하게 썼음은 물론이다. 총무는 어떤 모임을 맡든 경리에 투명하지 않으면 그 자격을 상실하게 되는 것이다.

그런데 동창회에서 무슨 일을 하자면 여간한 인내와 노력을 바치지 않으면 안 된다. 우리 한성 11회 동창회의 명부 수첩을 만드는 데에도 210명 졸업생 중에 가까스로 100여 명의 주소를 수소문해서 찾았는데, 사진과 인적사항을 수집하는 데에도 10회 가까운 독촉회보를 띄워야 했다.

아무튼 12월 11일 송년회 때에 수첩을 배부하기로 했는데, 11월 1일 현재로 행사 찬조금 약정 56명, 입금 300여만원에 사진과 주소록 우송자가 50여 명에 이르렀다. 끝내 사진을 보내지 않은 동창은 졸업 앨범의 사진을 이용했다.

또한 새롭게 파악된 명부를 정리 복사하여 〈입학 40주년 기념 송년회〉에 앞서 미리 동창들에게 알려주고, 보고픈 동창에게 서로 전화해서 꼭 참석해달라고 부탁한 것도 효과가 있었다.

이리하여 1999년 12월 11일 〈한성고 11회 동창회 입학 40주년 송년회〉에는 53명의 동창들이 모여 대성황을 이루었다. 특히 역대 회장과 총무들에게 감사의 선물도 증정했고, 동창회를 더욱 내실 있게 운영하고자 경조사와 2000년부터 5만원의 연회비제도를 도입하여 기금 조성에도 더욱 힘쓸 것을 결의하는 등, 우리 한성 11회 동창회의 발전책을 확정했다. 이때의 회보나 결과보고 회보는 4월의 행사 때와 비슷하여 생략한다.

동창회는 자꾸 새로운 변화 속에 이끌어가야 한다

옛말에 〈그 밥에 그 나물〉이란 말이 있듯이 만날 같은 밥상이면 입맛이 없어진다. 그래서 생일상도 있고 잔칫상도 있는 것처럼, 동창회도 해마다 같으면 점점 싫증이 나기 쉽다. 그래서 내가 총무를 하는 모임은 계절 따라 내용과 형식을 바꾸었다.

한성고 11회 동창회는 연간 상반기 총회와 하반기 송년회만 하므로, 총회 때에는 참석한 동창들끼리 정담을 나누거나 간단한 인생 특강을 곁들여 진지하게 진행하고, 대신 송년회 때에는 밴드도 부르고 가수도 초대해서, 즐거운 여흥과 행운의 추첨을 통해 푸짐한 선물을 주었더니 모두 좋아했다.

또한 5년 단위로 기념행사를 열고, 가끔 장소를 바꾸어 전혀 다른 분위기로 진행하니까 역시 즐거워했다. 이런 중에 가장 잊지 못할 행사는 2002년에 가졌던 〈한성고 11회 동창회 졸업 40주년 기념 만남의 날〉 행사라고 하겠다.

요즘 고등학교에 따라서는 졸업 20주년, 30주년 행사도 하는데, 우리 세대는 60대에 이르러서야 겨우 생존하신 은사님과 총동창회장 그리고 모교 교장까지 초청한 졸업 40주년 행사를 처음으로 할 수 있었던 것이다.

이 무렵 나는 30여 개의 총무를 맡아 노하우가 쌓였으므로, 정말 열심히 2002년의 졸업 40주년 행사에 매달렸다. 그래서 벌써 2000년 송년축제 때에 송창섭 준비위원장을 뽑아 졸업 40주년 행사를 위한 출발을 서둘렀던 것이다.

이리하여 500일, 400일, 300일 전에 회보를 띄우고, 다음부터는 50일 단위로 횟수를 늘렸다. 2002년 2월 28일에 전국 모든 동창에게 보낸 회보를 견본으로 소개한다.

2002년은 〈한성고 11회 졸업 40주년 만남의 해〉

– 오는 3월 5일은 D–250일! 우리 다시 한 번 마음 모아요! –

2002 월드컵의 해 2월을 보내며, 한성 11회 동창 여러분의 건강과 행운을 빕니다.

이제 오는 3월 5일이면 우리 한성 11회는 〈졸업 40주년 만남의 날〉인 11월 11일의 D–250일이 됩니다.

우리는 어려웠던 세대로서 30주년 행사는 미처 생각도 못해서, 선후배와 은사님들께 부끄러운 〈한성 11회〉가 된 바 있습니다.

그러나 2002년의 〈한성 11회 졸업 40주년 만남의 날〉 행사는 어느 졸업기보다 잘 할 수 있을 것입니다. 왜냐하면 우리는 이미 입학 40주년 행사를 아주 알차게 해보았기 때문이지요.

우리에겐 처음이자 마지막이 될 〈졸업 40주년 행사〉만큼은 우리 모두 힘을 모아 정말 멋지게 정성껏 치렀으면 합니다. 그래서 이미 송창섭 준비위원장을 선출한 바 있습니다. 그러오니 이제부터 그 준비를 위해 우선 올해의 연회비를 3월 말까지 빨리 좀 내주시면 대단히 감사하겠습니다.

아울러 우리 동창회의 존재 이유이기도 한 여러분 댁내의 경조사가 생기면 즉시 연락해주시고, 또한 동창들께서는 서로 많이 참여하셔서 뜨거운 우정을 나눠주시기를 부탁드립니다.

그럼 금년 5월의 정기총회에서 더욱 반갑고 기쁜 마음으로 만납시다. 감사합니다.

회장 이강신 드림

〈2002년도 연회비 납부에 진심으로 감사드립니다〉

권기일 김경종 김선규 김영일 김원제 민웅기 박정남 송이섭 원영희 윤여웅 이상쾌 이웅재 이원규 이은집 이재식 임준모 최무섭 허 영 황용구 / 현재 19명
기금잔액: 6,767,240원

〈졸업 40주년 행사에 찬조해주셔서 감사합니다〉

이강신 회장 100만원/ 송창섭 준비위원장 100만원/ 김창석 동창 100만원/ 최기선 동창 100만원/ 총무 이은집 50만원/ 이용민 전총무 50만원/ 이기호 동창 10만원
현재 찬조액: 510만원

한성 11회 동창 여러분, 더욱 열심히 일하겠습니다!

제가 총무를 맡은 지 5년째! 지금까지 뜨거운 성원에 감사하오며, 〈졸업 40주년 행사〉를 위해 속히 연회비를 내주기 바랍니다. 40주년 찬조는 최하 10만원에서 100만원까지 접수하오니, 동봉하는 지로 용지에 여러분의 정성이 담긴 금액을 적어 송금해주시면 대단히 고맙겠습니다.

총무 이은집 올림

이와 비슷한 편지를 200일, 150일, 100일, 70일, 50일, 30일, 20일, 10일, 7일 단위로 연속 띄웠더니, 졸업 40주년 행사 날 고마웠다는 동창파와 끔찍했다는 동창파로 갈리어 모두 함께 폭소를 자아

냈던 기억이 지금도 생생하다.

아무튼 이렇게 극성으로 행사준비를 서두르다가 행사 100일을 앞두고 준비위원회와 회장단 합동 회의를 가졌는데, 이때 총무가 기안해서 보고한 행사안 내용은 아래와 같다.

한성고 11회 동창회 〈졸업 40주년 기념 만남의 날〉 행사(안)

때: 2002년 11월 11일 오후 6시
곳: 광화문 〈코리아나호텔〉

제1부 기념식
1. 개회선언
2. 국민의례
3. 작고하신 은사님과 동문에 대한 묵념
4. 내빈 및 임원 소개
5. 행사 경과보고
6. 은사님께 사은패 증정
7. 공로패·감사패 수여
8. 장학금 전달
9. 준비위원장 환영사
10. 동창회장 인사
11. 총동창회장 축사
12. 학교장 축사
13. 은사님 격려사
14. 기념케이크 커팅
15. 건배 제의
16. 공지사항
제2부 만찬 (사진 촬영)

제3부 축하공연

1. 초대가수 축하공연
2. 은사님 초대석
3. 선후배님 초대석
4. 동창부부 노래자랑
5. 경품추첨
6. 교가 제창
7. 폐회 및 기념 촬영

....

〈졸업 40주년 만남의 날〉 행사 추진 경과보고

1. 2001년 4. 17. 오후 6시 30분 영등포공원 앞 〈향나무집〉에서 역대 임원진, 집행부, 준비위원회 합동 회의
2. 2001년 8. 24 오후 7시 여의도 〈63빌딩 한가람〉에서 집행부, 준비위원회 합동 회의
3. 2002년 4. 8 오후 7시 여의도 〈63빌딩 루프가든〉에서 역대임원진, 집행부, 준비위원회 합동 회의
4. 40주년 행사 D-500, D-400, D-300, D-250, D-200, D-170, D-150, D-120, D-100, 회보 우송(앞으로는 더 자주 보내고, 준비회의도 매월 가질 예정임)

....

〈졸업 40주년 행사비용(안)〉

수입부

찬조 3,000만원을 목표로 하는데 현재 1,100만원 입금되었고, 찬조약속은 초과달성이므로 앞으로 더욱 독려하겠음

지출부

행사 회식비 600만원(100명×6만원)/ 명부 수첩 100만원/ 공로패·감사패·사은패 200만원/ 가수 출연료 150만원/ 밴드 30만원/ 장학금 200만원/ 은사님 거마비/ 기념품대 150만원/ 동창회보(컬러) 150만원/ 기념선물비 450만원/ 상품대(행운의 열쇠 등) 200만원/ 대형현수막 20만원/ 명찰 3만원/ 프로그램 15만원/ 은사님&내빈 꽃다발·코르사주 50만원/ 사진 비디오 100만원/ 기타 잡비 50만원

합계 2,460만원 (행사 후 남은 금액은 11회 동창회 기금으로 함)

....

좋은 의견이나 아이디어를 써내주십시오!

내가 특히 고등학교 동창회의 졸업 40주년 행사에 대해서 이렇게 자세하게 소개하는 이유는, 이 책을 읽는 독자들도 20주년, 30주년, 40주년 행사를 하게 될 때 꼭 참고를 하면 도움이 될 것 같아서이다.

아무튼 차츰 행사 날은 다가오는데 어째 동창들의 반응은 미흡한 것 같아, 11월 11일 행사 50일을 앞두고 또다시 회보를 보냈다. 내용은 다음와 같다.

이제는 더 이상 우리에게 시간이 없습니다!

— 9월 22일은 〈한성 11회 졸업 40주년 만남의 날〉 D-50일!

전국에 계신 한성고 11회 동창 여러분! 안녕하십니까?

민족의 가장 큰 명절인 추석은 잘들 쇠셨는지요? 이제 추석도 지나고 보니 우리 평생에 처음이자 마지막인, 생존해 계신 은사님과 총동창회 회장님 그리고 선후배 대표를 초청하는 〈졸업 40주년 기념

만남의 날〉 행사가 50일 앞으로 다가옵니다.
그동안 여러 번 편지를 드려 여러분의 성원과 협조를 부탁했습니다만, 얼마 전 21회 10년 후배들의 졸업 30주년 행사에 초대받아 가보니, 롯데호텔에서 하는데 총 500여 명 참석에 정말 대단하더군요!
그러나 우리는 조금도 걱정할 필요는 없습니다. 우리 11회는 우리의 형편에 맞게 더욱 알차고 정겨운 행사를 치르면 되니까요. 다만 작년 10회 선배님들의 경우 107명 회원인데도 87명 참석과 30여 명의 부인들 그리고 초청 내빈 30여 명으로 총 150명 가까운 인원이 행사장을 가득 메운 것만큼은 정말 놀라웠습니다.
우리 11회는 회원이 110명이오니, 사모님들까지 꼭 오셔서 적어도 총인원 100명은 되도록 해야겠습니다. 이번 〈한성 11회 졸업 40주년 만남의 날〉 행사에 꼭 좀 참석해주시기를 다시 한 번 간곡히 부탁드립니다.
아울러 아직 연회비와 40주년 찬조를 못 내신 동창께서는 정말 속히 좀 내셔서 협조해주시기를 거듭 부탁드립니다. 이제는 행사가 50일밖에 안 남아 서둘러도 늦은 때입니다.
아무튼 이번 행사에는 은사님과 신영균 총동창회장님을 비롯한 임원진과 9, 10회와 12, 13회 한마당 선후배님들 회장께서도 참석하시는 만큼, 우리 11회의 자존심과 모교의 명예를 살릴 수 있도록 협조와 성원을 바랍니다.
그럼 우리는 11회니까 오는 11월 11일 오후 6시에 광화문 〈코리아나 호텔〉 행사장에서 우리 모두 반갑고 기쁘게 만납시다!
감사합니다.

2002년 9월

회장 이강신/ 행사준비위원장 송창섭/ 총무 이은집 드림

위와 같은 회보에 행사 프로그램과 행사 추진 경과보고 그리고 행사비용 찬조 현황과 지출계획을 자세히 알려주었던 것이다. 하지만 그래도 안심이 안 되어 별지에 총무로서 이런 호소문까지 동봉했다.

한성 11회 동창께 총무 이은집이 호소합니다!

안녕하십니까? 제가 우리 11회 총무를 한 지도 3년 9개월이 됩니다. 그간 여러분의 협조와 성원으로 우리 11회 동창회가 이만큼 발전한 데 대해 감사드립니다. 그러나 이번 졸업 40주년 행사는 너무나 걱정되면서도 또한 자신도 있습니다.

다만 여러분께서 꼭 참석(부부 동반)만 해주시고, 찬조(현재까지 국내 33명과 미국 동창 10명이 송금해주심)만 해주시다면, 오신 은사님이나 초대 내빈들이 보시고, 이번 20002 월드컵에서 한국 축구가 4강에 오른 기적처럼 깜짝 놀라게 할 자신도 있습니다.

그러하오니 이 편지를 잘 읽어보시고 뜨거운 성원과 협조를 바랍니다. 저 총무가 이처럼 애원하는 것은 이젠 정말 시간이 없어서입니다. 부디 다시 한 번 생각하시고, 11월 11일 행사에 꼭 오십시오! 재작년 9회 선배님들은 2000년 졸업 40주년 행사 때 초청한 내빈보다도 9회 동창들이 적게 나와서, 참석한 은사님과 참석하신 선후배님들이 면구스러워했다고 합니다.

그럼 동창님들을 믿고 저는 50가지의 졸업 40주년 행사 준비를 지금부터 점검해나가겠습니다. 감사합니다.

졸업 40주년 주제가 (태진아의 〈사랑은 아무나 하나〉로 함)

1. 한성고 11회 동창 한성고 11회 동창/ 한성고 11회 동창 2002년 40주년에/ 만남의 이 기쁨 반가운 얼굴들 그 얼마나 기다렸던가/ 오늘 이 시간 너와 내가 만나 옛 우정을 펼칠까/ 한성고 11회 동창 영

원토록 만나며 살자

2. 40주년 아무나 하나 40주년 아무나 하나/ 40주년 아무나 하나 11회가 정말 최고야/ 그리운 동창들! 은사님 선후배! 그 얼마나 보고 싶었나/ 오늘 이 시간 우리 함께 만나 옛 우정을 꽃피울까/ 한성고 11회 동창 영원토록 만나며 살자!

— 미리 연습해오시기 바랍니다! —

지금 다시 이런 편지를 읽고 보니 웃음이 절로 나오지만, 당시엔 그만큼 행사의 성공에 대한 걱정이 컸다고 하겠다. 그리고 이번 행사를 위해 준비사항을 적어보니 놀랍게도 50가지나 됐으니, 그 내용은 아래와 같다.

한성 11회 〈졸업 40주년 행사〉 준비사항

1. 한성 11회 기념회보 2. 각종 플래카드(메인 구호 걸개사진 등) 3. 전체 기념품(김, 타월, 책, 명부 수첩) 4. 행운의 순금열쇠 5. 은사님 사은품 6. 술(소주, 맥주, 구기자술, 음료 등) 7. 마른안주 8. 떡 9. 명찰 10. 방명록 11. 꽃다발 코르사주 12. 스카치테이프 13. 모교 교기 14. 총동창회기 15. 초청내빈 명단 작성 16. 케이크 17. 사인펜 18. 경과보고서 19. 회장 인사말 20. 동창 부인 대표 축사 21. 총동창회장 격려사 22. 학교장 축사 23. 은사님 회고사 24. 행운권 추첨 25. 노래자랑 상품 26. 먼 데서(미국) 오신 상 상품 27. 교가 테이프 28. 행사장 장식용 풍선 29. 초대가수(금사향, 김용임, 사랑의 하모니, 오재용 외) 계약 30.밴드맨 계약 31. 카세트 녹음기 32. 효과음악 테이프 33. 〈한성십일〉 4행시 용지 34. 졸업 40주년 소감쓰기 용지 35. 사회용 앙케트 결과 자료정리 36. 사회자 멘트 37. 사진 촬영

준비 38. 비디오 촬영 계약 39. 퀴즈용 등 상품 준비 40. D-30일 D-20일 D-10일 D-7일 회보 41. 초대장 발송 42. 초청 내빈 참석 전화확인 43. 행사 찬조금 수금 44. 노래자랑 출전자 결정 45. 총동창회 전달 장학금 준비 46. 모교 도서관 우량도서 준비 47. 모교 재학생 축하무용단 연락 48. 행사 담당자 분담 조직 49. 총동창회보 행사결과 보고 50. 행사 후 은사님 모범택시로 모시기

위와 같은 준비사항 외에도 더 많은 준비를 해야 했지만 총무를 하자면 그만큼 치밀해야 한다고나 할까? 여기에 행사 일주일을 앞두고 마지막 띄운 편지를 지금 다시 보니 과연 내가 보냈는가 싶기도 하다.

드디어 〈한성 11회 졸업 40주년 행사〉의 막이 오릅니다! 무조건 달려오십시오!

안녕하십니까?

그토록 오랜만에, 그토록 기다리던 〈한성 11회 졸업 40주년 행사〉가 눈앞에 다가왔습니다. 무얼 더 망설이고 무얼 더 멈칫거리리오! 우리 생애 단 한 번 반백의 60줄에 들어서야 우리 함께 은사님과 총동창회 임원님 그리고 우리와 한 운동장에서 청운의 꿈을 가꾼 아래 위 1, 2년 선후배이신 9, 10, 12, 13회 회장님을 모시는 자리입니다.

그리웠다, 친구야! 반갑구나, 친구야! 우린 11회니까 11월 11일에 만나는 겁니다!

오세요! 정말로 정성을 다해서 준비했습니다. 밤잠이 안 올 정도로 기다려지는 요즘 저의 심정을 헤아리셔서 정말 꼭 오십시오! 오셔서 그리운 동창들 얼굴도 보시고, 정다운 대화도 나누고, 기쁜 술 한잔 합시다! 초청 은사님과 내빈들이 보시고 〈역시 한성 11회가 최

고야!〉 하는 소리가 나오게 합시다!
그럼 동창 여러분들을 믿고, 11월 11일 오후 6시에 광화문 〈코리아나 호텔 7층 글로리아홀〉 행사장에서 뵙겠습니다.
감사합니다.

2002년 11월
11회 동창회장 이강신/ 40주년 준비위원장 송창섭/ 총무 이은집

〈한성고 11회 졸업 40주년 기념 만남의 날 행사 초청인〉

총동창회 — 신영균 회장님 등 5명/ 모교 — 박종기 교장님, 재단이사장님 등 2명/ 은사님 — 최재형 선생님(3-1 담임) 등 10여 명/ 각 클럽 — 한성 골프클럽 등 8명/ 선후배 기별 대표 9, 10, 12, 13, 20, 21회 등 6명/ 모교 재학생 대표 — 총학생회장 1명/ 총 30여 명

행사 날 직전까지 이런 편지를 띄우고 〈진인사대천명〉, 결과를 기다릴 수밖에 없었다. 다만 행사 당일에 비가 올까 걱정이었는데 다행히 늦가을답게 쾌청하여, 행사장으로 가는 나의 발걸음은 날아갈 듯 가볍기만 했다.

드디어 행사 시간이 다가오자 솔로 동창들과 부부동반 동창들이 예식장 하객들처럼 밀려들고, 초청 내빈들도 하나둘 도착하셨다. 나는 엘리베이터 앞에서 그들을 맞으며 가슴이 뭉클하였다. 처음이자 마지막 행사라 여겨지니까 감격과 감동이 겹쳤던 것이다.

아무튼 우리 한성 11회로서는 처음으로 이처럼 좋은 장소에서 다음과 같은 메인 플래카드를 걸고 행사를 치르게 된 것이다.

한성고 11회 동창회 졸업 40주년 만남의 날

— 이제야 다 모였네! 정말로 참 반갑네! 또다시 꼭 만나세!

일시: 2002년 11월 11일 오후 6시

장소: 서울 광화문 〈코리아나호텔 글로리아홀〉

그리고 양쪽 벽에는 〈추억마당〉으로 졸업앨범의 사진들을 골라 확대해 걸개 플래카드를,〈우정마당〉으로 그간 지내온 동창회 활동 사진들을 모아 역시 걸개 플래카드로 장식하였더니, 행사장이 절로 축제분위기를 연출했던 것이다.

이때 벌어진 에피소드 한 가지!

은사님 중에 한 분이 옛날 제자를 만난 반가움에 동창들 테이블에 앉아 계셨는데, 동창 하나가 들어오다가 동창으로 착각하고 은사님의 어깨를 툭 치면서 "야! 인마! 넌 왜 이리 할아버지가 됐냐?" 했던 것이다.

아무튼 이번 행사를 성황리에 마친 나는 다음날 오전에 행사사진을 인화하고, 결과보고 회보를 만들어 우체국이 문 닫기 전에 우송했으니, 이는 나의 총무론 중에 〈신속〉의 원칙이었다. 회보의 내용은 다음과 같다.

〈한성 11회 졸업 40주년 기념 만남의 날〉
행사 결과보고 회보

일시: 2002년 11월 11일 오후 6시

장소: 광화문 〈코리아나호텔 글로리아홀〉

안녕하십니까?

우리 평생에 처음이자 마지막이 될지 모를 〈한성 11회 졸업 40주년 만남의 날〉 행사는 동기부부 21쌍 42명, 혼자 참석한 43명, 은사님 9명, 신영균 총동창회장님, 모교 박종기 교장님과 선후배 기별 대표, 각 한성 클럽회장님, 초대 연예인 등 총 120여 명이 참석한 대성황을 이룬 가운데, 아래 프로그램과 같이 진행되었기에 감사와 보고를 드립니다.

특히 이번 행사를 계기로 우리 한성 11회에 대하여 모두 찬사와 부러움을 표시해서, 당일 참석한 동창들과 부인들은 자긍심에 가슴이 뿌듯했답니다.

이제 앞으로는 더욱 동창회 운영의 내실을 기하여, 각 기별 한성동창회 가운데 가장 귀감이 되는 모범 동창회로 발전시키고자 하오니, 여러분의 더욱 뜨거운 성원과 협조를 부탁드립니다.

그럼 남은 해 알차게 마무리하시고, 2003년 5월에 정기총회인 〈아카시아 축제〉에서 다시 반갑게 만날 것을 약속드립니다.

2003년 새해에는 더욱 행운과 건강이 함께하시기를 기원합니다.

감사합니다.

2002년 11월 12일

11회 동창회장 이강신/ 40주년 준비위원장 송창섭 드림

〈졸업 40주년 만남의 날〉 프로그램

제1부 졸업 40주년 기념식 (사회: 송창섭 준비위원장)

1. 개회&축시
2. 국민의례
3. 내빈소개
4. 경과보고

5. 총동창회 장학금 전달
6. 모교 후배사랑 도서 기증
7. 은사님 사은품 증정
8. 회장 인사
9. 총동창회장 격려사
10. 모교 교장 축사
11. 은사님 회고사
12. 동창 부인 축사
13. 축하케이크 커팅
14. 건배

제2부 만찬 및 각종 사진 촬영

제3부 졸업 40주년 축하공연
1. 팡파레
2. 졸업 40주년 주제가 〈40주년 아무나 하나〉 합창
3. 김용임 가수 〈의사선생님〉 〈메들리〉
4. 동창 초대석 — 정재윤 〈청춘을 돌려다오〉
*행운추첨
5. 오재용 가수 〈사랑의 이름표〉 〈칠갑산〉
6. 내빈 초대석
7. 박인옥 — 유머 코너
8. 동창 초대석 — 전병언 〈다함께 차차차〉
9. 한성클럽 초대석 — 임주완 MBC 아나운서
10. 금사향 원로가수 〈홍콩 아가씨〉 〈임계신 전선〉 〈메들리〉
*행운추첨
11. 합창 〈홍도야 울지 마라〉
12. 은사님 초대석
13. 선후배 초대석

14. 안병현 가수 〈꽃을 든 남자〉 *행운추첨
15. 김영빈 국악인 〈국악 메들리〉
16. 동창 부인 초대석 — 이윤기 동창 부인
*각종 시상
17. 가수&출연자 합창 〈돌아와요 부산항에〉
18. 교가 제창
19. 폐회

〈각종 시상 결과〉

은사님 내빈 순금열쇠 — 한상균 은사님/ 동창 부인 순금열쇠 — 강희창 동창 부인/ 앙케트 순금열쇠 — 김영길 동창/ 40주년 행운대상 — 이유구 동창/ 먼 데서 오신 상 — 김영철 송재순(미국 동창)/ 1등도착상 — 허정길 동창

〈결산 보고〉

수입부: 찬조 2,500만원 목표에 현재 2,606만원 입금
(자세한 내용은 지면 관계상 생략함)

지출부: 16,503,970원
(자세한 내용은 지면 관계상 생략함)

*현재 한성고 11회 동창회 기금 잔액은 16,523,826원입니다.
*제가 총무 맡은 4년 만에 기금 1,600만원 돌파! 감사합니다!

한성 11회 동창님들! 모두 정말 감사합니다!

안녕하십니까?

어제 만나 헤어졌지만 오래된 느낌으로 다시 그리워집니다. 어느새 단풍이 낙엽 되어 흩날리는 계절! 이제 우리 졸업 40주년 행사 정리를 끝내고 결과보고 회보를 띄웁니다. 그리고 아마 며칠 동안 몸살이 날 것 같습니다.

11회 동창 여러분!

모두 정말 너무나 감사합니다. '과연 우리 졸업 40주년 행사가 잘 될까?' 하는 걱정이 많았는데, 막상 하늘이 선물한 쾌청하고 포근한 날씨에, 최고 목표였던 100명을 훌쩍 초과한 120여 명이 참석하여 성황리에 마무리되어 총무로서 정말 가슴 벅찬 큰 보람을 느꼈습니다. 역시 우리 한성 11회는 한다면 하는 단결심이 있다는 걸 절실히 깨달았지요.

이제 앞으로는 여러분이나 저 총무나 좀 편한 마음으로, 2005년까지 조금만 더 협조해주신다면 모임 때 참가비는 1만원, 연회비는 현재 5만원에서 3만원 정도로 인하해서 운영할 수 있게 하겠습니다. 그리고 2010년쯤부터는 참가비나 연회비 없이 그냥 모든 것을 무료로 해서, 마치 연금생활 같은 동창회를 만들 것이니 기대해주십시오!

그럼 남은 2002년 알차게 거두시고, 다가오는 2003년 5월 총회에서 만나기를 기다리겠습니다. 고맙습니다.

총무 이은집 올림

〈축시〉 다시 그 시절로 돌아갈 수 있다면

— 한성고 11회 졸업 40주년에 부쳐

이은집

그때 우리 나이 열일곱 살
너무나 싱싱하여 푸른 꿈으로 부풀기만 했지
1959년 3월! 3·1계단 밟고 올라간 한성의 교정
서로가 낯설었지만 우린 금방 우정의 친구가 되었지

아아, 어느덧 바람처럼 숨 가쁘게 달려온
한성 졸업 40주년의 기나긴 세월이여
하지만 돌이켜보면 어제처럼 가까운
우리들 한성 11회의 추억들이여

만나면 만날수록 보고 싶은 친구들아!
못 뵈어도 마음속에 그리운 은사님!
더러는 잊혀져 다시 꺼낼 수 없는 안타까운
한성고 3년의 꿈과 희망과 우정과 추억이여

우리 다시 그 시절로 돌아갈 수 있다면
얼마나 좋으랴 얼마나 가슴 벅차랴
바로 오늘 이 자리가 우리 다시 그 시절
그때 한 교실에 우정 나눈 친구들 여기에 있으니

그때 그 교실에서 가르쳐 주신 은사님도 여기에
이제 우리 다함께 그 시절로 다시 돌아왔으니
오늘밤은 은사님께 만수무강의 한잔 술 올리옵고
우리 건강과 행운을 위하여 술잔을 높이 들어보세!

위와 같은 졸업 40주년 행사 결과보고 회보를 즉시 보낸 후 1개월쯤 후에, 그간 이번 행사에 노고와 협조가 큰 집행부 임원진, 준비위원회, 역대 회장단, 고액 찬조자 동창들을 특별 초대하여 〈한성 11회 졸업 40주년 행사 뒤풀이 감사모임〉을 가져 평가회까지 했더니, 모두 나더러 만년총무를 하라고 아우성이 아닌가?

아무튼 다음 새해를 맞아서는 모든 동창에게 〈2003년 새해에 복 많이 받으십시오〉라고 쓴 연하장도 보냈다. 이어서 5월의 총회에 즈음해서는 〈2003년부터는 우리 한성 11회의 행복한 새로운 만남이 시작됩니다!〉라는 타이틀의 회보를 띄웠다. 그리고 졸업 45주년 행사를 우리끼리지만 평소의 행사 규모를 확대하여 실시하고, 평년에는 〈편안한 모임! 즐거운 모임!〉으로 진행했다.

그러는 동안에 대부분 동창들의 부모님과 장인장모가 별세하여 그때마다 경조사를 철저히 챙겨드렸고, 다음엔 자녀 혼사가 쏟아졌는데 역시 열심히 알리고 많은 축하를 유도했더니, 동창들이 모두 무척 고마워했다.

이젠 우리 나이 칠순에 가깝게 되었어라

옛말에 〈인생칠십고래희〉라 했는데, 벌써 우리 한성 11회 동창들의 나이가 머잖아 칠십고개에 이르게 되었다. 그리하여 이미 직장에서 정년을 마치고, 〈지공선생(지하철 공짜)〉으로 자유를 얻었지만 특별히 갈 곳이 없어 동창회 행사를 연간 2회에서 4회로 늘리자는 동창들이 있는가 하면, 고혈압으로 쓰러진 친구 등 건강이 급격히 나빠져 두문불출하는 동창들도 있는 형편이다.

하지만 평균 수명이 옛날에 비해 많이 늘어난 만큼 특히 초·중·고·대학 동창회 같은 모임에 자주 참석하면, 다시 그 시절로 돌아가 젊음의 엔도르핀이 팍팍 솟아나므로 건강해진다는 비결을 알려드리고 싶다. 그런 뜻에서 독자들이여! 여러분의 동창회에 열심히 동참하여 〈998823死 (99세까지 88하게 잘 살다가, 2~3일 시름대다가 죽는다)〉하시기를 기원합니다!

6. 고등학교 총동창회
— 한성고 총동창회

✻

요즘은 주로 사립학교에 동계 중고교가 존재할 뿐이지만, 나의 학창시절에는 거의 모든 중고교가 같은 캠퍼스에 있었다. 그래서 동창회도 〈○○중고등학교 동창회〉로 조직되었다.

지금은 신설 중학교의 경우 동계 고교가 거의 없어, 아마도 앞으로는 중학교 총동창회와 고등학교 총동창회가 따로 만들어질 것 같다.

나는 시골인 충남 홍성군 광천의 광천중학교를 졸업하고 서울의 한성고등학교에 진학했는데, 사립학교라서 〈한성중고등학교 총동창회〉로 조직되어 있다. 일제시대에 개교하여 역사는 무척 길지만, 총동창회가 창립된 것은 6·25 후인 1950년대 중반으로 초창기엔 모교를 각별히 사랑하는 몇몇 선배님들이 모여 총동창회를 이끌어 가는 정도였다고 한다. 그러다가 중고교 선후배 졸업생을 각 기별로 조직하여 매년 가을에 〈한성인의 밤〉이란 행사를 시작한 것은 1987년부터로, 올해에 24회가 된다. 그만큼 고등학교 총동창회는 창립과 운영이 쉽지 않다고나 할까?

물론 명문고등학교의 경우는 사정이 달라 내가 근무했던 용산고 총동창회는 1946년에 개교했어도, 매월 〈큰그릇〉이라는 동창회보

책자도 발행하고, 우리나라 재벌기업 총수가 졸업생이라서 엄청난 장학금을 조성했는가 하면, 국무총리도 배출하고, 장관은 내가 가르친 제자 중에 나오기도 했다. 또한 각 기별로 졸업 20주년부터 30·40·50·60주년까지 〈홈커밍데이〉 행사를 해서, 내가 가르친 제자들의 이런 행사에 여러 번 초대받아 가기도 했다. 물론 총동창회의 사무국장(총무)은 각 기별의 이와 같은 행사에도 빠짐없이 챙겨서 회장단 임원진에게 잘 연락해야 할 것이다.

아무튼 그런 관계로 〈제1회 한성인의 밤〉 행사 전부터 총동창회에 참여했기에, 고등학교 총동창회의 운영에 대해서도 잘 알게 되었다.

고등학교 총동창회 회장은 유명도와 재력을 겸비해야 한다

연못의 물고기 떼를 살펴보면 큰 물고기 뒤를 잔챙이들이 따라다닌다. 인간 세상도 마찬가지여서, 적어도 고등학교 총동창회 회장은 되도록 사회적 저명인사이면서 재벌급의 경제적 능력도 갖춘 인물이어야 한다. 아울러 총무(사무국장)도 월급을 받지 않는 봉사직이라면 역시 앞서 언급한 총무론대로 다양한 총무의 자격을 갖추어야 할 것이다.

고교 총동창회의 조직을 보면 대개 1. 회장 2. 상임(수석)부회장과 부회장 약간명 3. 감사 2명 4. 총무(사무국장)와 간사진 5. 이사 다수 6. 각 클럽 회장 7. 각 기별 회장과 총무 8. 기타 등인데, 총동창회 규모에 따라 조직을 더 확대할 수도 있다.

고교 총동창회의 활동은
총무가 주도적으로 찾아 만들어야 한다

앞서 말했듯이 명문고교의 총동창회는 엄청난 규모와 조직에 월간회보도 발행하고, 선후배의 유대가 돈독하여 모교 재학생에게 장학금을 지급하는 등 활동 영역이 무척 넓지만, 웬만한 고등학교의 경우는 그렇지 않다.

나의 한성고등학교 총동창회처럼 연간 1회의 총동창회 선후배 모임인 〈한성인의 밤〉과, 역시 연간 1회 발행하는 〈한성인〉 회보와, 10년 단위로 〈총동창회 명부〉를 발행하는 정도에 그칠 것이다. 따라서 총무는 총동창회의 사업을 주도적으로 찾아 회장단 회의에 부쳐 활성화시키는 데 앞장서야 한다.

그런데 어느 단체나 마찬가지이지만, 우선 총동창회도 운영자금이 필요하다. 먼저 회장과 회장단 임원진은 연회비가 책정되어 있지만 이를 거두기가 쉽지 않으니 총무가 열성을 보여야 한다. 아울러 각 기별 동창회에 분담금을 할당해서 받고, 큰 행사 때에는 열성 선후배의 찬조금도 받는 등 노력을 기울여야 총동창회를 운영해 나갈 수가 있다.

고등학교 총동창회의 임원회의는 대개 〈신년하례회〉와 〈총회〉를 앞두고 연간 2회 정도를 하게 되는데, 여기에 초대장을 소개한다.

회장단 및 이사님 귀하

국화 향기 그윽한 만추의 계절이 되었습니다. 그간에 회장단 및 기별 회장님과 이사님의 건강하심을 기원합니다.

총동창회 총회 겸 〈제15회 한성인의 밤〉 행사를 위한 모임인 〈총동창회 이사회〉를 아래와 같이 갖고자 합니다. 여러 가지로 바쁘실 줄 아오나, 한 분도 빠짐없이 참석하시어 보다 내실 있는 이사회가 되도록 협조가 있으시기를 바랍니다.

–아래–

1. 일시: 2002년 10월 18일(금) 오후 6시 30분
2. 장소: 프레지던트 호텔 신세계홀(19층) 753–31XX
3. 참석대상: 총동창회 회장단, 회기별 회장 및 이사 전원
4. 안건

1) 제15회 한성인의 밤 개최건
2) 자랑스러운 한성인 수상자 결정
3) 사은패, 공로패, 감사패 수상자 결정
4) 총동창회 명부 발행건
5) 〈한성인〉 회보 발행건
6) 기타

*각 회기별 회장님께서는 다음 사항을 이사회까지 반드시 이행하여 주시기 바랍니다.

1. 명부 최종 확인 명단 제출(미제출 회기)
2. 〈한성인 7호〉 회보 수록용 기별 동정 및 사진 제출(클럽 포함)
3. 각 기별 분담금 납부 바람
4. 연락: 동창회 사무처 (02–364–09XX)

2002년 10월 4일

한성중고등학교 총동창회 회장 신영균

여기서 사무국장(총무)으로서 특히 유념할 사항은 약 100명 내외의 총동창회 임원진에 대해서는 얼굴까지 다 익혀서 임원회의 참석 시에 "아무개 선배님(후배님)!" 하고 반길 정도가 되어야 한다. 따라서 평소에 사진까지 있는 임원대장을 만들어 열심히 외워야 할 것이다.

그리고 특히 임원회의 사회를 볼 때에는 편안하고도 유머가 반짝이는 재치가 있어야 할 것이고, 임원회를 마치고 식사 때에는 좌중을 살펴 술도 따라드리는 도우미 역할도 해야 임원들의 사랑을 받는다.

총회 행사 등을 할 때에는 규모가 크므로 준비사항을 미리 챙겨서 차질이 없도록 한다.

아울러 고등학교 총동창회쯤 되면 홈피도 좀 더 다양하게 구성하여 활성화(수시로 업그레이드)시켜야 하며 회장단, 간사진, 이사진, 각 기별 회장 및 총무와 중요 동문, 클럽 임원진 등 회원을 조직적으로 세분해놓고 연락사항에 따라 회보와 전화 그리고 문자메시지를 띄운다.

아무튼 고등학교 총동창회만 해도 졸업생이 적게는 수천 명에서 많게는 수만 명에 이르므로, 일종의 기업을 운영하듯이 전문성을 발휘해야 할 것이다. 바로 그런 중차대한 역할을 하는 자리가 사무국장(총무)임을 깨닫고, 혼신의 노력을 기울여야 모임이 발전하게 될 것이다.

7. 대학교 학과 동창회
— 고려대 국문과 62 〈석우회〉

✻

우리가 학연으로 처음 만나는 초등학교 동창은 〈죽마고우〉로서 철없이 지냈기에 평생 흉허물 없는 친구라면, 중학교 동창은 사춘기 시절로서 꿈 많던 시기였기에 그만큼 우정도 깊다. 그러나 고등학교 동창은 저마다 장래에 대한 희망과 입시공부에 짓눌려 고독하게 보낸 〈질풍노도〉의 암흑기(?)라서 사실 동창 간에 깊은 우정을 나누기가 어려웠지 않나 싶다.

하지만 대학교 학과 동창은 이런저런 고초를 다 겪고 일단 미래를 향한 같은 배를 탄 동지들이기에, 사회에 나와서도 가장 끈끈한 우정 속에 상부상조까지 하게 되는 영원한 친구라고 하겠다.

그래서인지 1962년에 고려대학교 국어국문학과의 입학동기인 대학 동창들은 졸업 후 군대시절을 갓 지난 1970년부터 벌써 〈국문과 62학번 교우회(고려대는 동창회 대신 교우회라 함)〉로서 〈62석탑(후에 석우회〉이라는 모임을 만들어 만나기 시작했던 것이다.

그러니까 나의 초·중·고·대학 동창회 중에 가장 오랜 역사를 자랑하는데, 마침 초창기의 연락 엽서(당시 엽서 값은 5원)가 남아 있기에 내용을 소개한다.

〈석탑 소식〉 제3호 (1971. 10. 4)

아래와 같이 1971년 제4차 정기모임을 갖사오니 필히 참석 바람

–아래–

때: 1971. 10. 8(금) 오후 6시 30분

곳: 종로3가 〈신세기〉다방(2층)

특기사항: 이번 모임은 안정식 댁에서 가질 예정임

*소식

1) 임무정 군이 1971. 10. 16(토) 오후 2시 정동교회에서, 박보융 군이 1971. 10. 15(금) 광주에서 화촉을 밝힐 예정이니 축복 바람

2) 제3차 모임이 1971. 9. 4(토)에 이은집 댁(마포)에서 있었음

3) 아직 한 번도 참석하지 못한 친구나 지방에 있는 친구는 전화 또는 편지로 연락하여 주기 바람. 모든 분의 행운을 빌며……

그 시절만 해도 컴퓨터가 없었기에 타이프로 친 글씨가 투박하지만, 대학 동창으로서 우정을 나누었던 추억이 새롭기만 하다.

아무튼 이처럼 교직에 근무하던 동기들을 중심으로 거의 매월 집을 방문하는 만남을 가져오다가, 몇 바퀴 돌고 나니 차츰 시들해진 감이 있었고, 또한 각자 생업에 바쁘다 보니 만남의 열기가 식어갔던 것이다.

그렇게 몇 년을 보낸 우리 대학 동창회는 내가 결혼 6년 만에 낳은 아들의 첫돌을 기회로 다시 새 출발하게 되었다. 우리 집에서 돌잔치 후에 기념사진을 찍고, 다음 달 모임에서 나를 새로이 간사(총무)로 뽑았던 것이다. 그리하여 그때 내가 사인펜으로 작성하여 복사한 회보를 보냈는데, 지금에 와서 읽어보니 비록 졸필에 두서없

는 내용이지만 뜨거웠던 우리의 우정을 아직도 생생히 느낄 수가 있었다.

〈62석탑 소식〉 제1호 (1977. 7. 14)

1977년의 오늘에서 우리 첫 만남의 해인 1962년(입학) 사이에는 15년이란 기나긴 세월의 강이 흐르고 있습니다. 〈마음의 고향(고대 교가의 한 구절)〉 석탑에서 헤어진 지도 열한 해! 그동안 어려웠던 시절을 〈사천 이규봉〉과 〈다가 나명순〉 석우의 노고로 우리는 이날까지 흩어지지 않고 서로 손길을 마주 잡을 수 있었습니다. 우리 모두의 마음을 모아 두 분의 노고에 진심으로 감사합니다.
이제 우리는 여러 가지 면에서 새로운 출발을 하지 않으면 안 될 시점에 이른 듯합니다. 그런 뜻에서 여러 석우님들이 불초 〈성암(나의 호)〉에게 다시 〈62석탑〉의 바통을 넘긴 것으로 압니다.
마침 1977년 7월! 좋은 행운의 숫자들이 우리의 내일을 축복합니다. 앞으로도 〈62석탑〉은 여전히 우람찬 모습으로 존재해야겠습니다.

1977. 7. 13 간사 이은집 드림

〈1977년도 62석탑 소식〉

1. 1977년도 첫 모임이 이은집 석우의 집에서 있었음
1) 일시: 1977년 6월 17일 오후 8시~10시 30분
2) 장소: 성북구 석관동 자택
3) 참석자: 나명순 민충환 박광웅 박성원 백선기 안정식 오상국 오충수 이규봉 이은집 이태구 임성순 조영목 지광조 최경춘 (15명)
4) 내용: 지각생(아이를 늦게 낳았다는 의미) 성암의 장남 진현군의 첫돌 축하! 석관동의 황금을 매점매석(돌반지를 샀다는 뜻)하고, 3명

이 떠미는 케이크(큰 케이크란 뜻) 선물! 모처럼 가장 많은 석우들이 모여 아래와 같이 기념사진을 〈박았고〉, 박주산채를 들면서 〈흩어진 석우 찾기〉 운동과 지신을 누르는 창가(노래)와 가사를 잊을 뻔한 교가와 교호로 회포를 나눔

2. 1977년도 두 번째 모임이 백선기 석우의 집에서 있었음
1) 일시: 1977년 8월 1일 오후 8시~10시 30분
2) 장소: 영등포구 여의도동 시범A 자택
3) 참석자: 나명순 박광웅 박성원 백선기 오상국 오충수 윤상경 이규봉 이은집 이태구 임무정 조영목 (이상 12명)
4) 내용: 언론계의 중견 백선기 부장의 십몇 층(밤이라서 층수를 셀 수 없었음) 아파트에서 집들이 겸으로 모였음. 친구는 역시 옛 친구! 술은 역시 OB와 이름도 점잖지 못한 〈조지 드레이크(양주 이름)〉로 모두 기분들 알딸딸. 〈사천 이규봉〉과 〈다가 나명순〉에 이어 앞으로 〈62석탑〉 3대 간사(총무)에 〈성암 이은집〉을 만장일치로 정하고, 아울러 12월 모임은 오상국 석우네서 하기로 결정! 추후 통보할 것임
(하단에 이은집네 모임 때 찍은 사진 게재함)

그러니까 우리 대학 동기회 모임은 내가 간사(총무)를 맡음으로써 사계절에 한 번씩 정기모임을 갖기로 했고, 기금 조성을 위해 재형저축도 들었던 것이다. 아울러 10월 1일 황금 3일 연휴를 맞아서는 특별히 〈제1회 가족야유회〉를 가졌는데 12가정에서 35명이나 참가하기도 했다.

대학 과별 동창회는 평준화로 운영하기가 쉽고도 어렵다

가수 태진아의 〈동반자〉라는 노래 가사에 〈잘살고 못사는 건 타고난 팔자〉라는 구절이 나오는데, 초중고 동창들은 빈부격차가 나도 별로 개의치 않는다. 하지만 대학 동창들은 지식·직업·경제의 평준화가 이루어져, 거의 비슷한 직업(우리 대학의 경우 40명 동기 중에 교사만 10여 명에 이른다)에 사는 수준도 별반 차이가 없다 보니 오히려 미묘한 경쟁심리가 작용하는 것 같다. 특히 사모님들은 집들이 때나 부부동반 모임 때 서로 경쟁적으로 음식을 잘 차리고, 값비싼 의상을 자랑하려고 해서 부작용을 느끼기도 했다.

아무튼 그런 까닭에 대학 동창회는 운영하기가 쉽고도 어렵다고 하겠다. 좀 값싼 장소에서 먹거나 노는 데 치중하면 수준이 낮다고 타박하고, 좀 고급스런 곳에서 품위를 찾으면 우리가 상류층이냐고 항의를 하기도 한다. 그래서 내가 총무를 할 때에는 사계절 모임 중에 2회는 소박하게 하고, 사모님을 모시는 부부합동 모임 때에는 좀 비싼 장소에서 행사를 했던 것이다. 그러나 수십 년을 만나다 보니 이젠 귀천을 따지지 않고 그저 반갑고 즐거울 따름이다.

그래도 항상 행사내용이나 행운추첨을 하더라도 상품에 신경을 써야 하는데, 가장 환영받는 품목은 내 고향 청양의 태양초 고춧가루나 충남 광천의 자연산 김이었는데, 특히 이것은 사모님들이 좋아했다.

우리 대학 동창은 국문과라서 작가로 데뷔한 사람도 많아 그들이 첫 저서를 냈을 때에는 출판기념회도 열어주고, 일반 직장에 있는 동창들에게는 승진 또는 전보했을 때에 축하회를 열어주었다. 부모·장인·장모 애사 때나 자녀 혼사 등 경조사는 철저히 챙겨 조화나 화환을 되도록 일찍 보내고, 많이 참석하도록 독려했음은 물론이다.

이처럼 우리 고려대 국문과 〈62석탑〉 모임은 변함없이 만나고, 기금을 늘리고, 경조사를 챙겼다. 어느덧 내가 총무를 한 지도 10여 년이 흐른 1989년의 송년회 회보를 보면 아래와 같다.

석탑은 마음의 고향! — 〈62석탑〉 — 석우는 영원한 동지!

1989년 부부동반 송년모임 안내

입시랜티 체이홉(교호)!
이제 1980년대가 저물고 대망의 1990년대가 열립니다. 우리 〈62석탑〉도 어느덧 쌓은 지 30년 가까이 됩니다. 20대에 만나 50고개를 앞둔 우리! 그리고 그간 긴 세월 내조에 힘써주신 사모님들께 감사하는 마음으로 올해의 송년모임은 더욱 거창하게 합니다.
특히 이번 입시를 치르는 가정을 위해 합격을 비는 시간도 함께 갖고자 하오니 꼭 100% 참석을 바랍니다.
작년에는 일곱 가정밖에 참석하지 않아 올해에는 불참하면 벌금을 부과하고, 참석하시면 회비 없이 푸짐한 상품과 유명 가수의 축하 공연도 관람하시게 됩니다. 감사합니다.

1989년 12월 간사 이은집 드림

〈1989 부부동반 송년모임〉

일시: 1989년 12월 21일(목) 오후 6시
장소: 중국집 〈외백(02-780-53XX)〉(여의도 순복음교회 옆에 있음)

회비: 없음(단 월회비는 별도)
내용: 1989 결산과 신년 계획/ 입시가족 합격 기원/ 중국식 코스 만찬/ 가수 축하공연/ 행운추첨으로 선물 증정/ 1등도착상, 그간 최다 참석상, 최초 참석 부부상
기타: 주차장 완비되어 있음(예정인원 미달 시에는 위약금을 물게 되므로 꼭 오셔야 합니다. 특히 사모님들께서 적극 독려해주세요! 앞으로 부부동반 송년모임 존속 여부는 사모님들 손에 달려 있답니다!)

이처럼 우리 고려대 국문과 〈62 석우회〉는 해가 갈수록 더욱 많이 모이고 우정을 돈독히 해서 1993년 2월 11일자 〈한국경제신문〉의 〈同好同樂〉이란 칼럼란에 소개되기도 했으니, 그 기사의 내용은 다음과 같다.

만나면 언제나 즐거운 우리 〈62 석우회〉!

한 스승 밑에서 머리를 맞대고 학문을 익히고 배우면 친구(동창)들이다. 볕이 잘 드는 캠퍼스의 잔디밭에 누워서 인생을 논하고, 때로는 사무친 외로움 때문에 낯이 빨개지도록 막걸리에 취해 센강변(안암천변)을 어깨동무하고, 고래고래 고함을 지르기도 했었다.
조금은 들뜬 기분으로 기만 살아서 천둥벌거숭이가 되기도 했고, 비록 검정물 들인 군복차림에 발에는 워커를 신은 궁핍한 시절이었지만 60년대식의 낭만이 있어 좋았다. 지난해 가을에는 입학한 지 30주년이라 〈홈커밍데이〉에 나가 보니, 허리에 적당히 살도 올랐고 희끗희끗 반백에 대머리도 심심찮게 끼었으니, 다시는 그 시절로 돌아가지 못하리라.
그러나 언제나 만나도 즐겁다. 즐거워서 눈물이 나올 지경이다. 누구네 애가 대학에 들어갔다고 해서 기쁘고, 곧 사위를 볼 것이라고 해서 흥겹다. 그동안 죽었는지 살았는지 풍문만 떠돌다가 불현듯

나타난 친구가 있어서 기쁘고 흉허물이 없어 즐겁다.
흔히 동창회라면 망년회를 떠올릴 만큼 어쩌다 연말에 한 번쯤 만나 술잔이나 기울이면서 회포를 푸는 것이 고작이겠으나, 고려대 62학번 국문과 모임인 〈62 석우회〉는 차돌같이 단단하고 화강암같이 묵직해서, 졸업한 지 거의 30년 가까워 오는 지금까지 변함없이 만나 우정을 나누곤 한다.
정기적으로는 연간 분기별로 네 차례 정도 만나는 것이 상례이나, 마지막 송년모임만큼은 부부동반으로 그간 내조에 수고한 집사람을 위로하는 모임이다. 이제는 중년의 나이로 장성한 아들딸을 두고 있어 입담도 남편들보다 걸쭉해지고 친밀한 사이가 돼버렸다.
해마다 송년모임은 조금 색다르게 진행한다. 우선 제일 먼저 도착한 부부에게는 1등도착상을 주고, 〈행운의 풍선불기〉를 해서 가장 크게 풍선을 분 부부에게는 푸짐한 시상을 한다. 또 퀴즈 문제를 내어 맞히면 상품을 주고, 노래가사를 프린트해서 합창도 하고 독창도 한다. 마침 가수를 키우는 친구도 있어 때로는 텔레비전에서나 볼 수 있는 진짜 가수를 초청해서 흥겨운 여흥을 즐기기도 한다.
〈석우회〉를 이룬 면면을 보면 강언 민충환 박상순 윤상경 이규봉 이은집 임무정 조영목 한용길 등이 2세교육의 일선에서 일하고 있고, 김수명 오상국 원동은이 기업체에, 나명순 백선기 박보웅이 언론계에, 그리고 오충수가 관계에 몸담고 있으며, 그밖에 20명쯤 헤아리게 된다.

하지만 〈사랑은 움직이는 거야〉라는 말도 있듯이, 그토록 사랑하던 사람도 변심하는 경우가 있는 것처럼 아무리 친밀한 대학 동창들도 계속 만나다 보니, 시들해졌는지 싫증이 나는지 점점 모임에 참석하는 숫자가 줄어들어 총무를 맡은 나로서는 여간 고민이 되지 않았다. 그래서 1997년의 회보를 보면 그런 안타까움이 행간에 절실히 묻어나고 있다.

그리운 석우! — 〈62 석우회〉 — 즐거운 만남!

석우 여러분! 안녕하십니까?
1997년도 성큼 가버려 이제 두어 달 남짓 남았습니다. 쉰 살 때는 쉴 새 없이 세월이 간다더니 그런가 봅니다. 근데 근년 들어 우리 모임이 저조하고 각 가정에도 어려운 일들이 많아 안타까움과 아쉬움을 느낍니다.
더 늙기 전에 힘을 냅시다! 그래서 뒷장의 안내대로 〈고대 국문과 총교우회 97 정기총회〉에도 많이 참여해서 선후배들도 만나봅시다. 사실 그래도 우리 나이가 교우회 중에서 가장 중심이 됩니다.
아무튼 30년 가까이 만나온 우리 대학 동기모임인데, 우리 움직일 수 있는 한 만나야 하지 않을까요? 오는 10월 24일 신촌에서 열리는 〈고대 국문과 총교우회 97 정기총회〉에서 만나요! 우리 9월 정기모임이 안 됐으니 이를 대신합시다.
그럼 건강과 행운을 빕니다.

1997년 10월 회장 민충환 / 총무 이은집 드림

총무 이은집의 부탁입니다!

오늘도 하늘은 저리 푸르고 단풍도 고운데…… 일 년에 네 번 모임이 버거운가요? 갈수록 텅 비어가는 모임 장소에 20여 년 총무가 점점 힘이 빠지네요.
총무를 오래 잡고 있는 제 탓이라면 훨훨 털 수도 있지요. 그래도 우리 〈영원한 마음의 고향 석탑〉에서 만났기에 마음을 추슬러야겠지요? 우릴 만나 고생하는 조강지처들에게 우리의 자존심을 뵈어야죠.
갈수록 기금은 줄어들고 연회비도 안 들어오네요. 모임이 잘 안 되니 그렇지만요. 해서 〈고대 국문과 총교우회〉 지로로 연회비를 수납할까 합니다. 아무 은행이나 가셔서 공과금 내듯이 하면 됩니다. 지난날처럼 우리 함께 희로애락 나누며 지내자구요! 세상과 세상 사람이 다 변해도 우린 영원한 대학 동기잖아요?
그럼 빠른 시일 내 지로 송금이 도착하길 기다리면서, 10월 24일 〈고대 국문과 총교우회 97 정기총회〉에서 함께 만나요!

*현재 연회비 납부는 강 언 나명순 박보융 원동은 이규봉 이은집이며, 연회비를 내셔야 경조사에 화환을 해드릴 수 있습니다!

날씨를 보면 개었다가 흐렸다가 비가 오다가 바람이 불다가 눈 오는 날도 있듯이, 우리 대학 동창회의 모임도 변화가 많았다. 그러나 우정의 만남은 계속되어야 한다.

다른 동창회 모임도 그렇지만 특히 나의 대학 동창회는 온갖 형식으로 여러 장소에서 모임을 가짐으로써 그만큼 추억도 많이 쌓였다고 하겠다. 몇몇 동창의 별세로 슬퍼도 했고, 집 장만이나 승진과 혼사로 마음 모아 축하도 해주었으며, 영화·연극·뮤지컬 관람과 강화도·부산 등 지방여행을 함께 다니기도 했다. 어쩌면 대학 동창들이기에 가능했을지 모르겠다.

이제 우리는 이 세상 다할 때까지 계속 만나며 더욱 진한 우정을 나누리라 믿으면서, 여생은 그야말로 〈998823死〉하기를 소망해보는 것이다.

끝으로 지난해에 우리 대학 동창들이 부산여행을 다녀온 결과보고 회보를 소개함으로써 대학교 학과 동창회를 하고 있는 독자 여러분에게 도움을 드리고자 한다.

석우회(고대 국문과 62학번회) 〈2009년 지방여행〉

일시: 2009. 10. 29(목) 오전 10시
출발: 3호선〈양재역〉

안녕하십니까? 지난 몇 년간 별러왔던 지방 석우님 방문여행이 11명이 참여하는 대성황을 이룬 가운데 이루어졌기에 깊이 감사드립니다. 특히 대전 박상순 석우님의 맛있는 점심 대접과 부산 한용길 석우님의 따뜻하신 환대와 아침식사에 감사드리오며, 부산 광안리 해수욕장에서의 정취와 오가는 길에서의 즐겁던 여정을 추억으로 간직하면서, 이제 송년회에서 더욱 반갑게 만나 뵙길 바랍니다. 감사합니다.

회장 박성원 드림

....

제1부 지방축제

사회: 총무 이은집

1. 개회
2. 〈석우회〉 구호 — (좌)그리운 얼굴! (우)즐거운 만남!
3. 〈석우회〉 다짐 — 우리는 우정을 나누고/ 모교사랑과/ 석우회 발전을 위해/ 자랑스러운 석우회를/ 이끌어갈 것을/ 굳게 다짐합니다!
4. 회장 인사
5. 전회장 축사
6. 경과보고
7. 재무 보고
8. 협의사항

— 활성화 방안: (1) 서로 전화해 참석을 독려하자 (2) 입학 50주년 행사 지금부터 준비하자

9. 공지 사항

— 주소 전화 변동/경조사 — 즉시 총무에게 통보 바람!

제2부 정담

1. 건배
2. 돌아가며 한마디
3. 석우회 발전 방안

석우회 임원 (임기: 2007년 12월~2009년 12월)

회장: 박성원/ 총무: 이은집

〈경과보고〉 석우회! 무엇이든 물어보세요

*역대 회장

1대 이규봉/ 2대 나명순/ 3대 이은집/ 4대 오상국/ 5대 김수명/ 6대 최경춘/ 7대 민충환/ 8대 원동은/ 9대 강완봉/ 10대 박보융/ 11대 조영목/ 12대 김수해/ 13대 박성원(2009. 12)

*모임 참석현황

2008. 4. 12 신춘축제 10명 참석/ 2008. 6. 2 62학번회 6명 참석/ 2008. 8. 5 대한극장 11명 참석/ 2008. 10. 25 이은집 출판회 13명 참석/ 2008. 12. 29 수감자탕 8명 참석/ 2009. 2. 4 영화감상회 5명 참석/ 2009. 6. 2 62학번총회 4명 참석/ 2009. 6. 5/14 뮤지컬 9

명 참석/ 2009. 8. 18 영화감상 5명 참석/ 2009. 10. 27 62학번송년회 6명 참석/ 2009. 10. 29~30 부산여행 11명 참석

*연회비 납부상황
1996=14명/ 1997=19명/ 1998=21명/ 1999=22명/ 2000=25명/ 2001=26명/ 2002=20명/ 2003=20명/ 2004=20명/ 2005=20명/ 2006=18명/ 2007=18명/ 2008=20명/ 2009=폐지

*경리 변동상황
2001년=5,409,391원/ 2002년=5,937,222원/ 2003년=9,046,831원
2004년=8,597,731원/ 2005년=8,141,631원/ 2006년=8,499,731원
2007년=8,933,121원/ 2008년=8,766,951원/ 2009년=7,436,976원

〈경리보고〉
2009. 6. 14 〈뮤지컬축제〉 이후 기금 8,741,946원

*수입 30만원:
2009. 31 이자 20만원/ 8. 18 영화감상 회비 10만원

*지출 468,820원:
2009. 6. 14 뮤지컬축제 279,620원 및 뮤지컬 결과보고 회보 1만원/ 7. 6 이규봉 혼사회보 11,000원/ 7. 7 이규봉 혼사메시지 1,000원/ 7. 11 이규봉 혼사화환 10만원/ 그간 문자메시지 1,000원/ 8. 18 회식비 56,000원 및 복사비 1,000원/ 10. 12 부산여행 회보 9,200원
(2009. 10. 28 현재 기금 8,573,126원)

*부산방문 결산(2009. 10. 29~30)
지출 1,136,150원: 봉고차 렌트 18만원/ 운전기사(2일) 20만원/ 숙박비(방 3개) 13만원/ 횟집석식 25만원/ 점심식사(휴게소) 44,500원/

휴게소잡화 30,700원/ 커피 8,000원/ 휴게소잡화 38,350원/ 기름값 18만원/ 통행료 70,600원/ 그간 문자메시지 4,000원
(현재 잔액 7,436,976원)

〈지난번 결의사항을 알려드립니다〉

1. 2009년부터 연회비 제도가 없어집니다.
2. 모임 회비는 2만원씩입니다.
3. 경조사엔 화환과 연락 그리고 축의금을 모아 전달해드립니다.

〈행복한 부자가 되는 30가지 방법〉

1. 웃음꽃을 피워라. 웃음은 만복(돈)을 끌어들이는 초강력 에너지이다.
2. 부자가 된 것을 마음속에 영상화하라. 찍은 것만 현실로 나타난다.
3. 열정에 불을 붙여라. 돈도 여자도 뜨거운 것을 좋아한다.
4. 경제의 전문가가 되라. 프로가 되지 못하면 포로가 돼버린다.
5. 부자가 되려면 부자 줄에 서라. 부자의 기를 공유하면 어느새 부자가 된다.
6. 지갑은 돈이 사는 아파트다. 최고의 아파트에 입주시켜 돈을 기쁘게 하라.
7. 돈의 심리를 꿰뚫어라. 돈 버는데도 타짜의 기술이 필요하다.
8. 머리만 굴리지 말라. 돈도 쉬지 말고 굴려야 한다.
9. 종잣돈을 활용하라. 종잣돈은 놀라운 힘을 가진 돈이다.
10. 긍정적·낙천적으로 살아가라. 돈도 편한 사람을 좋아한다.
11. 돈 없을 때는 빌려서라도 쓰면 쉽게 들어온다. 그것이 '마중물 효과' 다.
12. 돈 많을 때는 겸손하고 없을 때는 당당하라. 그래야 돈도 믿고

따른다.
13. 아낌없이 베풀어야 큰 부자가 된다. 빌 게이츠를 보라.
14. 동물적인 감각을 길러라. 동물적인 감각이 부자를 만든다.
15. 돈은 값진 곳에 사용하라. 그래야 값진 결과가 나타난다.
16. 돈 버는 약은 절약이다. 근검절약을 실천하라.
17. 시간을 철저히 관리하라. 부채도 되고 자산(돈)도 되는 것이 시간이다.
18. 꼭 써야 할 때는 아낌없이 써라. 안 써도 좋을 때는 구두쇠가 되라.
19. 돈을 사람에게 투자하라. 그처럼 이율 높은 투자도 없다.
20. 주먹구구로 성공할 순 없다. 자산 문제는 전문가와 상담하라.
21. 티끌도 모으면 태산이 된다. 푼돈도 우습게보지 말라.
22. 신체, 의복, 주거를 깨끗이 하라. 깨끗한 곳에 재물이 모인다.
23. 건강에 유의하라. 몸과 마음이 건강해야 돈도 따른다.
24. 돈이 가는 길목을 지켜라. 돈이나 사람이나 가는 길이 따로 있다.
25. 돈이 많아도 만족이 없으면 그것이 거지다. 돈 많은 거지가 되지 말라.
26. 큰 방죽도 개미구멍에 무너진다. 돈 새는 구멍을 잘 막아라.
27. 사람을 아끼고 사랑하라. 돈이 재산이 아니라 사람이 재산이다.
28. 돈을 움직이는 주인이 되라. 돈에 끌려 다니는 노예가 되지 말라.
29. 돈과 여자와 개는 속성이 같다. 쫓아가면 도망가고 기다리면 돌아온다.
30. 즐기면서 돈을 모아라. 돈 모으는 것도 알고 보면 게임이다.

8. 대학교 학과 총동창회
— 고국회(고려대 국문과 총교우회)

✻

흔히 잘 뭉치는 우리나라의 3대 모임으로 〈호남 향우회〉 〈해병대 전우회〉 〈고려대학교 교우회〉를 꼽는다. 그래서인지 고려대학교 중에서도 총교우회는 말할 것도 없고, 특히 내가 국문과 총교우회의 총무를 하면서 경영과·정외과·경제과 같은 학과 총교우회에 가보니까 규모가 어마어마했다. 우선 장소부터 삼성역의 〈인터콘티넨탈호텔〉에서 하는데, 우리나라에서 유명 재벌과 최고위 공직자를 중심으로 보성전문시절의 원로 대선배님부터 90학번대의 젊은 후배들까지 구름같이 모여들었고, 예산결산을 보니까 수십억 원이요, 당일 찬조금만도 5억 원 이상이어서 연간 5천만원의 연회비를 거두기도 벅찬 국문과 총교우회로선 부럽다 못해 차라리 안 보았더라면 싶었던 적이 있다. 그만큼 대학교 과별 총동창회는 학과나 대학교에 따라서 천차만별일 것이다.

고려대학교 국문과 총교우회는 결성된 역사도 짧고, 운영도 무척 힘겨웠다. 고려대학교는 1905년에 개교하여 105주년을 맞고 있지만, 우리 국어국문학과는 해방된 해인 1946년에야 창설되었으며, 초창기에는 국문과 총교우회가 없이 매년 1월초에 〈신년하례식〉을 모교에서 가졌는데, 말하자면 국문과 졸업생들의 은사님에 대한 세배 자리였던 것이다.

이런 형식으로 만나기를 1985년까지 해오다가 당시 모교 교수로 재직하시던 이기서 선배님을 비롯한 국문과 교우님들이 3선 국회의원을 지낸 52학번 윤재명 선배님께 〈우리 국문과도 이젠 교우회를 만들 때가 되지 않았습니까? 선배님께서 이끌어주십시오!〉 해서, 드디어 1986년 10월 25일에 여의도 전경련회관 지하식당에서 처음 창립총회를 가졌던 것이다. 이때 내 기억으로는 2,000명 국문과 졸업생 교우 중에 250여 명이 참석하는 대성황을 이루었다.

나는 당시 모교 가까이 위치한 가수 서태지가 다녔던 서울북공고에서 교사로 근무했기 때문에, 국문과 〈신년하례식〉에도 항상 참석하여 많은 선후배님들이 나를 기억할 정도였다. 그래서 〈고려대 국어국문학과 총교우회(약칭 '고국회')가 창립되자 실무 임원으로 활동하게 되었다. 그러다가 1991년부터 3대 김동진 회장님을 모시고 총무를 맡게 되었으니, 그로부터 2008년까지 장장 18년 동안 앞으로 누구도 이 기록을 깰 수 없을 〈최장수 고국회 총무〉를 한 것이다.

대학 학과 총동창회 총무는 아무나 하나?

내가 앞에서 어느 모임이든 오랫동안 열심히 나가면 누구나 총무가 될 수 있다고 했지만, 대학교 학과 총동창회의 경우는 그렇지 않은 것 같다. 워낙 졸업한 선후배도 많고 다양한 계층이어서 군계일학은 아니라도 전현 집행부 회장단 및 임원진으로부터 두터운 신망을 받아야만 총무 지명을 받을 수 있다고나 할까?

내가 그토록 오래 총무를 한 이유도 따지고 보면 모두 총무직에 겁을 먹고 사양하거나, 새로운 회장님들도 안심이 안 된다고 자꾸 나에게 총무를 강권하셨던 것이다.

아무튼 내가 고려대 국어국문학과 총교우회의 총무를 처음 맡아 첫 임원회를 했던 회보를 보면 아래와 같다.

그동안 안녕하셨습니까?
가내 두루 평안하시고 만사형통하시기를 기원합니다. 앞으로 우리 교우회의 도약을 위한 중지를 모아 그동안 전임회장단이 다져놓은 초석 위에 고려대학교 국어국문학과 총교우회의 석탑을 쌓아가는 데 진력하겠습니다.
2000명 교우 상호간의 친목을 도모하고 상부상조하는 데에 교우 여러분의 관심과 조언을 바랍니다. 올해 첫 모임으로 늦은 감이 없지 않습니다만 자문위원, 지도위원, 운영위원 여러분과 신임회장단, 새로 선임된 위원들의 상견례의 자리를 갖고자 합니다. 바쁘신 중이라도 부디 참석해주시기를 부탁드립니다.

–아래–

일시: 1991년 5월 27일(월) 오후 7시
장소: 루프가든 (02–789–59XX 여의도 63빌딩 4층)
안건: 전체 임원 상견례
회비: 2만원

1991년 5월

고려대학교 국어국문학과 총교우회 회장 김동진

. . . .

〈고대 국어국문학과 총교우회 3대 회장단 및 임원〉

자문위원: 송민호(46) 정한숙(46) 박병채(47)
명예회장: 윤재명(52)/ 회장: 김동진(52)/ 상임부회장: 홍일식(55)
여성교우담당부회장: 이남근(52)/ 지방담당부회장: 김기현(56)
대학담당부회장: 인권환(56)/ 중등담당부회장: 임환(56)
문화예술담당부회장: 이규항(57)/ 언론출판담당부회장: 이중흡(57)
금융단체담당부회장: 김흥일(60)/ 상공업담당부회장: 민경찬(60)
공공기관담당부회장: 오충수(62)/ 국어국문학연구회장: 서연호(61)
감사: 강성호(52) 홍동화(56)/ 대표지도위원: 김영태(49)
지도위원: 송석환(49) 류우선(51) 외 43명(명단 생략)
간사: 총무 이은집(62) 홍보 이계진(66) 조직 임형재(69)
재정: 양희찬(74)/ 사업: 모교 국어국문학교우회 간사
기별 대표: 각 기별 대표 전원

은사님, 선후배님께 인사 올립니다!

안녕하십니까?
이번에 고대 국어국문학과 총교우회 3대 총무를 맡게 된 이은집(62) 인사드립니다. 영원한 마음의 고향 석탑에서 만난 우리 고대 국어국문학과 총교우회는 전임 윤재명 회장님을 비롯한 회장단 임원님들의 노고로, 어느 과에도 유례가 드문 국어국문학과 총교우회를 결성해 이끌어 오셨습니다. 그리고 이제 3대로 이어져 제가 가장 앞장서 심부름하는 임무를 맡고 보니 걱정이 앞섭니다.
이번 새롭게 출발하는 3대 회장단 임원진의 첫 상견례 모임이오니, 부디 참석해주시길 부탁드립니다. 라일락 향기로운 계절의 여왕 5월에 모처럼 뵙고픈 은사님과 선후배님이 함께 만날 수 있는 자리가 되겠습니다.

高大처럼 〈높고 큰〉 63빌딩의 맛좋은 갈비 맛도 좀 보시고, 모임 후에는 스카이라운지에 올라가서 아름다운 야경도 구경하시고, 정담도 나누시면서 초하의 낭만을 즐겨주십시오! 다시 한 번 이번 모임에 꼭 좀 참석해주시기를 부탁드립니다. 감사합니다.

1991년 5월 15일
총무 이은집 올림

이때만 해도 컴퓨터가 없었으므로 육필로 써서 복사를 해 우송했으니, 지금에 와서 보면 격세지감을 느낀다.

그리고 드디어 국문학과 총교우회의 첫 회장단 및 임원진 상견례 모임이 성황리에 열렸는데, 프로그램은 아래와 같다.

고려대 국어국문학과 총교우회 회장단 및 임원진 상견례

일시: 1991년 5월 27일 오후 7시
장소: 63빌딩 〈루프가든〉

제1부
1. 개회
2. 회장단 및 임원진 소개
3. 위촉패 증정
4. 신임회장 인사
5. 은사님 격려사
6. 전임회장 축사
7. 경과보고
8. 교우회 활성화 방안 협의
9. 공지사항

10. 폐회

제2부
1. 건배
2. 갈비 만찬
3. 기념품 증정
4. 축하공연
5. 기념 촬영
(2차는 스카이라운지에서 한잔과 야경 감상)

이렇게 첫 모임을 성공적으로 마친 다음날, 즉시 행사사진을 화보로 꾸며 결과보고 회보를 띄웠다.

새로운 돌 하나를!

안녕하십니까? 이번 신임회장단과 임원진 상견례 모임에 많이 참석해주셔서 다시금 감사드립니다.
이제 전임회장님 이하 모든 분이 놓으신 주춧돌 위에 우리 국어국문학과 총교우회의 빛나는 탑을 쌓는 돌 하나를 새로이 놓습니다. 그리하여 교우 찾기와 교우명부를 새롭게 발간하고, 회보와 지훈시비와 모교 연구회 지원 등 여러 사업을 정성껏 이끌어가겠습니다.
임원님 여러분의 따뜻한 협조를 부탁드리오며, 우리 모두 주인이 되어 자주 만나 정을 나누고 즐거움을 함께하셨으면 합니다. 감사합니다.

그런데 까맣게 잊은 사실은 지금 옛 장부를 보니, 그 행사에서 오늘날 개그맨으로 성공한 김학도 군이 대학생으로서 데뷔 전임에도 초대되어 즐거운 웃음을 선사했던 것이다. 또 내가 작사한 동요로 KBS 주최 동요대회에서 수상한 꼬마 탤런트 김다혜 어린이도 와서 노래를 불렀다.

아울러 그동안 회보 발간을 못했는데 〈고려대학교 국어국문학과 총교우회 소식〉이라는 회보를 창간하기 위해 그해 6월 10일자로 창간 준비호를 발간하기도 했으니, 이제야 우리 교우회가 새로운 발전의 기틀을 잡게 되었다고나 할까?

아무튼 이때부터 거의 2주일 단위로 교우회의 사업진행 현황과 소식을 계속 알렸더니, 그만큼 성원과 반응이 나타났다. 그러니까 총무로 일할 때에는 좀 극성스럽다고 할 정도로 열심히 뛰어야만 할 것이다.

그로부터 두어 달 후에 모교 국문과 교수로 자문위원이며 우리 고대 국문과 출신들은 누구나 존경하는 정한숙 은사님께서 이어령 문화부 장관의 임명으로 〈문예진흥원장〉에 취임하시는 경사가 있어, 그 축하행사를 성심껏 했는데 이로 인한 국어국문학과 총교우회의 사기는 더욱 높아지게 되었다.

옛 속담에 〈마누라를 길들이려면 다홍치마 적에 하라〉는 말도 있듯이, 무슨 모임의 개혁과 변화도 새로 인수인계를 받은 초기에 해야만 효과가 크다고 하겠다.

그래서 나는 그간 엽서에 간단히 총회 행사의 일시와 장소만 알리던 형식에서 벗어나, A3 넓은 용지에 비록 육필이지만 아래와 같이 큼직하게 써서 회보를 보냈더니, 모두 깜짝 놀라셨다는 반응이 나타났다.

회장단 임원진께 올립니다!

안녕하십니까?
온 누리에 국화 향기 그윽한 만추의 계절에 저희 〈고대 국어국문학과 총교우회 91 총회〉를 아래와 같이 열게 되었습니다.
그간 회장님 회장단 임원님들의 뜨거운 성원으로 저희 간사진 일동은 기쁜 마음으로 일해 왔으며, 이제 총회 모임에 저희들의 열성을 다해 준비하고자 합니다. 행사장인 모교 인촌기념관홀을 사전답사해보니 정말 멋지고 새삼 〈마음의 고향〉임을 느꼈답니다.
부디 회장단 임원님들께선 모두 참석해주시고, 같은 기별 교우님도 함께 와주십시오.
저희 간사진 일동은 최선을 다해 행사 준비를 하겠습니다. 11월 5일은 다른 스케줄을 미루시고 꼭 나와 주십시오! 감사합니다.

1991년 10월 21일
총무 간사 이은집 드림

〈고대 국문과 총교우회 91 총회〉

1. 일시: 1991년 11월 5일(화) 오후 6시 30분(좀 일찍 오셔서 모교 캠퍼스를 돌아보셔도 좋고, 좀 늦으셔도 꼭 참석해주십시오)
2. 장소: 모교 〈인촌기념관홀〉 1층 식당(주차장 완비! 마음껏 술 드시고 싶으면 대중교통을 이용해주세요)
3. 내용
1) 그리운 얼굴! 즐거운 만남!
2) 새로운 계획과 결산보고
3) 은사님과 선후배님의 정겨운 자리로 잊지 못할 추억을 선사할 것입니다.

4) 초대가수와 함께 즐거운 여흥시간이 있습니다.
5) 행운추첨으로 푸짐한 선물을 드립니다!
6) 기타: 스케줄 잡으셔서 잊지 마시고 오세요!

*기별 주소록 파악되셨으면 계속 보내주세요!
*참석 인원 100명 미달되면, 저희 간사진은 불신임 받은 걸로 알겠사오니 꼭꼭 오세용!

이처럼 공식적인 회보로서는 좀 파격적인 내용으로 보냈더니, 나중에 총회에 참석하신 교우님들께서 오랜만에 신선한 충격을 받았다면서 웃으셨다. 오랜만에 행사가 대성황을 이룬 것은 물론이었다.

특히 처음으로 참석자의 학번과 이름이 적힌 명찰을 달아드리고, 행사장에 내건 플래카드도 대형으로 바꾸었으며, 선후배님 좌석도 지정해드렸더니 모두 이제야 교우회가 정상궤도에 올랐다면서 좋아하셨다. 그러나 실무를 맡은 우리 간사진들은 더욱 겸손한 자세로 임했으니, 항상 공적은 전임자들에게 돌리고 미비점은 현임자가 책임져야 모임의 화합이 이루어지기 때문이다.

아울러 종래까지 해오던 〈신년하례식〉도 변함없이 〈세배 받으시고 세배하세요!〉라는 회보를 띄워 주최했고, 이런 회보를 보낼 때마다 연회비 납부나 〈지훈시비 찬조 현황〉을 알려드리니까 더욱 많은 연회비와 찬조가 답지했다. 바로 나의 총무론 중에 〈신속·정확·투명〉으로 신뢰를 얻었다고나 할까?

3대 회장단의 취임 2년차인 1992년 1월 2일에는 신년하례회 장소에서 새로 발간한 〈고대국어국문학과 교우회보〉를 배부했는데, 비록 흑백으로 A5 사이즈였으나, 8페이지에 걸쳐 비교적 다양한 내용을 실었다. 그 목차만 소개하면 다음과 같다.

1p — 〈신년사〉 1992년은 '그리운 얼굴, 즐거운 만남의 해'로 만듭시다! (회장 김동진)
2p — 〈축사〉 돌탑을 쌓듯 우리 교우회를! (명예회장 윤재명)
〈부회장단의 설계〉 여성교우 찾기에 노력을! (여성교우담당 부회장 이남근)
3p — 〈부회장단의 설계〉 아직도 남은 꿈을 위하여 (이규항 KBS 아나운서 실장)
4p — 〈교우수필〉 삶의 기쁨 (중등학교담당 간사 오세하)
5p — 〈기사〉 1991년도 정기총회 개최/ 송민호 김민수 명예교수 저서 출판기념회 가져
6p — 〈기사〉 모교 국어국문학연구회 정기총회 및 학술대회 개최
〈근황〉 교우님! 요즘 어떻게 지내고 계십니까? (윤재명 외 7명)
7p — 1991년도 연회비 납부현황/ 모교 국어국문학연구회 지원회원 신청현황/ 찬조금 현황/ 회비 납부 안내
8p — 광고 3건

아무튼 이런 회보 발행은 다른 학과교우회에서는 전례가 없을 만큼, 당시로서는 무척 앞서간 우리 〈고대 국어국문학과 총교우회〉였던 것이다.

그 후로 나는 계절에 한 번 정도는 무슨 안건이 있건 없건 회장님 명의로 회보를 띄웠고, 그 사이에 우리 간사진을 대표하여 내 이름으로 우리 교우회의 현황과 교우님 소식을 알려드렸다.

그리고 해가 갈수록 그 열성이 퇴색하지 않고, 오히려 컴퓨터의 등장과 함께 더욱 신속하게 사무를 처리했다. 그 바람에 모두 총무를 사양했는지 모르지만 아무튼 나는 〈고국회〉의 총무를 무려 18년간이나 했는데, 그동안 한 일들을 다 기록할 수는 없고 종합하여 소개해본다.

1. 매년 한 해도 빠짐없이 신년하례식, 3·4회의 회장단 임원회, 정기총회, 경조사 챙기기를 했다.
2. 매년 한두 번씩 교우회보를 발간했으며, 전체 국문과 교우들의 명부 책자를 5년 혹은 10년 단위로 발행했다.
3. 해마다 연회비를 열심히 거두어 3천만원대의 기금을 확보하여 유지했다.
4. 우리 고국회의 숙원사업이던 〈지훈시비〉를 모교 캠퍼스 안에 2억 가까운 찬조금을 모아 세웠다. 그리고 건립 기념행사를 여러 선후배님들과 모교 총장님을 모시고 성대하게 치렀다.
5. 10년 학번 단위(50~59학번/ 60~69학번/ 70~79학번)로 기별 대표와 총무회의를 매년 개최하여 교우회 조직을 확대했다.
6. 정한숙 은사님의 문예진흥원장 취임축하회, 홍일식 교우회장님의 모교 총장 취임축하회, 이계진 부회장의 국회의원 당선축하회 등 여러 임원진 교우님의 출판기념회를 해드렸다.
7. 지훈 묘소 참배와 정한숙 문학관 방문을 했다.
8. 고국회 창립 10주년, 20주년 행사를 열었는데, 특히 국문과 창설 50주년, 60주년과 겹쳐서 모교 재직 교수와 재학생까지 참여하는 대규모 행사로 개최했다.

이중에 〈고국회 10주년 국문과 50주년〉 행사를 위해 회장단 임원진 회의를 일 년 전부터 여러 차례 가졌으며, 50·60·70학번대 모임도 가져 참석과 찬조를 부탁드렸다. 이런 행사 준비상황에 대한 회보는 수도 없이 모든 교우들에게 우송했음은 물론이다.

드디어 1996년 10월 25일 오후 6시에 광화문 〈코리아나호텔 글로리아홀〉에서 〈고국회 10주년 국문과 50주년〉 행사를 갖게 되었는데, 당일 행사를 위해 발간한 〈고대 국어국문학과 총교우회보 제7호 특집호〉와 기념행사 및 총회의 행사 내용은 다음과 같다.

〈고대 국어국문학과 총교우회보 제7호 특집호〉

1p — 〈기념사〉 고국회10주년 국문과 50주년에 부쳐 (회장 송석환)
2p — 〈축사〉 100년 고려대! 50년 국문과! 10년 고국회! (총장 홍일식)
〈회고사〉 어느덧 10주년을 맞는 고국회 (고문 윤재명)
3p — 〈고국회가 창립되기까지〉 교우들의 저력을 한데 모을 고국회 (모교 부총장 이기서)
4p — 고대 국어국문학과 총교우회 연혁 (초대 회장에서 5대 회장까지)
5p — 〈기념사〉 국어국문학과 창설 50주년을 맞으며 (모교 국문과 학과장 서연호)
6p — 〈인사〉 선배님들이 쌓아 오신 50주년과 10주년 (모교 국문과 학생회장 엄정미)
7p — 국어국문학과 50년 연혁/ 재직교수 명단/ 국문과 학생현황
8~9p — 고국회 10주년! 추억의 앨범 화보(행사 사진들로 꾸밈)
10~11p — 국어국문학과 창설에서 오늘에 이르기까지 50년 이야기
12p — 국문과 50주년 기념행사 안내 (개막제/전공의 날/거리전/공연일정/영화제/폐막제)
13p — 〈축시〉 석우여! 석우여! (총무 이은집)

석우여! 석우여!

— 고국회 10주년! 국문과 50주년에

이은집

석우여! 이게 얼마만인가?
1960년대 3월에 처음 만나 우린 석탑의 언덕에서
학문과 우정을 꽃피웠지! 그러니까 꼭 30여 년만일세

석우여! 자네 머리도 벌써 반백이네
하지만 그 눈빛은 변함없이 정겹구만
덥석 잡는 손길의 따스함도 그 옛날 그대로야

석우여! 그때를 기억하는가?
너와 나 어깨동무하고 4·18탑 앞에서, 안암동 로타리에서
자유 정의 진리를 목이 터져라 외치며
최루탄 속에 눈물의 함성을 부르짖던 그날을

석우여! 철쭉꽃 붉은 오솔길에서
인촌 동상 앞 잔디밭에서, 밤 깊도록 불 켜진 도서관에서
10원짜리 콩나물국 팔던 학교 앞 식당에서
마주 도시락 까먹으며 끝없이 나누었던 이야기를

석우여! 우리는 다시 마음의 고향에 돌아왔다
그리웠던 정다운 동기와 궁금했던 선후배님과
보고 싶던 모교 은사님을 만나 뵈오니
이 벅찬 가슴! 눈시울조차 뜨거워지누나!

석우여! 우리 이젠 서로 만나 얼굴 좀 보면서
남은 삶은 함께 살아가자! 이제 100주년 때에도
다시 볼 수 있는 석우는 그 누가 있으랴
석우여! 석우여! 석우여……

14p — 〈기별 탐방 74학번〉 교우만의 모임을 가족으로 확대할 때 (재정간사 김연호)
15p — 지훈시비 건립 찬조 현황/ 연회비 입금상황
16p — 〈광고〉 모교 '바른 교육 큰사람 만들기' 운동 참여 안내

아무튼 〈고국회 10주년 국문과 50주년〉 기념행사는 준비와 노력한 만큼 대성공을 거두었는데, 이번 행사를 마치고 〈국어국문학과 총교우회보〉에 실은 〈고국회 10주년 겸 96총회 스케치〉의 글은 지금 읽어도 그날의 모습이 생생히 떠오른다.

아울러 현재 총무를 맡은 독자 여러분에게 참고하시라고, 당일 행사에 수여했던 감사패와 공로패의 문안을 제시한다.

우리의 〈국문과꽃〉이 피었습니다!

— 고국회 10주년 겸 96총회 스케치

1996년 신년 벽두부터 올해는 〈국문과 창설 50주년 고국회 창립 10주년〉으로 그 기념행사와 정기총회를 갖사오니 꼭 참석해달라는 부탁을 교우회 회장단 임원진 교우님들께 수없이 부탁드렸지만, 행사 전날 내린 장대비는 우리 실무 간사들의 애간장을 태웠다.

다행히 10월 25일 당일은 비가 개어 천만다행! 드디어 행사장인 코리아나호텔 글로리아홀에, 6시가 가까워오자 그립고도 반가운 교우들이 모여들어 순식간에 예약된 150명 좌석을 다 메우니, 아! 그 감격이여!

특히 역대 회장님과 임원진들이 거의 100% 참석! 예정시간보다 늦은 오후 7시부터 〈제1부 10주년 50주년 기념행사 및 96 정기총회〉를 개최! 총무 이은집의 진행으로 민경찬 상임부회장의 회장단 임원진 소개! 이어서 감사패 증정으로 정한숙 송민호 은사님께 드리고, 윤재명 김동진 홍일식 역대 회장님께는 공로패를 증정! 그리고 고국회의 창립에 산파역을 하신 이기서 모교 부총장님과 총무 이은집에게 역시 공로패를 증정! 다음에는 송석환 회장님의 기념사, 홍일식 모교 총장님의 축사, 윤재명 초대 2대 회장님의 감회 어린 회고사가 이어졌다.

다음에 국문과 50주년과 고국회 10주년의 경과보고는 회보로 대신

하고, 이번 행사 가운데 중요 안건인 6대 회장에 57학번 류근하 중등교육담당 부회장님을 만장일치로 추대함으로써, 고국회의 새로운 역사를 이어가게 되었다. 이어서 류근하 신임회장님의 취임사를 뜨거운 박수 속에 들었으며, 1부는 비교적 빠른 시간에 마치고서 교우들의 정담과 함께 만찬을 즐기셨다.

제2부 〈10주년! 50주년! 축하의 밤〉 순서는 우리 국문과가 낳은 불세출의 명아나운서인 이계진 교우의 진행으로 더욱 화기애애! 폭소 만발한 가운데 진행되었다. 축시 〈석우여! 석우여!〉 낭송이 있었고, 초대가수로 〈노란 샤쓰의 사나이〉의 한명숙 씨와 KBS 목포가요제 대상 수상자인 오재용 가수를 초대하여 흥겨운 무대를 즐겼다. 이어서 기별 노래자랑으로 12팀이 출전하여 뜨거운 경연을 벌였는데, 그 노래 수준과 응원전이 장내를 뜨겁게 달구었다.

총무 이은집의 유머러스하고도 공정한 심사평을 듣고, 대상 금상 은상 동상 인기상 특별상 수상자에겐 푸짐한 상품이 수여되었다. 그밖에 〈1등도착상〉 〈먼 데서 오신 상〉 〈최다 참석 기별상〉이 시상되었고, 특히 임 광(54) 원로 교우님의 대학시절 회고담은 더욱 행사를 뜻 깊게 하였다.

끝으로 교가와 교호로 행사를 마무리했다. 모두 아쉬움 속에 내년의 만남을 기약하고, 10시 반 시간은 좀 늦었지만 각 기별 뒤풀이를 위해 삼삼오오 행사장을 떠났다.

아무튼 이번 대성황을 이룬 행사는 여러 교우들의 참석과 열두 분의 협찬해주신 교우님들 — 송석환 회장님, 민경찬 부회장님, 이우홍 임 광 홍동화 여운계 이래풍 조병걸 김익자 오홍근 이규봉 이계진 교우님들 — 덕택에, 드디어 우리 고려대학교의 〈국문과꽃이 피었습니다!〉 정말로 고맙습니다! 감사합니다!

(총무 이은집 기)

〈감사패〉

정한숙 은사님

귀하께서는 1946년 고려대학교 제1회로 입학하여 국문학도의 선구자로서 학문의 길을 개척해왔을 뿐 아니라, 모교의 교수로 봉직하면서 후학의 교육과 학과의 발전은 물론 교우의 인화단결에 끼친 공로가 지대하셨습니다. 이에 국어국문학과 창설 50주년을 맞아 귀하의 높은 뜻과 뜨거운 사랑을 기리고자 모든 교우의 정성을 모아 이 감사패를 드립니다.

1996년 10월 25일

고려대학교 국어국문학과 총교우회

회장 송석환 (직인)

〈공로패〉

윤재명 고문

귀 교우께서는 고려대학교 국어국문학과 총교우회 초대 회장으로서 교우 상호간의 친목을 도모하고 모교의 발전에 기여할 목적으로 교우회의 창설을 주도하였을 뿐 아니라, 2대 회장을 연임하면서 교우회의 발전을 위해 열성을 다하셨습니다. 이에 교우회 창설 10주년을 기념하면서 귀하의 높은 뜻을 기리고자 모든 교우의 정성을 모아 이 공로패를 드립니다.

1996년 10월 25일

고려대학교 국어국문학과 총교우회

회장 송석환 (직인)

고려대 국어국문학과 교우회보 11호 (마크)

2004년 10월 25일 발행인: 여운계 편집인: 이은집

고대국문과교우회 150- 093 서울 영등포구 문래동3가 94

현대홈타운 1XX동 6XX호

〈기념사〉 고국회 4년의 중책을 마치며, 진심으로 감사드립니다!

회장 여운계

어느덧 하늘 높고 말이 살찐다는 천고마비의 계절에, 〈2004 정기총회 겸 고국회의 밤〉 행사에 참석해주신 교우 여러분 ! 그간도 안녕하십니까?

특히 초대와 2대 회장으로 본회를 창립하여 기틀을 마련해주신 윤재명 고문님, 그리고 오늘의 고국회가 있기까지 회장으로서 물심양면 노고가 크셨던 김동진 고문님, 홍일식 고문님, 송석환 고문님, 홍순직 명예회장님께 진심으로 감사를 드리는 바입니다.

친애하는 국어국문학과 교우 여러분!

올해는 경제의 어려움으로 모두 힘겹다고 합니다. 그러나 이제 풍년수확을 거두는 만추의 가을을 맞아, 새로운 의욕으로 새 출발을 하는 계기가 되었으면 합니다. 아울러 우리 〈고국회〉는 앞으로 2년 후면 창립 20주년을 맞게 되므로, 오늘은 그 준비를 위한 자리가 되었으면 하는 바람입니다.

그래서 우리가 지금까지 노력해온 〈첫째, 다함께 참여하는 고국회 만들기〉 〈둘째, 연회비 납부로 튼튼한 고국회 만들기〉 〈셋째, 졸업선배와 재학후배가 함께 만나는 고국회 만들기〉의 3대 중점사업을 통하여, 우리 고국회가 더욱 발전할 수 있기를 기원합니다.

이 자리에 함께 자리해주신 교우 여러분!

저는 오늘로써 지난 4년간의 회장직 중책이 끝나는 바, 그간 여러 교우님들의 뜨거운 성원과 협조로 대과 없이 물러나게 됨을 진심으로 감사드리는 바입니다. 따라서 오늘 저녁에 열리는 〈정기총회 겸 고국회의 밤〉 행사는 저로 하여금 더욱 남다른 감회와 회포에 젖게 합니다.

자, 그럼 우리 고국회의 지표인 〈그리운 얼굴〉의 〈즐거운 만남〉의 자리인 만큼, 다함께 영원한 마음의 고향, 석탑 동산에서 나눈 우정과 추억을 위하여 건배를 할 것을 제의하면서, 다시 한 번 교우 여러분의 건강과 행운을 빕니다. 감사합니다.

〈2004 정기총회 겸 고국회의 밤〉 행사 안내

하늘 높고 말이 살찌는 천고마비의 계절에, 본회의 〈2004 정기총회 겸 고국회의 밤〉 행사를 아래와 같이 개최하오니, 안암의 동산에서 나누었던 〈영원한 마음의 고향〉의 추억을 꽃피워 주시기 바랍니다.

1. 일시: 2004년 10월 25일(월) 오후 6시 30분
2. 장소: 서울 광화문 〈코리아나호텔 4층 에메랄드홀〉
(지하철 1·2호선 〈시청역〉 3번 출구)
3. 내용
제1부 정기총회 〈10대 회장 추대〉
제2부 고국회의 밤 (축하공연과 순금열쇠 등 행운권 추첨)
4. 회비: 2만원(2004년 연회비 내시면 1만원/ 모처럼 찬조를 접수합니다.)

고려대 국어국문학과 총교우회 회장 여운계

<축사> 모교 100주년과 고국회 20년을 위하여!

고문 윤재명

광화문의 은행나무 가로수가 황금빛으로 물든 만추의 계절에, 오늘 고국회의 <2004 정기총회 겸 고국회의 밤> 행사를 맞아, 본회를 창립하는 일을 담당한 본인으로서 지난 4년간 회장 직을 맡아 노고가 크셨던 여운계 회장님과 또한 전임회장으로 수고하신 홍일식, 송석환 고문님 그리고 홍순직 명예회장님 또한 현 임원진과 참석해주신 교우 여러분께도 진심으로 감사와 축하의 인사를 드리는 바입니다.
친애하는 고국회 교우 여러분!
이제 우리는 두어 달 남짓 남은 내년 2005년에는 모교 100주년을 맞게 되며, 또한 지난 1986년 10월에 창립된 우리 <고국회>도 20년째가 되는 뜻 깊은 해를 맞게 됩니다. 그동안 한 해도 거르지 않고 변함없이 총회 때마다 선후배가 한 자리에 모여 따뜻한 우정과 친목을 다져왔음은, 우리 국어국문학과 총교우회의 자랑이요, 긍지가 아닐 수 없습니다.
바로 이것이 고대정신이요, 국문과의 기질이라고 생각할 때, 아무리 세상이 변한다고 해도 우리 <고국회>는 영원히 아름다운 선후배 간의 만남을 이어가리라 확신하면서, 아울러 더욱 배전의 노력과 정성을 쏟아야 할 것입니다.
언제나 믿음직스럽고 그리운 고국회 교우 여러분!
그러나 21세기의 인터넷에 길들여진 젊은 세대와 아날로그적 사고방식으로 살아가는 기성세대는 서로 간에 이해하기 힘든 장벽이 쌓여진 것도 현실입니다. 하지만 우리는 다함께 우리의 영원한 마음의 고향인 <북악산 기슭에 우뚝 솟은> 안암의 석탑동산에서 청운의 꿈을 가꾼 동기와 선후배로서 이렇게 또다시 만나 정담을 나누고 술잔을 기울이니, 얼마나 가슴 벅찬 행복감과 회포를 느끼게 됩니까?
앞으로 100주년을 맞는 모교와 더불어, <고국회>도 더욱더 발전을 기원합니다. 감사합니다.

〈회고사〉 우리들 마음의 고향, 고국회를 추억하며!

고문 송석환

고국회 3천여 교우 여러분! 안녕하십니까?

〈하늘이 푸르른 날엔 그리운 사람을 그리워하자〉는 시구처럼, 해마다 이맘때 열리는 우리 고국회 총회가 가까워오면 교우 여러분이 더욱 보고 싶어집니다.

특히 지난 1994년에 당시 고국회 4대 회장이시던 홍일식 회장께서 영예로운 모교 총장이 되시어, 갑작스레 본인이 잔여임기의 4대 회장이 되었고, 다시 2년 5대 회장의 중책을 맡게 되었기에, 이처럼 세월이 갈수록 오히려 교우 여러분 을 그리워하게 되었는지도 모릅니다.

특히 본인이 임기를 마치던 1996년은 〈국문과 창설 50주년〉과 〈고국회 창립 10주년〉이 되어서, 대대적인 축하 총회를 열었던 것입니다. 그래서 그때에도 바로 이곳 코리아나호텔에서 96 정기총회를 〈국문과 50주년 고국회 10주년〉의 축하모임으로 가졌는데, 이제 고국회보 11호를 보니 139명이라는 전무후무한 많은 교우님들이 참석해서 뜻 깊고도 즐거운 축하행사를 가졌던 추억이 생각납니다.

항상 그립고 보고픈 고국회 교우 여러분 !

우리 고려대학교는 다른 대학과 달리 소중한 모임을 많이 갖고 있습니다. 그 첫 번째가 〈고려대학교 총교우회〉요, 그 다음이 〈문과대학 교우회〉이며, 세 번째가 〈고국회〉요, 또한 각 기별마다 〈국문과 동기회〉를 갖고 있는 줄로 압니다. 하지만 이중에서도 언제나 헤어지면 그립고 만나면 반가운 우리 국문과의 〈동기〉와 〈선후배〉가 함께 만나는 〈고국회〉야말로, 가장 뜻 깊고 소중한 모임이 아닌가 합니다.

우리 모두는 지금처럼 〈고국회〉의 영원한 발전을 위해 더욱 노력할 것을 간곡히 부탁드리며 회고사를 마칩니다. 감사합니다.

〈기사〉

고국회 〈2004 정기총회 겸 고국회의 밤〉 행사 개최

— 10월 25일(월) 오후 6시 반 광화문 〈코리아나호텔〉에서

본회(회장 여운계(呂運計). 국58. 탤런트)는 〈2004 정기총회 겸 고국회의 밤〉 행사를 오는 10월 25일(월) 오후 6시 30분에, 서울 광화문에 위치한 〈코리아나호텔 4층 에메랄드홀〉에서 열기로 했다. 지난 1986년 10월 25일에 창립되어, 3000여 국문인의 영원한 우정과 추억을 나눠온 〈2004 정기총회 겸 고국회의 밤〉 행사는, 〈1부 정기총회〉에서 〈개회 — 국민의례 — 임원소개 — 회장인사 — 격려사 — 축사 — 경과보고 — 재무보고 — 감사보고 — 협의사항 — 10대 회장 추대 — 신임회장 인사 — 공지사항 — 폐회〉의 순서로 진행되며, 〈2부 고국회의 밤〉은 〈각 기별 노래자랑(대상, 금상, 은상, 동상, 인기상, 특별상)과 초대연예인의 축하공연 그리고 2004 행운권 추첨(순금 열쇠, 청양 태양초고춧가루 등 푸짐한 선물)을 하게 된다.
지난해 MBC 텔레비전에서 화제의 인기드라마 〈대장금〉과 요즘 〈오! 필승 봉순영〉등 수많은 방송프로에 출연 중인 여운계 회장의 연예계 친구들도 대거 참석할 것으로 보이는 행사인 만큼 더 많은 교우님들의 참석을 바라고 있다.

본회 이계진(66) 부회장과 이인영(84) 교우의 17대 국회의원 당선축하회를 개최해!

— 지난 6월 29일 충무로 〈대림정〉에서

본회는 지난 6월 29일 오후 7시부터 충무로 〈대림정〉에서, 17대 국회의원으로 당선된 이계진(66) 부회장과 이인영(84) 교우를 위한 당선축하회를 열었다. 이날 행사에는 두 당선자와 여운계 회장, 윤재명(52) 홍순직(57) 고문 등 40명 가까운 교우들이 참석해 성황을 이루었으며, 여운계 회장을 비롯한 참석자들은 두 당선자에게 "고대 국문과 출신으로서 더욱 아름다운 정치를 해달라"고 주문했고, 당선자들은 "모교와 국문과의 명예를 위해 최선을 다 하겠다"고 다짐했다.

한편 10월 5일 오후 6시 30분부터 2004 정기총회 준비를 위한 집행부 임원회가 역시 〈대림정〉에서 열렸는데, 특히 올해는 4년 연임의 여운계 회장이 임기를 마치는 만큼 더 많은 교우님들의 참여를 위해 임원진이 합심 노력하며, 이번 행사의 내용도 더욱 다채롭게 꾸미고, 고국회보 11호도 20페이지로 증면해서 발행하기로 했다.

〈교우 동정〉 그간 어찌 지내셨습니까?

*〈민족의 진로〉 주제로 강연 — 전 모교 총장 홍일식(55) 고문

본회 4대 회장과 모교 총장을 지낸 홍일식 고문이 지난 6월 12일에 서울 중구 저동에 위치한 〈고당기념관〉 강당에서 고당 조만식 선생 기념사업회의 초청으로 〈새로운 이념정립과 민족의 진로〉라는 주제로 강연을 했다. 현재 〈세계효문화본부〉 총재로 있는 홍일식 고문께서는 정년 후에도 더욱 왕성한 활동을 펴고 있다.

*영문판 영화평론지 발간과 세미나 예정 — 변인식(58) 기대표

국제영화비평가연맹한국본부 회장인 변인식 지도위원은 지난 3월 영문판 영화평론지를 발행하여, 칸영화제와 베니스연화제 때 현지 배포했으며, 한국예술평론가협의회 회장도 맡고 있는 변 교수는 오는 10월 23~24일 양일간 내장산 〈가야호텔〉에서 〈예술과 대중의 경계〉라는 주제로 세미나를 개최한다. 변 교수는 58년 국문과에 입학 후 〈고대신문〉에 영화평론을 기고했으며, 1968년 서울신문 신춘문예 영화평론에 〈한국문예영화의 허점〉이 당선되어 평단에 데뷔했다.

*고속철 가요1호 〈사랑의 고속철〉 작사해 — 이은집(62) 총무간사

본회 총무간사인 이은집 교수는 지난 4월 1일 고속철 개통에 맞춰, 신인가수 박진의 노래로 고속철 가요1호인 〈사랑의 고속철〉을 작사 발표해서 방송가의 화제를 모았다. 〈님을 찾아 달려간다. 사랑 실은 고속철! 신나게 달린다. 멋지게 달린다……〉로 이어지는 트로트풍의 〈사랑의 고속철〉은 한 젊은이가 고생 끝에 성공하여 고속철을 타고 연인에게 달려간다는 내용을 신나는 반주에 실었다. (이하 지면 관계로 생략함)

〈교우신간〉 고국회원이 펴낸 새로운 책들

*인권환(56) 정년 논문집 〈고전문학연구의 쟁점적 과제와 전망〉

(책 사진)
56학번 교우로서 1968년 모교 교양학부 전임으로 부임한 이래 35년을 근속하고 지난해 정년한 국사 인권한 대표위원의 정년기념 논문집인데, 상하 각 600여 페이지가 넘는 대작이다. 상권에는 국사의

근영과 약력, 경력, 가족사항, 축화, 하필(賀筆), 기념시, 기념사와 논문으로, 장효현의 〈고전소설 연구와 원전비평의 문제〉 등 고전소설 12편과 인권환의 〈한국 민속학 100년, 그 연구 성과와 과제〉 등 구비문학 논문 12편이 집대성되어 있다.

충남 당진에서 태어나 중동중고 교사를 거쳐, 1964년부터 모교 국문과 강사를 시작으로 문과대학장까지 지낸 국사 인권환 대표위원은 입학 때부터 반세기 가까운 세월을 高大人, 高國人으로 살아오면서, 이근배 시인의 축시처럼 〈늘 푸른 학덕과 인품〉으로 〈후학(후배)들을 일깨우고 가르치는 스승의 참모습〉을 지켜왔다. (도서출판 월인/ 값 25,000원)

*문창재(국64) 칼럼집 〈역사는 하늘보다 무섭다〉

(책 사진)

강원도 정선에서 태어나 양정고와 고대 국문과를 졸업 후 1972년 한국일보 기자로 입사해 1982년 일본 게이오대학 신문연구소를 수료했고, 한국일보사에서 사회부장, 국제부장, 정치2부장, 기획취재부장, 주일특파원, 편집국 국차장을 거쳐 논설위원, 논설위원실장을 거쳐 올해 1월에 정년퇴임한 본회 문창재 홍보 간사의 칼럼집으로, 7년여 동안 한국일보 고정칼럼 〈지평선〉과 〈메아리〉란에 쓴 수백편의 글 가운데 가려 뽑은 작품들이다.

문 교우는 〈본인이 일기장처럼 간직하려고 만든 책으로, 세상에 알려지는 것이 두렵기도 하고 부끄러워서 입을 다물고 있었다〉고 이 책의 소개를 사양하지만, 신문의 고정 연재물의 한계를 극복한 역사와 인물, 환경과 문화에 관한 소재와 주제를 중심으로 엮음으로써, 읽는 이에게 여전히 공감과 신선함을 불러일으킨다. (한국문화사/ 값 10,000원)

(이하 지면 관계상 생략)

영원한 마음의 고향! 고국회의 우정이여!
— 〈2003년 정기총회 및 고국회의 밤〉 추억앨범

(2페이지 화보 구성으로 지면 관계상 생략)

고국회에 경사났네! 마음 모아 축하합니다!
— 이계진 부회장 / 이인영 교우 17대국회의원 당선축하회

(1페이지 화보 구성으로 지면 관계상 생략)

〈신간 화제〉

새롭게 쓴 방송교재 〈아나운서로 가는 길〉을 펴낸 이규항(57) 대표위원

KBS 아나운서 실장을 지낸 방송경력 40여 년의 이규항(57) 대표위원이 〈아나운서는 언어의 테크니션이며, 국민의 국어교사이다〉 〈국민은 국어를 만들고, 국어는 국민을 만든다〉는 전제 아래, 방송 현장에서 경험한 노하우를 살려 이 분야의 아주 새롭게 쓴 방송교재이다.

아나운서클럽 박종세 회장은 추천사에서 〈이 책을 만나는 독자들은 필자가 40여 년간 방송의 현장에 몸담으면서 우리말을 지키기 위해 쏟아온 열정, 표준발음과 표준어에 관한 끊임없는 연구들을 그대로 담아내고자 얼마나 애쓰고 노력했는지, 그 고뇌의 흔적을 엿볼 수 있을 것입니다. 특히 이 책은 좀 더 실전과 같은 훈련을 통해 방송인이 되고자 하는 지망생들에게 우리말을 보다 쉽고 재미있게 접근하고자 하는 대학생, 일반인에게 교양필독서로 권해드리고 싶

습니다〉라고 했듯이, 특히 한국어능력평가시험 준비의 방송교재로서 안성맞춤의 역저라고 하겠다.

제1부 이론편과 제2부 실기편 그리고 제3부 부록으로 나뉜 본서의 특장 중에 한국 최초의 첫 시도로 무려 300여 컷의 어휘도감을 실은 것은 아주 획기적인 일이다. 더구나 방송 실무에서 부딪치는 한국어의 고저장단과 발음문제 그리고 〈아나운서로 가는 길〉에 꼭 필요한 자세한 길잡이 내용은 일반인뿐 아니라 한국어를 배우고자 하는 외국인들에게도 교과서가 될 교재라고 하겠다.

한국어능력평가시험에 안성맞춤의 역저 (책 사진)
아나운서를 言語運士 言語運師로 재미있게 비유해!

이규항 교수는 책 뒤표지에서 〈언어의 규범을 우습게 알고 지키지 않는 범법(犯法) 방송으로 하여 방송현장에서는 하루에도 헤아릴 수 없는 언어의 교통사고를 보게 됩니다. 방송말이 점잖으면 국민의 말도 점잖아지고, 방송말이 거칠면 국민의 말도 거칠어집니다〉 〈국민이 국어를 만들고, 그 국어는 그 국민을 다시 만들어주는 언어의 기능을 애국의 차원에서 생각해 볼 때입니다〉라고 경고한다.

이 책을 읽어나가다 보면 단순한 전문서적이 아니라 〈국어회화의 현주소〉 〈방송국은 연주소(演奏所)이다〉는 상쾌, 유쾌, 통쾌한 감동적인 에세이로서 독자를 확 끌어당기는가 하면, 그밖에 〈인터뷰와 리포팅(이계진 아나운서)〉 같은 글과 부록 중에 〈우리나라 방송의 역사〉 〈방송용어〉 〈'겨레의 보석상자' 속담에 관하여〉 등도 관심을 갖게 한다.

이 교수는 서울토백이로 효제초등학교, 중앙중고등학교를 졸업하고, 고대 국문과 재학 중에 KBS 아나운서에 합격하여 40여 년간 아나운서의 외길을 걸어왔으며, KBS 아나운서 실장 및 방송위원, KBS 한국어연구회장, 외래어심의위원, 초등학교 말하기 듣기 교재 연구위원을 역임했고, 1998~2000년까지 일본 프로야구중계(OSB

위성TV)를 했는가 하면, 현재는 원음방송 야구 아나운서로 활동하고 있다.
대표저서에는 <표준한국어 발음사전> <한국어 발음대사전> <미국야구>가 있으며, 이교우의 아들인 이상협(고대 미교과 94) 교우가 역시 KBS 아나운서 공채시험에 합격해, 고대출신 첫 부자 아나운서가 탄생하여 화제가 되기도 했다.

〈화제의 교우〉 추송웅 모노드라마를 새롭게! 장두이(70) 교우

— 장두이版 "춤추는 원숭이 빨간 피터"로 히트!

연극배우 겸 시인, 연출가 등으로 폭넓은 활동을 펼쳐 온 장두이 교우가 고 추송웅이 공연해 한 시대를 휩쓸었던 명작 모노드라마 <빨간 피터의 고백>을, <춤추는 원숭이 빨간 피터>라는 제목으로 지난해 12월 4일부터, 금년 1월 25일까지 알과핵 소극장에서 창단공연으로 다시 공연해 화제와 반향을 불러 일으켰다.
프란츠 카프카의 <어느 학술원에 드리는 보고서>를 원작으로 한 이 모노드라마는 아프리카에서 살다가 밀렵꾼에게 잡혀 인간세계에 갇힌 원숭이의 눈을 통해 고독한 인간의 자아를 발견하는 작품이다. 주연과 연출을 겸한 장두이 교우는 원작에서 요즘 시대와 어울리지 않는 진부한 표현들을 현대적으로 바꾸고, 우리 정서에 알맞게 번안해 다듬어냈다.
장두이 교우는 <인간의 눈으로 인간을 들여다보는 작품은 많아도, 원숭이의 눈으로 인간을 본다는 게 너무나 매력적인 작품이어서, 오래전부터 해보고 싶었던 작품>이었다면서, <33년 연기생활을 결산하는 마음으로 빨간 피터와의 외로운 싸움을 벌였다>고 말했다.
극중 피터는 인간에 의해 털이 깎이고, 말을 배우고 춤과 노래 연기를 배운 뒤, 서커스단 배우로까지 진출한다. 이 불랙코미디적 스토리의 분위기를 살리기 위해, 장두이 교수는 추송웅 공연에는 없던 노래를 추가해서, 〈하숙생〉 등 우리 가요와 아프리카 노래 등 7곡을 직접 부르기도 했다.
장두이 교수는 〈사실 우리나라는 판소리 '춘향가' 같은 세계 최고의 파워풀한 모노드라마를 가지고 있는 나라가 아니냐〉면서, 〈그런 전통과 저력을 갖고 있는 우리에겐 이 정도 연극은 오히려 소품이라고 생각하면서 연습했다〉고 전했다.
그는 또한 〈너무 재미만을 강조하는 공연은 극장을 나오는 사람들에게 허탈감마저 가져다 줄 수 있다〉며, 〈재미와 감동이 어울려 명작의 향기를 안겨주는 공연으로 꾸몄다〉고 하는데, 그가 이처럼 노력한 만큼 이번 공연은 공전의 히트를 했다.

〈함께 읽는 시〉

네 계절

김종기(57. 시인)

봄
가랑비 꽃밭에서 살기로 마음먹다
당신의 소곤거림에 마음이 열리는데
싱싱한 초록빛에서 붉은 속살 풀어놓다
여름
구름꽃 하얀 대낮 걸어서 들녘 가다
풀숲을 스치는 바람 냇물의 출렁거림
당신의 온갖 몸짓을 떨림으로 머금다

가을
산빛은 훨훨 타는 당신의 붉은 순정

나뭇잎 옥구르는 그 소리 깊이 스며
그리움 절절히 담고 속울음을 뿌리다

겨울
찬 기운 성긴 숲에 바람결 어리누나
눈 내린 뒷동산에 작은 새 깃을 턴다
당신의 하이얀 자락 덮어쓰고 눕다

〈시인 소개〉
전남 순천에서 태어나다. 서울예술고등학교, 숭실고등학교에서 학생들을 가르치고, 숭의여자고등학교 교장으로 명예퇴임하다. 크리스찬문학, 문예사조, 현대시조에서 신인상을 수상했고, 화요문학회, 기원동인, 갈채동인으로 활동하다.
영랑문학상, 에피포도문학상(美)(1999), 크리스찬 시인상(2000), 문예사조문학상(2001), 장로문학상(2004)을 수상하다.
시집으로는 〈빈자리에 내리는 햇살로〉 〈코끝 찌잉한 웃음〉 〈내 안에 노상 살고 있는 슬픔〉 〈허물없이 신명나게 살 겁니다〉 〈내 안에 살아 있는 별〉 〈눈물마저 씻는 깨끗한 사람아(시조집)〉 등이 있다.

〈국어국문학과교우회! 무엇이든 물어보세요〉

고국회 9대 현 집행부회장단 임원진 (임기: 2002. 10~2004. 10)

고문: 윤재명 김동진 홍일식 송석환
명예회장: 홍순직
회장: 여운계
부회장: 유길촌 최명균 이래풍 김흥일 엄진웅 오홍근 나명순
이계진 최동호 윤충의

감사: 한강부 김분자
간사: 이은집 서병준 문창재 임형재 김연호 박지원

〈2003 정기총회 겸 고국회의 밤〉

제1부 정기총회
1. 개회
2. 회장단 임원 내빈 소개
3. 격려금 전달: 민족어문학회 /모교 국문과/ 나랏말씀/ 연극반
4. 회장 인사
5. 축사: 윤재명 고문/ 김병총 고대문인회장
6. 경과보고
7. 재무보고
8. 감사보고
9. 협의사항: (1) 지훈시비 (2) 연회비 (3) 10대 회장 추대 취임사
10. 공지사항: (1) 기별 활성화 (2) 주소전화 변동신고
11. 건배: 이남근 대표위원

제2부 고국회의 밤
1. 축하공연
전원주(탤런트) 이대근(영화배우) 정승재(마술사) 기쁨자매(듀엣) 김영빈(국악인) 이종호(모창가수)
2. 고국회 노래방: 기별 노래자랑
3. 각종시상
*2003 행운추첨상
대상: 순금열쇠 이원표(49) 후보: 박지원 김철교
1등: 이우홍(51) 2등: 류우선(51) 3등: 박정규(66)
1등도착상: 서진원(54)/ 먼 데서 오신 상: 박보융(62) 광주

*노래자랑 시상

대상: 조병길(69) 〈인연〉

금상: 김효원 윤다윤(02) 〈오빠〉

은상: 조성식(70) 〈애정이 꽃피는 시절〉

인기상: 이경원(04) 〈낭만에 대하여〉

특별상: 서진원(54) 〈영끝에 구름〉

4. 교가 및 교호 제창

5. 폐회 및 기념 촬영

〈지난 9년간 정기총회 참석현황〉

2004년: 150명 목표 2003년: 92명 2002년: 77명 2001년: 43명 2000년: 62명 1999년: 48명 1998년: 47명 1997년: 46명 1996년: 139명 1995년: 66명

〈지난 10년간 연회비 납부상황〉

2004년: 190명 2003년: 255명 2002년: 131명 2001년: 65명 2000년: 108명 1999년: 112명 1998년: 100명 1997년: 79명 1996년: 75명 1995년: 46명

〈지난 10년간 경리 변동 상황〉

2004년: 18,507,476원 2003년: 19,198,782원 2002년: 18,464,232원 2001년: 12,948,836원 2000년: 13,807,807원 1999년: 4,299,667원 1998년: 4,187,767원 1997년: 2,514,196원 1996년: 2,143,866원 1995년: 729,086원 지훈시비 별도기금: 20,212,994원

현재 〈고국회〉 기금 총합계: 38,720,470원

우리 〈고국회〉의 역사입니다!

초대 회장 윤재명(1986~1988)
86. 10. 25 창립총회(전경련회관) 초대 회장 윤재명 추대
87. 1. 2 신년하례회(모교 교수식당)
87. 9. 3 송민호교수 정년퇴임 기념간담회(교우회관)
87. 11. 21 정기총회(신촌 거구장)

2대 회장 윤재명(1988~1991)
88. 10. 26 정기총회(신촌 거구장) 2대 회장 윤재명 추대
89. 1. 2 신년하례회(모교 교수식당)
89. 9. 22 운영위원회의(지훈시비 논의)
89. 11. 18 정기총회(신촌 거구장)
90.1. 2 신년하례회)모교 교수식당)
90. 5. 18 지도위원/운영위원 모임(우래옥)
90. 12. 7 정기총회(신촌 거구장)
91. 1. 2 신년하례회(모교 교수식당)

3대 회장 김동진(1991~1992)
91. 1. 18 임시총회(한일관) 3대 회장 김동진 추대
91. 5. 27 신임회장단 임원회(63빌딩 루프가든)
91. 6. 10 고국회보 창간준비호 발간
91. 9. 9 고국회보 창간호 발간
91. 9. 20 정한숙 문예진흥원장 취임축하회(대원)
92. 1. 2 신년하례회(모교 경영관식당) 고국회보 2호 발간
92. 7. 20 고국회보 3호 발간

92. 7. 21 회장단 임원회(반포회관)

4대 회장 홍일식(잔여임기 송석환)(1992~1994)
92. 12. 23 정기총회(반포회관) 4대 회장 홍일식
93. 1. 2 신년하례회(모교 경영관식당)
93. 3. 21 60학번대 기별 회장단회(용산 역전회관)
93. 5. 10 70학번대 기별 회장단회(용산 역전회관)
93. 8. 10 회장단 임원회/기별 회장단 회의(산성가든)
93. 12. 9 정기총회(산성가든)
94. 1. 2 신년하례회(모교 경영관식당)
94. 6. 30 홍일식회장 모교총장 취임축하회 겸 임시총회
(프레스센터) 송석환 잔여임기회장 추대
94. 7. 20 회장단 임원진 회의(코리아나호텔 대상해)
94. 9. 15 홍일식총장 초청 회장단모임(타워호텔 만복림)

5대 회장 송석환(1994~1996)
94. 11. 11 정기총회/ 고국회의 밤(거구장) 5대 회장 송석환
95. 1. 2 신년하례회(모교 경영관식당)
95. 2. 20 기별 대표 모임(종로 한일관)
95. 6. 29 기별 대표 모임(코리아나호텔 대상해)
95. 11. 7 기별 대표 모임(종로 청진옥)
95. 11. 21 정기총회 겸 고국회의 밤(코리아나호텔)
96. 1. 2 신년하례회(모교 경영관식당)
96. 4. 22 국문과50주년/ 고국회10주년 행사준비
회장단 모임(종로 한일관)
96. 6·25 50주년 /10주년 행사준비기별 대표모임(역전회관)
96. 10. 15 50주년/ 10주년 행사준비 합동모임(역전회관)

6대 회장(잔여임기 홍순직)(1996~1998)

96. 1025 국문과50주년/ 고국회10주년 기념행사

겸 정기총회(코리아나호텔) 6대 회장 류근하

96. 12. 9 6대신임회장단/ 간사진 상견례(역전회장)

97. 1. 2 신년하례회(모교 경영관식당)

97. 5. 26 회장단/ 기별 대표/ 50주년 협찬자 모임(역전회관)

97. 10. 14 정기총회준비 기별 대표모임(역전회관)

97. 10. 24 정기총회(거구장) 고국회보 8호 발간

98. 1. 12 6대 잔여임기 홍순직회장 추대

98. 2. 27 신임회장단/ 기별 대표 상견례(역전회관)

98. 8. 29 회장 간사진모임(63빌딩)

98. 9. 10 홍일식총장 노고를 기리는 모임(코리아나호텔)

98. 10. 7 회장단/ 기별 대표 정기총회 준비모임(역전회관)

7대 회장 홍순직(1999~2000)

99. 10. 23 정기총회(거구장) 7대 회장 홍순직

99. 6. 8 회장단 임원진/ 기별 대표모임(한일관)

99. 9. 3 집행부 간사진모임(상계여중)

99. 10. 22 정기총회(코리아나호텔)

00. 2. 23 신년 임원회(용산 역전회관)

00. 7. 3 정기총회준비 임원회(한일관)

00. 8. 18 모교 재직교수 초대모임(모심식당)

00. 9. 25 집행부 간사진 정기총회 준비모임(백두산)

8대 회장 여운계(2000~2002)

00. 10. 24 정기총회(코리아나호텔) 8대 회장 여운계

00. 11. 22 신구회장 인수인계모임(한일관)

01. 10. 26 정기총회(코리아나호텔)

9대 회장 여운계(2002~2004)

02. 10. 28 정기총회(코리아나호텔) 9대 회장 여운계
03. 4. 1 회장단 임원진 모임(한일관)
03. 9. 30 집행부 임원진 총회준비모임(대림정)
03. 10. 27 정기총회(코리아나호텔) 고국회보 10호 발간
04. 1. 26 집행부 임원진 신년하례회(대림정)
04. 6. 29 고국회출신 17대국회의원 당선축하회(대림정)
04. 10. 4 집행부 임원진 총회준비모임(대림정)

〈연회비 납부상황 (2004. 10. 1 현재)〉

우리 고국회 살림은 교우 여러분이 내주시는 연회비로 꾸려가고 있습니다. 그간 연회비를 내주신 교우님에게 깊이 감사드리오며, 더욱 알뜰히 〈고국회〉 살림을 꾸려가겠습니다.

〈연회비 분담 내역 〉
고문, 명예회장, 회장, 부회장, 감사: 10만원
대표위원, 지도위원, 기별 대표, 간사: 3만원
일반 교우: 1만원
(46~54학번과 95학번 이후는 면제함)

〈연회비 납부상황 (2004. 10. 1 현재)〉

올해에도 연회비를 내주셔서 감사드리오며, 더욱 알뜰히 〈고국회〉 살림을 꾸려가겠습니다.
(46~54학번과 95학번 이후는 면제함)

49 — 김영태 찬조 55 — 권순걸 김기회 김상배 김영식 박용식 정재호 정행권 조경길 홍일식 56 — 박노준 원용재 유덕성 이기서 임

환 최강현 한동창 57 — 강기석 김종기 김명기 김 현 서태원 이규황 홍순직 58 — 김석연 남천우 변인식 여운계 이원직 조병록 진보남 채희봉 최 건 최명균 59 — 김시철 김응모 김진석 김해룡 박찬문 이두영 이래풍 이병래 이정숙 이종근 정동희 한동수 한상복 한순현 60 — 김갑룡 김흥수 남상학 민경찬 박병순 박을순 신 현 오세하 이동수 정완기 조병걸 최사남 최준민 한강부 홍기만 61 — 김명길 김분자 김수현 김승재 김영자 김장환 송도찬 엄진웅 오홍근 음인성 이진숙 정방준 정창수 정채성 조석구 지장상 62 — 강언 김수해 나명순 민충환 박보융 박상순 오충수 이규봉 이은집 조영목 63 — 김강자 김수남 서병준 이정자 정범근 정순웅 정승화 조대연 64 — 고영길 문창재 이상숙 이한모 천소영 하등룡 65 — 기주연 김선장 김인환 이창묵 황태연 66 — 구본철 권태원 김낙용 김송자 김영선 김철교 김행덕 박정규 양순희 윤충의 이계진 이금림 정두식 67 — 공혜경 김흥규 윤상근 68 — 강신길 김민규 김석민 박태환 이주택 69 — 김상근 박상국 박지선 신행식 이재량 임완순 임형재 정 혜 조원석 최용학 허원태 70 — 권오복 김종명 임진성 장두이 전진우 71 — 김용대 박민철 박종경 안창수 이상환 정걸진 정재순 정준재 조기동 한명옥 허남진 72 — 박광호 이명숙 정명희 73 — 권경천 김남준 이해준 정삼조 홍정희 74 — 김광자 김연호 박순진 정양기 정재열 한정숙 75 — 김근수 박지원 박찬홍 이재호 장효현 정태성 76 — 박대화 윤재민 은현수 이자흠 황의준 77 — 우응순 78 — 박정래 79 — 김재정 이근규 정재준 81 — 이경구 87 — 장석원

〈편집후기〉

*우리 〈고국회〉가 창립된 지 19년째를 맞아, 이제 뜻 깊은 20주년을 앞두고, 지금부터 행사 준비를 해야겠습니다. 이를 위해 올해의

〈정기총회 겸 고국회의 밤〉에는 더 많은 교우님들이 참석하실 수 있도록, 교우 여러분의 더욱 뜨거운 성원과 협조를 다시금 부탁드립니다.
*바쁘신 중에도 동정 사항과 저서를 보내주신 교우님들에게 이 자리를 빌려 감사드립니다. 이번 신간소개에 올리지 못한 저서는 다음 호를 약속드리면서 양해를 구합니다.
*금년의 교우회보 11호는 20페이지의 증면으로 제작했으며, 본회의 역사를 정리하는 데 역점을 두었음을 밝힙니다.

발행인: 여운계 (국58. 고국회 회장. 탤런트)
편집위원: 이은집 서병준 문창재 임형재 김연호 박지원
발행처: 고대국문과교우회(150-093 영등포구 문래동 3가 현대홈타운 1XX동 6XX호 019-234-45XX)
발행일: 2004년 10월 25일(월) / 비매품

내가 한때 가장 많은 총무를 할 때는 동시에 48개 단체를 했는데, 그중에서 가장 힘들고도 보람 있던 모임을 꼽으라면 아마도 〈고대국문과 총교우회〉를 내세울 것 같다. 그 이유는 2000 교우에서 4000 교우로 늘어난 대규모 모임에 그만큼 총무하기가 힘들기도 했지만, 보람과 기쁨을 느낀 적도 많았으며, 특히 김동진 홍일식 송석환 류근하 홍순직 여운계 최동호 회장님 등 일곱 분의 회장님을 모시면서 총무를 했는데, 그분들 중에 네 분이나 세상을 뜨셔서 깊은 슬픔 속에 빠진 적도 있기 때문이다.

비록 인명은 재천이라 했지만, 나처럼 교직에서 한평생을 보내신 류근하 회장님은 취임 후 얼마 안 되어 간암 말기 판정을 받고 곧 위독 상태에 빠지셨는데, 내가 문병을 갔을 때 그래도 하시는 말씀이 〈곧 회복되어 퇴원하면 우리 고국회 위해 한번 멋지게 잘 해보자!〉고 내 손을 꼭 잡으시던 순간이 어제 일처럼 떠오른다.

다음으로 김동진 회장님께서는 고국회가 부진할 때 회장님을 하시느라 노고가 크셨는데, 회장 임기를 마치신 후에도 항상 나오셔서 내가 각별히 고맙던 분이셨다. 그런데 하마터면 별세하신 줄도 모를 만큼 소문 없이 돌아가셔서 내가 가까스로 문상을 갔을 때에는 영안실이 너무나 쓸쓸해 가슴이 아팠다.

또한 내가 참으로 좋아하면서 모신 송석환 회장님은 〈스포츠조선〉의 전무를 지내신 분으로 광화문 코리아나호텔 건물에 있는 조선일보에 근무하셨기 때문에, 우리 고국회 총회를 그곳에서 여러 번 갖기도 했는데, 어찌나 우리 젊은 실무 간사들을 챙겨주시는지, 수시로 값비싼 횟집이나 중국집에 불러 회식을 시켜주시곤 했다. 항상 큰형님처럼 여겨지던 분이셨는데, 지병으로 오랫동안 병원에 입원해 계실 때에 내가 전화를 드리면 〈우리 한번 만나야지!〉 하셨으나, 바쁨을 핑계로 차일피일 미루다가 그만 별세하셨다는 연락을 받았다. 그때 얼마나 후회되고 자책감에 빠졌던지……. 결국 문병 대신 문상으로 송석환 회장님을 보냈는데, 나는 지금 현재 총무를 하는 분들이 아니라도, 부모님이든 일가친척이든 선후배든 간에 아프기 전에 만나야 하고, 병중이시라면 즉시 찾아뵙기를 간곡히 권하고 싶다.

그리고 세상이 다 아는 국민배우이신 여운계 회장님은 내가 4년 동안 총무를 하면서 모셨기 때문에 더욱 각별했는데, 그분은 정말로 정이 많으신 분이었다. 내가 용무로 자주 전화를 드리면 그리도 반가워하시고 총무로서 수고가 많다고 언제나 칭찬하셨다. 아랫사람이 윗분을 모실 때 가장 보람을 느낄 때는 바로 일 잘한다고 격려해주실 때가 아닐까? 아무튼 여운계 회장님은 그토록 유명하시지만 고국회에서는 유머도 많으시고 격의 없이 교우들에게 대하셔서,

그분이 회장을 하실 때 가장 많은 참석자가 모였고, 총회 행사를 하면 도하 각 신문에 동정 기사가 나와 우리로 하여금 뿌듯한 자긍심을 갖게 하셨던 것이다.

그뿐 아니라 TV드라마 〈대장금〉에 출연하실 때에는 인기 탤런트를 데리고 오셔서 축하공연도 펼쳐 행사분위기를 더욱 흥겹게 해주셨다. 그러시던 여운계 회장님께서 뜻하지 않게 돌아가셨을 때 나는 부모님 때처럼 슬프지 않을 수 없었다. 해서 문상도 매일 저녁 갔고, 마지막 발인 때에는 내가 쓴 조사를 읽기도 했다. 여기 그 원문을 싣는다.

〈조사〉

온 국민의 사랑을 받으신 국민배우이시며,
우리 고려대 국어국문학과 총교우회의 큰나무이신 여운계 회장님!
2000년부터 2004년까지 우리 고려대 국어국문학과 총교우회장을 4년간 하실 때, 총무를 맡았던 4년 후배 이은집입니다.
제가 대학에 입학한 1962년에 선배님께선 KBS 공채 탤런트로 출발하여 50년 가까운 외길 연기생활을 통하여, 온 국민의 사랑을 받으신 국민배우로서 우뚝 빛나시던 큰별! 여운계 회장님! 이제 홀연히 이승을 떠나시니 가슴이 막히고 눈앞이 캄캄합니다.
대학시절부터 방송작가를 꿈꿨던 저는 고대극회에서 연극을 하시던 선배님 모습을 지켜보며 가슴을 설레기도 했고, 그 후 방송가와 영화계 뮤지컬을 하실 때에도 자주 찾아뵈어, 아마도 국문과 후배 중에 가장 가깝게 지내다가, 2000년부터 총무로서 선배님을 4년간 고대 국어국문학과 총교우회 회장님으로 모셨습니다.
그때 회장님께선 연예계의 큰별이셨지만 교우님들을 잘 챙기시는 열정의 회장님으로서, 행사 때마다 가장 많은 교우님들이 모이곤 했습니다. 그래서 당시 인기드라마 〈대장금〉에 출연하실 때, 광화문 코리아나호텔에서 고대 국문과 총교우회 총회 행사를 하셨는데, 인기인 전원주 씨를 비롯한 여러분이 와주셨고, 특히 고려대총교우회 구두회 회장님까지 참석해주신 추억이 생각납니다.

그러나 이제 다시는 그 다정다감하신 모습을 뵙지 못할 여운계 회장님! 병세가 심하셨던 최근에도 〈장화 홍련〉의 드라마에 출연하신 선배님의 연기를 향한 열정은 누구도 말릴 수 없었습니다. 제가 즐겨 본 선배님 작품 중에 인기사극 〈대장금〉에서의 신들리신 듯한 선배님의 연기는 소름이 끼칠 정도였는 바, 당시 한 인터뷰에서 〈배우 여운계는 끝까지 연기하는 사람이었다고 사람들이 기억해줬으면 좋겠다. 무대에 서서 땀 흘리며 연기하고, 무대에 서서 죽을 때까지 연기하는 그런 배우〉라고 하신 말씀대로, 선배님은 그렇게 불꽃같은 연기로 생을 마치셨습니다.

1962년 KBS 공채 탤런트로 47년을 한결같이 브라운관과 스크린, 연극 무대를 넘나들며 연기하신 선배님은 우리 곁에 항상 있지만 깨닫지 못하는 공기 같은 존재와 비유될 수 있습니다. 때로는 엄한 모습, 따뜻한 모습, 코믹한 모습…… 어떤 배역을 맡든 캐릭터와 배우를 구분하기 힘들 정도로 혼신을 다해 연기하셨기에, 시청자들은 여운계 선배님 하면 천의 얼굴을 가진 위대한 배우로 기억할 것입니다.

그리고 바로 엊그제 기사에는 선배님께서 생전에 누구에게도 알리지 않고, 조용히 선행을 해오셨다는 사실에 더욱 감동을 하였습니다.

우리 고대 국문학과와 모교 고려대학교를 빛내주신 여운계 회장님! 이제 우리는 선배님을 이 세상에서 영원히 작별해야 하는 슬픈 자리에 서 있습니다. 하지만 비록 몸은 떠나셔도 지난 날 저희에게 베풀어주신 사랑과 따스한 정은 영원히 저희 모두의 가슴과 마음속에서 사라지지 않을 것입니다. 부디 왕생극락하옵시길 고대 국문과 총교우회 4천 교우의 마음모아 기원하옵니다.

존경하는 그리운 여운계 선배님! 고대 국문과 총교우회 회장님! 다시는 못 오실 길이지만 안녕히 가십시오! 사랑합니다. 여운계 선배님! 하지만 보고플 땐 어찌해야 하나요! 회장님!

— 2009년 5월 25일. 4년간 회장님을 모신 후배 이은집 올립니다.

또한 18년간 총무를 하는 동안 18회의 총회를 개최했는데, 그중에도 2006년 〈고국회 20주년 국문과 60주년〉 행사를 잊을 수가 없다. 이미 10년 전인 1996년에 〈고국회 10주년 국문과 50주년〉 행사를 성황리에 가진 경험을 살려, 정말로 열심히 다시 한 번 행사에 올인했다.

그간 5060선후배님들 세대에서 7080세대로 교체되어, 기념행사의 형식과 내용도 많이 달라져야 했고, 고국회의 숙원사업이던 〈지훈시비〉도 그때서야 건립되었기 때문이다. 아무튼 일 년 전부터 모든 교우님들에게 홍보와 찬조를 부탁드렸으며, 마치 우주선을 발사하듯이 100일 전, 50일 전, 30일 전, 20일 전, 10일 전 카운트다운하듯 회보를 통해 홍보를 계속했다. 그리하여 2006년 9월 30일, 모교 100주년 기념관 옥상 라운지에서 개최된 행사에 평소 50~60명 참석하던 교우들이 200명 이상 오셔서 전무후무한 대성황의 축제 행사가 되었던 것이다.

이렇게 18년을 이끌어온 나의 고국회 총무직도 마침 능력 있고도 열정적인 여총무 황복순(74) 후배를 발굴하여 넘겨주었으니, 워낙 혼신을 바쳐 여한 없이 총무를 해서인지 아쉬움도 후회도 없었다.

끝으로 내가 고국회의 마지막 총회를 한 프로그램과 인수인계서를 참고로 게재하고, 지난해 총회를 앞두고 현 황복순 총무가 〈고국회보〉에 18년 총무로서의 추억담을 써달라고 간곡히 청탁하기에 썼던 내용을 보너스 삼아 첨부한다.

고려대 국어국문학과교우회
— 2008총회 겸 지훈서거40주년 추모

일시: 2008년 10월 28일 오후 6시 반
장소: 종로3가 〈한일장 지하층〉

〈축시〉 국문인 찬가

오늘은 〈고국회 총회 겸 국문인의 밤〉의 날!
보고픈 선후배님 반기는 벗들이 있기에
모든 일 미루고 바쁜 걸음 재촉한다

뜨거운 악수와 정겨운 눈빛으로
만나서 반갑고 즐거운 우리의 축제여!
4천 교우 함께 행복한 국문인의 세상이 열린다

〈그리운 얼굴! 즐거운 만남!〉으로
추억꽃을 피우는 화려한 꽃밭이 되고
열린 가슴에 보람이 가득 채워진다

선배 존경과 후배 사랑의 뜨거운 시간이 흐르면
내년의 만남을 기약하고 아쉬운 손 흔들며
우리는 다시 바쁜 일상으로 돌아간다

안암의 석탑에서 시작된 고국회의 인연이여!
어제보다도 오늘보다도 내일과 영원으로
더욱 빛나는 고국회! 국문인이 되어라

고국회 2008총회 겸 국문인의 밤
— 지훈 서거 40주년 추모의 밤

제1부 공식행사

1. 〈축시〉로 문을 열며(개회)
2. 참가 교우님을 소개합니다(내빈 소개)
3. 회장이 인사드립니다(최동호 회장)
4. 격려의 말씀입니다(고문님)
5. 모교 국문과 현황이 궁금합니다(모교 국문과 강헌국 학과장)
6. 지난 일 년 경과와 경리를 보고합니다(경과 결산 보고)
7. 재학생 후배님들을 후원합니다(격려금 전달)
8. 제12대 회장을 추대합니다(신임회장 추대)
9. 신임회장이 취임인사 드립니다(신임회장 취임사)
10. 다함께 건배합니다(건배) — 만찬과 정담을 나누는 시간

제2부 지훈 서거 40주년 추모의 밤

1. 지훈 시 낭송 — 〈승무〉
2. 지훈 선생님 회고 — 오충수(국62. 고대신문 편집국장)
3. 지훈 시 낭송 — 〈낙화〉
4. 지훈 시 낭송 — 〈늬들 마음을 우리가 안다〉
5. 지훈 시비에 대한 보고
6. 지훈 시 낭송 — 〈고풍의상〉
7. 우리 동기회는 이렇게 이끌어갑니다(동기회 보고)
8. 행운을 받으세요(행운권 추첨)
9. 내년을 기약하며 마칩니다(폐회)

....

*고국회 경과보고

2006. 9. 29 고국회 20주년/ 국문과60주년/ 지훈시비 제막식 모교

〈100주년 기념관〉 200여 명 참석

2007. 2. 13 고국회 20주년 행사/ 지훈시비 결산보고회 〈대림정〉

2007. 4. 18 지훈시비 보완 기념행사

2007. 10. 30 〈고국회 2007 정기총회 겸 국문인의 밤〉 〈국일관〉

*고국회 2008년 결산보고
(지면 관계상 생략함)

〈시〉

승무

조지훈

얇은 사(紗) 하이얀 고깔은 고이 접어서 나빌레라
파르라니 깎은 머리 박사(薄紗)고깔에 감추오고
두 볼에 흐르는 빛이 정작으로 고와서 서러워라
빈 대(臺)에 황촉(黃燭)불이 말없이 녹는 밤에
오동잎 잎새마다 달이 지는데, 소매는 길어서 하늘은 넓고
돌아설 듯 날아가며 사뿐히 접어올린 외씨버선이여

까만 눈동자 살포시 들어 먼 하늘 한 개 별빛에 모두오고
복사꽃 고운 뺨에 아롱질듯 두 방울이야
세사에 시달려도 번뇌(煩惱)는 별빛이라

휘어져 감기우고 다시 접어 뻗는 손이
깊은 마음속 거룩한 합장(合掌)인 양하고
이 밤사 귀또리도 지새우는 삼경(三更)인데
얇은 사(紗) 하이얀 고깔은 고이 접어서 나빌레라

〈고국회 2009 신구 회장단 인수인계식 순서〉

1. 개회
2. 전임회장 인사
3. 신임회장 답사
4. 격려사
5. 경과보고
6. 결산보고
7. 인수인계서 확인
8. 폐회

〈고대 국어국문학과 총교우회 인수인계서〉

2008년 10월 28일(화) 정기총회에서 회장단이 바뀌었기에 아래와 같이 인수인계를 합니다.

인수인계 품목
1. 교우회 장부 2권
2. 교우회 자료 디스켓 1개
3. 교우회 기금 잔액 31,545,330원(통장)

2009년 2월
신임회장 최용학 (인) 총무 황복순 (인)
전임회장 최동호 (인) 총무 이은집 (인)

〈추억담〉 고국회 총무를 18년간이나 하다니……

이은집(국문과 62, 한국소설가협회 상임이사)

지금 생각하면 나 자신도 믿어지지 않는 일이다. 우리 고대 국어국문학과 총교우회의 총무를 무려 18년이나 계속했다니……. 아마 고대의 어떤 학과 교우회에서도 이런 일은 전무후무할 듯하다.

내가 〈고국회(고대 국문과 총교우회)〉와 인연을 맺게 된 것은 바로 고국회가 창립된 1986년 10월 25일부터이다. 우리 고대 국문과 교우들은 그 이전부터 신년하례식을 모교에서 은사님들과 선후배 재학생들이 모인 가운데 갖고 다시 은사님 댁으로 세배를 다니곤 했는데, 고국회 초대 회장이신 윤재명 회장님께서 1986년 10월 25일에 여의도 전경련회관 지하에서 창립총회를 가졌던 것이다.

그 시절 나는 서울북공고 국어교사로 근무했는데, 따라서 시간도 나고 또 각종 모임을 좋아했던 터여서 열심히 고국회에 참여했더니, 1991년 김동진 3대 회장님께서 나를 총무로 지명하셨고 바로 이 때부터 나의 고국회 총무시절이 시작됐다.

창립총회 때의 250여 명 참여 교우님들이 점점 줄어들어서, 총회에 40명도 모이지 않을 때의 안타까움은 책임을 맡아본 사람은 짐작하리라. 그래도 우리 고국회는 다른 학과 교우회보다는 항상 앞장서 나갔으니, 1991년에 벌써 〈고대 국어국문학과 교우회보〉를 만들기 시작하여, 〈2006년 〈고국회 20주년 국문과 60주년 행사〉 때에는 20페이지 컬러 고국회보 12호를 발행하기도 했던 것이다.

내가 총무이던 시절의 고국회는 46학번부터 80학번까지 연락을 했는데, 처음엔 컴퓨터도 없던 때라서 수작업으로 복사한 회보를 띄우곤 했는 바, 그 우편작업만도 쉬운 일이 아니었다. 아무튼 일 년에 최소한 6회 이상 교우님들에게 각종 편지를 띄우다 보면 한 해가 금방 가버리는 느낌이었다.

우리 고대는 동창회를 〈교우회〉라 하는데, 그래서 우리 집사람은 이를 〈교회〉로 잘못 알아듣는 해프닝도 벌어져, 고대 사람들은 정말 무슨 종교인들처럼 뭉치는 별난 사람들이란 놀림을 받기도 했다.
고국회를 이끌어가기가 쉽지는 않았다. 초대 2대 윤재명 회장님을 비롯한 이젠 고인이 되신 3대 김동진 회장님과 4대 홍일식 회장님, 역시 고인이 되신 5대 송석환 회장님, 6대 유근하 회장님과 7대 홍순직 회장님을 거쳐, 올해에 별세하신 8~9대 여운계 회장님을 모셨고, 10대 최동호 회장님 때에 후배에게 총무를 물려주었으나, 새 총무의 건강상 문제와 고국회 창립 20주년과 국문과 창설 60주년 행사로 다시 총무 역할을 계속하게 되었으니, 아마도 난 평생 총무를 하라는 기구한 운명인지도 몰랐다.
어쨌든 나는 한때 48개의 총무를 하기도 했으니, 자랑스럽기보다는 부끄럽기도 하다. 그래도 18년간 고국회 총무 중에 잊지 못할 추억이 많지만, 특히 여운계 회장님을 모셨을 때에 광화문 코리아나호텔에서 연예인 출연의 즐겁던 고국회 총회를 잊을 수 없고, 2006년 모교 100주년 기념관에서 가졌던 〈고국회 20주년 국문과 60주년〉 행사에 200명 넘게 참석하여 대성황을 이루었던 추억은 영원히 잊을 수 없을 것 같다.
그토록 나에게 애환을 준 고국회도 이제는 5060에서 7080으로 세대교체가 이루어져 새로운 고국회의 시대가 열리고 있다. 그리하여 나는 최장수 전임 총무로서 경험했기에, 새로이 우리 고국회를 이끌어 가시는 최용학 회장님과 황복순 총무님의 노고에 감사드리면서, 나의 고국회 총무 18년 추억담을 마치는 바이다.

9. 대학 동아리
— 〈고대문인회〉 〈KUBS(고대방송동우회)〉

대학시절에는 동아리 활동을 하라

✻

중고시절에는 정규수업 외에 특별활동 또는 CA라는 수업이 있는데, 대학에서는 근래에 와서 〈동아리〉란 명칭으로 취미와 특기가 비슷한 선후배 학생들이 모여 활동하는 것을 본다.

1960년대 내가 대학에 다닐 때에는 이런 동아리가 응원반, 신문반, 방송반, 문학반, 연극부, 유도부, 역도부 등이나 학문적 분야에 몇 개가 있을 뿐이었는데, 요즘 대학에 따라서는 아마도 수백 개가 넘는 동아리가 있을 만큼 학생들의 동아리 활동이 다양한 것 같다.

사실 대학에서는 학문에 전념하여 교수 같은 직업으로 나아가지 않는다면, 오히려 이런 동아리 활동이 사회에 나와서는 필요하고 유익할 때가 많다.

나는 대학시절에 소설공부도 했지만 대학방송국 국원으로 활동했는데, 이것이 계기가 되어 서울 시내 공립고등학교에서 국어교사를 하면서도 방송작가로 데뷔해 KBS, MBC, EBS 등 라디오와 TV

에서 20여 년간 약 13만여 매의 방송 원고를 집필했으니 말이다.

그래서 나는 지금 고대방송국 출신들의 모임인 KUBS(쿱스)의 왕선배로서 후배들의 존경(?)을 받고 있으며, 고대 출신 중에 문인으로 데뷔한 선후배들의 모임인 〈고대문인회〉에서는 사무국장(총무)까지 지냈다. 다른 선후배들을 보아도, 이를테면 대학신문사 출신들은 각 신문사에서 똘똘 뭉치고 있으며, 우리 방송국 출신들도 여러 방송국에서 선후배가 서로 밀어주고 끌어준다고 한다. 그러므로 대학시절에는 자신의 취미와 적성에 맞는 동아리를 찾아 가입하고 열심히 활동할 필요가 있다고 하겠다.

가령 내가 1982년 MBC 대학가요제에서 〈윷놀이〉를 작사하여 금상을 수상한 바 있는데, 이 노래를 부른 건국대학교의 노래동아리 〈옥슨(황소)〉을 보니까, 당시 〈불놀이야〉로 히트한 가수 홍서범 씨가 모교에 찾아와 후배들을 열성적으로 지도하는 것을 보았다. 이처럼 대학에서는 어쩌면 학문보다도 동아리를 통하여 선후배 관계의 인맥을 쌓는 것이 더욱 중요한지도 모르겠다.

대학 동아리 선후배 모임은 만들기도 운영하기도 어렵다

무릇 학연의 동창회는 초·중·고·대학까지 비교적 순탄하게 잘 이끌어갈 수가 있으나, 대학 동아리 모임은 서로 살아가는 길이 비슷하든 다르든 간에 생활과 여건이 복잡하여 모임으로 한데 묶기가 여간 어렵지 않다.

우리 고대방송국 출신들의 모임인 〈KUBS(쿱스)〉만 보아도, 각 방송국에서 근무하는 선후배들은 모임 날 프로그램 제작이나 생방송 출연 등으로 참석을 못하는 경우가 많은 것이다. 또한 〈고대문인회〉의 사무국장을 할 때에는 선후배들을 대해보면 문인답게(?) 개성이 특별하여 모임을 이끌어가기가 정말 힘들었던 것이다.

그러나 고대방송국의 선후배 모임인 〈KUBS〉는 아마도 1961년에 처음 창립된 이래 약 40여 년 전부터 시작된 것 같은데, 초창기에는 일 년에 단 한 번, 그냥 〈망년회〉로 선후배가 모여 막걸리를 마시는 수준이었다가, 1970년대 후반 들어서 고대방송국의 규모와 활동이 커짐으로써 졸업생뿐 아니라 재학생까지 참여하는 큰 동아리 〈KUBS(쿱스)〉가 되었던 것이다.

그래서 요즘에는 1월 중에 졸업 10년차 후배기가 주최하는 〈신년하례식〉과 7, 8월 모교에서의 체육대회(주로 젊은 후배들의 가족까지 참여)가 열리고, 5월축제와 가을 〈고연전〉 때에는 모교 재학생들이 〈방송제〉를 개최하는데, 나는 해마다 거의 빠짐없이 초대에 응했더니, 고려대학교 〈KUBS(쿱스)〉는 신입생이라도 이은집 선배를 모르면 간첩이란 유언비어(?)까지 떠돌아서, 나는 더욱 열심히 후배들의 행사에 자의반 타의반으로 참석했다. 물론 이런 모임에 갈 때엔 꼭 〈금일봉〉을 마련해서 방송국장에게 증정을 한다.

아무튼 이런 후배들의 모임에 가면 KBS TV에서 퀴즈프로를 진행했던 최승돈 아나운서나 MBC의 허일후 아나운서도 만나고, 탤런트이자 연극배우인 성병숙 후배와 각 방송국의 유명 PD들도 보게 되어 여간 반갑지 않다.

물론 고대방송국 출신 모임인 〈KUBS(쿱스)〉에는 회장과 부회장도 있고, 특히 홈피가 다양한 구성으로 개설되어 있기도 하나, 행사 때 참가비나 약간의 찬조가 있을 뿐 연회비 제도도 없다. 그렇지만 뒤풀이 때는 사업으로 성공한 선배가 앞장서 선후배들을 인솔하여 크게 한턱 쏘니까, 따로 기금을 모을 이유는 없는 것 같기도 하다.

다만 총무하기를 좋아하는 나로서는 내년이 우리 〈KUBS(쿱스)의 창립 50주년이 되니까, 이를 기념하는 행사나 〈KUBS(쿱스) 50주년사〉 같은 책자라도 발간했으면 하는 소망을 가져볼 뿐이다. 그만큼 대학동아리 모임은 무슨 사업을 추진하거나 운영하기가 어려운 것 같다.

〈고대문인회〉는 이렇게 이끌어가고 있다

문인을 많이 배출한 동국대나 중앙대, 한양대 같은 대학에서는 특히 문인회의 역사와 전통이 깊은 것 같은데, 모임 잘 하기로 소문난 우리 고려대학교의 〈고대문인회〉는 1998년에야 소설가 송하춘, 최학 등의 후배가 우리나라 문단의 대작가인 홍성원 선배님을 모셔서 〈고대문인회〉를 결성하였다. 이에 홍성원 회장님은 원래 모임을 즐겨 하시지 않았으나 후배들의 간곡한 청에 "그러면 일 년에 한두 번 정도라도 고대 출신 선후배 작가들이 모여 박주산채로 한잔 술 나누며, 문학에 대한 정담을 나누는 소박한 모임을 갖자"며 회장 직을 맡아주셨던 것이다.

그런 만큼 〈고대문인회〉는 요란스레 잦은 모임도 갖지 않았으나, 소설가 최학 사무국장이 회보를 만들고, 송년회 모임에서 〈신예작가상〉을 제정하여 순금 한 냥의 시상도 했던 것이다. 그러다가 2대 회장까지 지내신 홍성원 회장님께서 우리나라 소설문단의 유명작가이신 김병총 선배님한테 회장 자리를 물려주셨는데, 이때의 전제조건이 사무국장은 꼭 이은집 후배를 시켜달라는 부탁이셨다고 한다.

그래서 나는 김병총 회장님을 모시고 〈고대문인회〉의 사무국장(총무)을 맡게 되었다. 하지만 모든 모임은 조직과 경제를 갖추어야 한다고 믿었기에, 나는 늘 해오던 방식대로 장르별 회원을 찾아 확충하고, 고문부터 명예회장, 회장, 부회장, 상임이사, 이사, 분과위원장, 간사진으로 임원진을 새로 구성하여, 연회비 제도와 찬조로 기금 모으기에도 힘썼더니, 모두 기꺼이 호응해주셨다.

특히 소설가인 구종서 상임이사께서 모교 총교우회장 재단과 연결하여 2년간 1천만원 정도의 협찬도 받아오셔, 총회 행사와 〈신예작가상〉 시상도 풍성하게 치르게 되었다.

이때 나는 수시로 모든 회원들에게 회보도 띄우고, 〈고대문인회 회보〉를 컬러로 증면하여 발행했다. 〈고대문인회〉의 면모가 일신된 느낌이었다.

그리하여 2월에 정기총회 겸 신예작가상 시상식을 대학로의 흥사단에서 보통 20~30명 참석으로 치르던 행사를 60~70명까지 성황리에 마쳤다. 아울러 여름방학 때 가진 1박 2일의 〈창작수련회〉도 〈이화여대문인회〉와 합동으로 대천 해수욕장에 있는 고려대 수련원에서 70여 명이 참가하였는데, 아직도 그때의 즐겁던 추억이 생생히 떠오른다.

〈고대문인회보〉는 〈고국회보〉의 형식과 내용이 비슷하므로 생략하고, 초대 2대 회장이셨던 홍성원 회장님과의 인터뷰 기사를 참고하라고 소개한다.

〈인터뷰〉

마음속의 고대문인회 — 홍성원 상임 고문님과 함께

김남석(국92. 평론)

내가 아는 범위 내에서 고대문인회의 출범은 빠른 편이 아니다. 우리 문인회가 만들어진 시점은, 유수한 대학교가 이미 문인회의 이름을 걸고 활동을 벌인 한참 후였다. 문인회의 필요성을 전면 거부하는 경우가 아니라면, 이러한 정황은 안타까움을 불러일으킬 만하다. 또 고대문인회에 대한 말 중에서 "고대 이름을 걸고 하는 모임이면 잘 되지 않는 모임이 없는데, 유독 문인회만은 그렇지 않은 것 같다"라는 말도 있다. '잘 되고 안 되고' 의 기준이 어디에 있는지는 모르겠지만, 이러한 말은 문인회가 처한 난처한 상황을 요령 있게 반영하는 것 같다.

고대문인회 소식지를 준비하면서 홍성원 선생님(이하의 글에서는 삼인칭 대명사 '그' 로 칭하겠다)에 대한 인터뷰를 계획한 것은, 문인회의 취지와 정체성과 나아갈 길을 점검하고 싶은 욕심 때문이었다. 그는 전임회장으로 이미 4년간의 경험을 가지고 있고, 문인회 창단 멤버로 그 취지를 명확하게 이해하고 있기에 가장 적격인 인물로 판단되었다. 그의 최근 근황에 대한 궁금증은 미루어 두고라도, 그에게서 문인회 향후 활동에 대한 도움을 얻을 수만 있다면, 그와의 만남은 틀림없이 의미 있는 일이 될 것이다.

그의 집은 경기도 김포시 고촌면 신곡리 한화아파트 107동 9XX호이다. 예전 주소를 기억하는 이들에게는 다소 생소한 지명일 것이다. 그는 예전 살던 화곡동에서 제법 떨어진 경기도 김포로, 두 달여 전에 이사를 했다. 그는 골목을 지나는 행상들이 내지르는 소리가 싫어 이곳으로 왔다고 운을 떼었다. 글을 쓰다가 행상의 물건 파는 소리가 들리면, 머릿속에 구상하던 글이 다 날아가 버린다는 것이다. 조용한 것을 좋아하는 그의 성품이 잘 묻어 있는 말이었다.

아닌 게 아니라, 그가 새롭게 정착한 곳은 조용했고 한적했다. 논과 들이 상당히 넓게 마을을 차지하고 있었고, 그 사이로 간신히 뚫린 도로와 아파트만이 이곳이 시골이 아님을 증명하고 있었다. 그의 아파트 서재에서 바라본 야산도 도시에서는 구경하기 힘든 천연 야산이었다.

나의 공식적인 첫 물음은 고대문인회의 설립에 대한 것이었다. "고대문인회가 만들어진 사연과 취지에 대해 말씀해 주십시오." 그는 아주 오래된 이야기를 시작했다. "나는 문인회의 필요성을 잘 인식하지 못했던 사람입니다. 그런데 어느 날 제의가 들어왔어요. 소설 쓰는 사람들끼리 모여 망년회라도 같이 하자는 것이었습니다. 나쁘지 않겠다고 생각하고, 그러자고 했어요. 그런데 한참 시간이 흘러도, 이렇다 저렇다 소식이 없더군요. 그것을 발의한 송하춘(소설가) 교수가 외국에 나가셨기 때문인 것 같았어요. 그러다가 다시 기회가 왔지요."

그는 계룡산에서 일박을 하는 여행을 제의받았다. 그는 그 여행이 소설 쓰는 고대 동문들 모임이라고 생각했다. 그러나 그 자리에 모인 사람들은 소설뿐만 아니라 시와 평론을 망라하는 전 고대 출신 문인들이었다. 동문들은 무척 반가워하면서 자리를 함께했다. 그때 누군가가 문인회를 만들자는 이야기를 꺼냈고, 그는 무심결에 "그래, 필요하면 가끔 만나서 박주라도 나누자"고 응대했다. 이 말을 기화로 그들은 의기투합했다. 그리고 만장일치로 그를 회장으로 추대했다. 그는 거듭 고사했지만, 주위의 청을 물리치기 어려웠다. 이것이 고대문인회의 출범을 위한 사전 모임이 된 셈이다.

그는 회장이 되면서 크게 두 가지 제안을 했다. 하나는 "될 수 있으면 아무 일도 하지 말자"였고, 다른 하나는 "수필가를 받아들이지 말자"였다. 두 사안은 자칫하면 오해와 불신을 불러올 수 있다. 그러나 그의 설명을 들으면 조목조목 납득이 간다.

먼저 첫 번째 제안에는, 고대문인회가 철저한 친목 단체로 남기를 희망하는 그의 진심이 담겨 있다. 조직을 유지 확대하기 위해서 어떤 일을 벌일 경우 돈이 필요해진다고 그는 믿는다. 그러면 그 돈을 조달하는 사람의 영향력이 증대되고, 순수한 목적이 흐려질 가능성이 높아진다. 그래서 모든 모임은 회원들의 자발적인 회비 납부로 운영하자고 제안했다. 모든 모임은 그날 모인 사람들의 회비로 치르자는, 소박하지만 당당한 원칙을 제시한 것이다.

두 번째 제안은 문인회 장래를 걱정하는 마음의 발로이다. 수필가를 회원으로 인정할 경우, 정식 등단 절차를 밟지 않은 많은 사람들에게 문을 개방하게 된다. 다른 직업을 가지고 있다가 우연히 혹은 자비로 책 한두 권을 내고 글 쓰는 일을 여기로 생각하는 사람들은 의외로 많다고 그는 말한다. 그들이 고대문인회의 다수를 차지할 경우, 정작 글을 직업으로 삼고 천직으로 여기는 사람들은 문인회를 기피할 가능성이 높다는 것이다. 특히 수필이라는 장르가 가지는 모호성을 염두에 두고 한 말이다. 실제로 이러한 폐해로 인해 어려움을 겪는 문인회가 다수 있다. 만일 그러한 일이 발생하면, 고대문인회는 원래의 취지를 잃고 정체성을 상실할 수 있다는 우려인 것이다. 그는 당시의 제안을 지금도 소신 있게 강조한다. 자신의 제안이 다소 경직되게 들릴 수 있음을 인정하면서도, 그 제안에 담긴 참뜻을 이해시키려는 그의 모습은 순수해 보였다.

문인회의 이름으로 거창한 일을 만들지 말자는 그의 주장은, 문인회의 정체성을 '노는 집단(?)'으로 규정짓고 있다. 그는 문인회에 나오면 철저하게 놀아야 한다고 주장한다. 노는 데 방법이 따로 없으며 서로 즐길 수 있는 것은 무엇이든 놀이가 된다고 말한다. 어느 하계수련회에서는 손수 포커를 가르친 적도 있다고 했다. 낚시나 등산 혹은 바둑대회를 만들어 각자 취향에 맞게 선택하도록 한 수련회도 이러한 취지에 따른 것이다. 보다 고급스럽고 새로운 놀이도 제시한다. 가령 '컴맹'이 많은 문인들에게 컴퓨터에 대한 상식과 토론을 제안하기도 하고, 문학의 위기에 대한 '음주 섞인(?)' 대화를 제안하기도 한다. 강연회나 발표회라는 형식은 거부하되, 문인들 사이의 자연스러운 만남을 통해 관심사를 논의할 수는 있다고 말한다. 물론 술이 들어가고 관심사가 들어가면 그것은 더 이상 일도 공식적인 행사도 아닌, 정을 쌓는 놀이가 될 터이다. 아무리 시시한 이야기라 할지라도 오래된 정분을 확인하고 혹은 다시 쌓는 계기가 될 수 있다면, 그것은 문인회에서 적극적으로 추진되어야 할 일이다. 그때 '그 일'은 '거창한 일'이 아닌 '놀이로써 장려될 일'이라고 덧붙인다.

신예작가상에 대한 의견도 피력했다. "문인회가 출범하고 난 이후에 상에 대한 이야기가 나왔어요. 상을 받는 것은 좋은 일이기 때문에 반대할 의사가 없었지요. 그런데 문제가 있었어요. 상을 제정하고 나니까 그 상을 위에서부터 주려고 하잖아요. 그래서 반대했죠. 이미 나이든 사람이 그 상을 받는 것은 의미를 퇴색시키는 일이다, 젊은 회원들부터 주도록 하자고 설득했죠. 신예작가상의 연한이 등단 10년으로 정해진 것은, 젊은이들에게 그 상을 받도록 하자는 취지였어요. 이미 문단에 기반을 잡은 사람들에게 주자는 것이 아니고, 앞으로 기반을 잡을 사람에게 도움을 주자는 의도였지요."

지금도 신예작가상의 연한은 지켜지고 있다. 그러나 이번에는 그 연한으로 인해 다소 안타까운 일이 있다. 2002년 신예작가상을 위한 후보 추천 과정에서 10년 연한으로 인해, 한 회원이 추천 보류될 위험에 처했기 때문이다. 이 이야기를 전해들은 그(홍성원)는 자신이 그 연한을 둔 것은 그런 취지가 아니었다며 몹시 안타까워했다. 연한 제한의 바른 의도는, 상의 취지를 살리기 위한 일종의 안전장치 같은 것이었다며. 그러면서 지면을 빌어 제안을 하나 해달라고 부탁했다. 아무리 연한 제한이 있더라도, 격려의 의미가 강하다면 규약에 얽매일 필요는 없다는 문항을 첨가하는 것이 어떻겠냐고.

문인회의 앞날을 위한 조언을 구하는 물음에, "크게 두 가지가 있어요. 하나는 후배들에게 예의를 지켜야 한다는 거예요. 일전에 이런 일이 있었어요. 모두 술이 과했지요. 그래서 선배들이 후배들에게 다소 실례를 했던 것 같아요. 조금 있다 보니, 여자 회원들이 모두 사라졌지 뭐예요. 우리 문인회에 여자 회원들이 많은데, 그들도 모두 편안하게 모임에 참여할 수 있도록 해주어야 해요. 특히 고대는 선후배의 위계질서가 강해서, 후배들은 선배들의 말 한마디에 꼼짝 못하는 경우가 많지요. 그러니 조심해주어야 할 사람은 선배들입니다. 또 하나는 즐겁게 놀 수 있는 방안을 계속 마련해야 한다는 것입니다. 문인회는 개구리가 더 멀리 뛰기 위한 움츠림이라고나 할까요. 여기서 놀고 돌아가서 더 큰일을 할 수 있는 계기가 되어야 하지요. 글 쓰는 사람들은 스트레스를 푸는 방법이 제각각인데, 문인회가 그 방법 중에 하나가 될 수 있었으면 해요."

최근 근황을 묻는 말에, 그는 두 가지 소설을 구상하고 있다고 했다. 하나는 현대물이고 다른 하나는 역사물인데, 특히 후자에서 우리말의 아름다움을 담아내려 한다고 말했다. 임진왜란 시기를 살아가는 사람의 이야기로, 주인공이 그 험난한 질곡을 헤쳐 나가면서 느끼는 감회를 오래된 옛 글의 멋진 표현과 함께 풀어놓고 싶다는 포부를 밝혔다. 수집한 자료를 보여주는 그의 손길과 말투는 미문(美文)에 대한 자부심과 정겨움으로 가득했다.

서울을 벗어나 고요한 반농반시의 공간에서 황량한 야산을 보면서, 그는 마음속의 아름다움을 살려낼 방도를 구하고 있었는지도 모른다. 그가 들려주었던 말 중에서 낚시에 대한 말이 떠오른다. "낚시꾼은 보통 자기 앞에 아무 것도 두지 않아요. 물 이외에는. 그런데 이 물이라는 것이 목표물이 없어요. 어디를 보아도 물뿐이니, 낚시꾼의 시선은 미끄러질 수밖에 없지요. 그러다 보면 시선은 자기 자신에게, 자신의 내면 공간으로 모여들게 되지요. 낚시를 한다는 것은 내면의 고독한 공간을 창출하는 작업이지요."

나는 낚시를 해본 적이 거의 없다(어릴 때 바다에서 몇 번). 그러나 왠지 낚시를 사랑할 수 있을 것 같다는 생각은 늘 하고 있다. 예전에 문인회 하계수련회 안내문을 보면서 선배들이 낚시대회를 연다고 했을 때, 당장 뛰어가 가르쳐달라고 하고 싶은 것을 간신히 참았던 적도 있었다. 시시하고 시끄러운 도시의 잡사들이 붙들고 놓아주지 않는 것이 그렇게 원통할 수 없었다.

홍성원 선생님이 사시는 곳도 어쩌면 낚시터처럼 시선이 미끄러지는 곳인지도 모른다. 언제 홍성원 선생님께 낚시를 가르쳐 달라고 조른다면, 어쩌면 낚시터에서 시선을 자신에게 돌리는 방법을, 더 나아가서는 시끄러운 잡사에서 벗어나 고독한 내면의 공간을 만드는 법까지 가르쳐 주지 않을까 하는 기대를 해본다. 다음에 홍성원 선생님이 문인회에 나오시면 조심스럽게 한번 청해볼까 한다. 이런 어림없는 부탁도 할 생각을 하는 것을 보니 문인회가 좋긴 좋은가 보다.

대학 동아리 모임의 불꽃처럼 뜨거운 추억들

그토록 소망했던 문학을 위한 국문과 지원! 그중에도 요즘 'SKY 대학' 중 하나로 불리는 고려대학교 국어국문학과에 합격한 나는 신입생 때부터 나에게 맞는 동아리 부서가 없나 캠퍼스 여기저기를 기웃거렸다. 나는 고교시절에 방송반장을 했기 때문에 당시 소형 트랜지스터 라디오의 이어폰을 항상 귀에 꽂고 다녔는데, 그래서인지 작년에 새로 생겼다는 고대방송국이 눈에 띄었다.

이때의 고대방송국은 2학년 선배이신 이문양(61. 철학과) 회장 외 3명뿐이었고, 다음 해 내가 2학년일 때에는 7명의 후배와 3학년 때 3명 그리고 4학년 때 10명의 신입 국원을 많이 뽑은 건 〈신문방송학과〉가 신설되었기 때문이었다.

아무튼 그 시절엔 국실도 제대로 없어 공사 중인 건물의 한 공간을 도둑고양이처럼 몰래 사용했으며, 교내에는 스피커 장치도 없어 음악방송도 하지 못했던 것이다. 하지만 당시 DBS(동아방송)에서 해마다 〈대학방송경연대회〉가 있어 우리는 열심히 방송작품을 출품했는데, 〈제작상〉 〈연기상〉 나중에는 〈최우수 작품상〉까지 받아 상금으로 학교 앞 막걸리 집에서 자축파티를 거창하게 벌였던 추억도 있다.

또한 용산 미군기지 안에 있던 〈VUNC 유엔군 총사령부 방송국〉에서 서울의 6개 대학방송국에게 30분씩의 방송시간을 할애해주어, 나는 고대방송국의 연출부장으로서 드라마를 비롯한 방송 원고 집필과 연출을 맡아 이미 대학시절에 방송작가의 역할을 했던 것이다. 어쩌면 그 바람에 내가 훗날 정식 방송작가가 됐는지도 모른다. 이처럼 대학시절에 동아리 활동을 잘 하면 사회에 나와 그 분야의 직업에 종사하게 되기도 하는 것이다.

나는 졸업 후 군대에 가서도 대학의 방송활동을 인정받아 휴전선의 GOP에서 북한에 심리전 방송을 하는 〈대적선전대〉란 부대에 근무하기도 했다. 그리고 제대 후에는 서울 시내 공립고등학교에서 국어교사로 근무했지만, 결국 방송작가도 겸하여 KBS, MBC, EBS의 라디오와 TV에서 스크립터로 약 13만여 매의 방송 원고를 썼으니, 지금 생각하면 모든 것이 대학시절에 방송국 동아리를 했기 때문이 아닌가 한다.

아무튼 우리 고대방송국이 세월과 함께 졸업생 선배가 많아지자, 자연발생적으로 〈KUBS(쿱스/고대방송동우회)〉란 모임이 생겨 망년회를 갖게 되자, 나는 아주 열심히 참석했다. 특히 1980년대부터 나는 교사, 방송작가, 소설가, 작사가, 산업체 강사로서 그야말로 눈코 뜰 새 없이 바빴는데, 그래도 거의 빠지지 않고 참여해 언젠가는 산업체 강연으로 그만 너무 늦어졌으나, 후배들이 가지 않고 나를 기다린다고 해서 지하철로 가면서 핸드폰으로 도착 정거장을 마치 생방송하듯이 알려준 에피소드도 있다. 그만큼 KUBS(쿱스)를 생각하는 뜨거운 나의 열정에 지금은 10(2010년 새내기)학번 후배들도 내 이름뿐 아니라 얼굴도 기억한다고 한다.

아무튼 KUBS(쿱스)의 선후배가 함께 만나는 모임에 가면 그립던 후배(내 위로는 선배가 한두 분뿐이기에)들을 줄줄이 만나고, 특히 재학생 새내기들이 신고식 겸 귀여운(?) 공연을 한판 벌이는데, 이를테면 걸그룹인 원더걸스의 〈노바디〉 춤이나 아이돌그룹 2PM의 택연처럼 찢기춤으로 짐승돌이 되는 녀석도 있어, 그들의 싱싱하고 풋풋한 모습에 나는 젊음의 엔도르핀을 팍팍 공급(?)받기도 한다. 이는 대학 동아리를 열심히 한 덕분이 아닌가 한다.

아울러 나는 대학시절에 〈고대신문〉에 수필이나 콩트를 써서 발표하여 약간의 원고료도 받은 적이 있고, 문과대학과 국문과에서 발간하는 학회지에 소설을 쓰기도 했는데, 특히 고려대, 연세대, 이화여대, 숙명여대 등 4개 사립대학의 국문과 문학도들이 합동으로 개최했던 〈4개 대학 문학의 밤〉에는 빠지지 않고 참가하여 주로 재미있는 콩트를 낭독함으로써 인기를 끌었던 추억을 잊을 수가 없다.

역시 내가 소설가로 문단에 데뷔한 이면에는 대학시절에 이런 활동을 한 것이 계기가 되지 않았나 싶다. 물론 나뿐 아니라 그때 함께 문학에 심취했던 4개 사립대학의 문학도들은 거의 대부분 문인이 되었으니, 다시 한 번 대학에서 동아리 활동을 열심히 하라고 권하고 싶다.

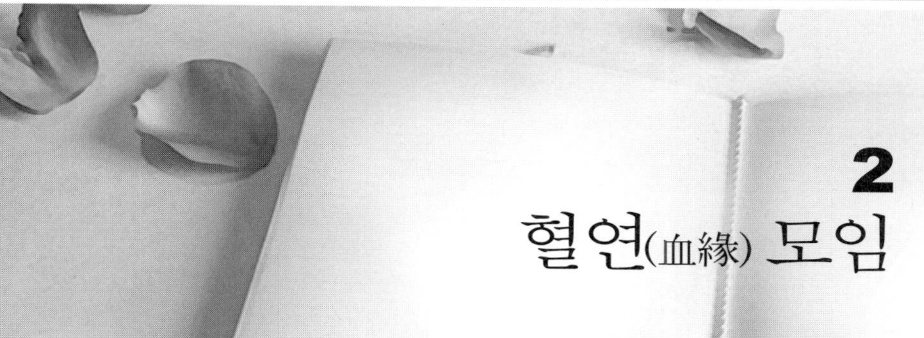

2
혈연(血緣) 모임

종친회 명부

1. 종친회
— 안산이씨 종친회

✲

나는 안산이씨(安山李氏)인데 조상 이야기가 나오면 슬며시 피하곤 했다. 어려서 아버지로부터 들은 이야기인데, 우리 안산이씨는 변변한 족보도 없고, 심지어 5대조 이상은 선조의 묘소도 찾지 못해 후손으로서 부끄럽고 한이 된다는 말씀이셨다. 그러니까 초등학교 때 동무들이 조상 자랑을 하면 나는 거기에 끼어들 수가 없었던 것이다.

그런데 내가 교사가 되어 서울북공고에 근무하던 1985년의 겨울방학을 맞아 고향집에 갔더니 아주 깜짝 놀랄 소식을 알려주었다. 그간 그토록 안타깝게 찾던 조상의 묘소를 한꺼번에 여러 기를 찾았다는 것이다. 게다가 전국에 흩어져 살던 종친들까지…….

아무튼 그래서 다음해인 1986년 3월 마지막 주 일요일에 처음으로 새로 찾은 조상 묘에 성묘행사를 하게 되었는데, 바로 서울 은평구에 있는 진관외동의 산자락에 비석과 상석까지 갖춰진 꽤 큰 묘소가 줄줄이 위치해 있는 게 아닌가?

이리하여 나의 고향인 충남 청양지파의 일가친척들 뿐 아니라, 처음 상면하는 공주지파, 함양지파, 서울지파까지 200여 명의 종친들이 모였는데, 한 핏줄이기 때문이라선지 초면이라도 모두 반갑기만 했다. 그때 77세이시던 아버지께서는 너무나 감격하셔서인지 조상님 무덤에 절을 하시면서 눈물까지 흘리셨다. 이는 어쩌면 할아버지가 독립운동을 한다고 만주로 중국으로 떠돌다가 함경남도 함흥에 한약방을 차리고, 새할머니까지 얻어 살다가 돌아가셔서 산소가 북한에 있어 평생 성묘 한번 못하신 설움이 복받치신 탓인지도 모른다.

그런데 아버지께선 그날 조상의 묘소를 찾아 처음으로 성묘를 하신 기쁨 탓인지 행사 후에 논둑길을 걸으실 때 봄나비처럼 춤추듯 걸어가셨다. 하지만 바로 그날 인천에 사는 동생 집에 메주를 갖다주러 가셨다가 저녁 식사 때 음식이 기도를 막아 그만 두어 시간 만에 돌아가셨던 것이다.

따라서 나는 해마다 종친회의 〈진관성묘행사〉를 다닐 때면 아버지가 떠오르는데, 그래서 한때는 불참하기도 했다. 하지만 아버지의 한을 생각해서라도 내가 열심히 성묘행사에 참석하는 것이 도리라 싶어 다시 나갔더니, 나의 6촌 형님이 1993년에 종친회 회장으로 추대되자 재무간사를 시키셨다. 이리하여 2005년까지 13년간 재무간사에서 총무간사로 자리를 바꾸어 종친회 업무를 보게 된 것이었다.

대종회 종친회는 지역별 종친회를 잘 조직해야 한다

우리 안산이씨 대종회 종친회는 지역에 따라 서울지파, 청양지파, 공주지파, 함양지파, 포항지파 등 5개 지파로 나뉘는데, 각 지파별로 독립적인 종친회가 결성되어 대종회의 성묘행사에 참가한다. 말하자면 해마다 전국 종친이 모이는 〈진관성묘행사〉에서 점심식사 준비는 지파별로 돌아가면서 담당하고, 조상유래비를 세울 때에는 회장단 임원진의 찬조와 각 지파별로 분담금을 거두었다. 이처럼 종친회는 지파별(지역별)로 조직을 잘 하면 모든 행사를 잘 해낼 수가 있다.

종친회는 족보를 만들어야 한다

한국인의 뿌리 찾기 본능은 어쩌면 원시 부족사회 시대부터 있었는지 모른다. 그만큼 웬만한 성씨네는 다들 족보가 있는데, 부끄럽게도 우리 안산이씨에게는 지파에 따라서 간단한 반쪽 족보가 있을 뿐이었다. 그래서 1999년에 이들 족보를 모으고 여기에 지파별로 다시 종친을 파악하여 완성된 〈안산이씨 대동족보〉를 만들기로 결의했다. 이때 조직된 〈족보편찬위원회〉는 다음과 같다.

회장: 이형집/ 위원장: 이경집
청양지파: 이화집 이선옥/ 공주지파: 이광중 이재중
서울지파: 이덕규/ 함양지파: 이기창 이성한
대전지파: 이진명 이진구/ 간사장: 이선권
총무간사: 이은집/ 재무간사: 이선웅

이렇게 조직한 족보편찬위원회가 새로운 족보를 발간하기까지는 무려 6년이 걸릴 만큼 쉽지가 않았다. 먼저 족보를 옛날식으로 한문 전용으로 할까, 한글 병용으로 할까를 정하는 것부터 쉽지 않았다. 지파별로 조상부터 현재의 종친까지 계보를 정리하는 것을 〈수단〉이라고 하는데, 이 작업이 또한 만만치 않았다. 어느 지파는 이를 완성했는데 다른 데에서는 지지부진하니까 하무세월이기도 했던 것이다.

더구나 족보 편찬사업은 한문에 능통해야 하므로 더욱 어렵기도 했다. 그래도 6년만이지만 이 숙원사업을 마치니 총무인 나로서는 조상님과 아버지께 후손과 자식 된 도리를 한 것 같아 보람과 긍지를 느꼈다.

또한 나는 우리 대종회의 총무를 하면서 〈안산인〉이란 연간회보를 발간한 것이 참으로 자랑으로 남는다. 사실 이런 작업은 전문가의 지식과 경험이 없으면 힘든 일이라 하겠는데, 나는 항상 규모가 큰 모임의 총무를 할 적에는 이런 회보를 만듦으로써 그 단체의 역사를 남겼던 것이다.

그럼 우리 〈안산이씨 대종회〉의 회보인 〈안산인〉의 창간호 내용을 게재하니 참고하시기 바란다.

〈안산인(安山人) 창간호(마크) 안산이씨 대종회보〉

제1호/ 2003년 3월 30일/ 발행인 이형집 /편집인 이은집

안산이씨 종친회: 150-761 서울 영등포구 여의도동 시범APT 7-9X

〈창간사〉 안산이씨 대종회의 새로운 출발을 위하여

회장 이형집

삼라만상이 긴 겨울잠에서 깨어 온 누리에 새싹이 움트는 희망찬 새봄을 맞이하여, 그간도 안녕하십니까?

한국 축구가 월드컵 4강에 오르고, 붉은 악마의 응원전에 온 세계가 깜짝 놀랐던 2002년을 보내고, 희망찬 2003년 새해를 맞은 지가 엊그제 같은데, 오늘은 벌써 3월의 마지막 주 일요일로서, 전국

에 계신 우리 안산이씨 종친들이 다함께 모여 진관선영에 성묘하는 뜻깊은 날이 되었습니다.
돌이켜보면 우리 안산이씨는 조상님의 음덕으로, 서울을 비롯하여 대전과 공주와 청양과 함양 등에 흩어져 살았지만, 1986년부터 이곳 진관선영을 찾아 따스한 봄날에 전국의 종친님들이 한데 모여 성묘행사를 하고, 오순도순 둘러앉아 각 지파별로 돌아가면서 준비한 점심을 먹으며, 화기애애한 분위기에서 행복하고도 기쁜 하루를 보내왔습니다.
존경하는 안산이씨 종친 여러분!
그러나 이제 세월이 흐를수록 지성으로 조상을 섬기던 윗대 어르신들은 연로하시고, 거친 세파를 헤치며 살아가기에 바쁜 젊은 세대들은 성묘행사에 점점 관심이 엷어져가니, 초창기에 200여 명을 헤아리던 참석자가 지금은 80명 선에도 못 미치는 안타까운 실정에 있습니다. 그러나 우리 안산이씨 종친회는 효는 백행의 근본이라는 공자님 말씀이 아니라도 인륜의 도리로써 더욱더 합심 노력하여, 매년 3월 마지막 주 일요일에 열리는 진관선영 성묘행사에는 모두 빠짐없이 참여하도록 힘써야겠습니다.
끝으로 지난해에 본인이 고향의 지자체 선거 문제로 종친회 족보사업 등 모든 업무를 유보했으나, 이제 새로운 6대 회장단의 출범과 함께 새로운 마음으로 새 출발하여, 우선 〈안산이씨 대종회보〉를 발간함으로써, 우리 종친회의 활성화와 발전을 위해 노력할까 하오니, 종친님 여러분의 뜨거운 성원과 협조를 마라마지 않습니다. 감사합니다.

〈제18회 안산이씨 종친회 진관선영 성묘행사 안내〉

희망찬 새봄을 맞아 종친 여러분의 건강 행운을 기원합니다. 아래와 같이 제18회 진관선영 성묘행사를 갖사오니, 종친님들께선 꼭 참석하셔서 조상님의 음덕을 기리고, 종친 간에 친목을 나눠주시기 바랍니다.

일시: 2003년 3월 30일(일) 오전 11시
장소: 서울 진관외동 〈진관선영〉
회비: 1만원

합동임원회 2월 4일에 영등포에서 열려

— 제18회 성묘행사를 맞아, 〈안산이씨 종친회보〉 창간하기로

2003년 새해를 맞아 제18회 진관선영 성묘행사 준비를 위한 합동임원회가 지난 2월 22일 오후 1시에 서울 영등포역 소재 롯데백화점 8층 〈8도불고기집〉에서 열렸다. 형집 회장과 경집 윤집 고문, 광중 덕규 성한 부회장, 진명 간사장, 은집 총무간사, 선웅 재무감사, 은중 공주족보편찬위원, 희영 경인종친회 감사 등이 참석한 이날 회의에서, 형집 회장은 인사말을 통해 "우중에 멀리에서까지 참석해주신 임원님들에게 감사드리며, 작년 4월 지자체 선거에서 군수 출마를 약속했으나 결선에 나가지 못하고 누만 끼치게 되었다"면서, "이제 종친회의 활성화와 발전에 더욱 힘쓰고, 후계자도 키워서 마무리를 잘 하겠으며, 그간 작고하신 승재 고문님과 재중 고문님께 심심한 조의를 표한다"고 애도했다.

이어 협의사항에 들어가서, 그동안 유보해온 족보사업을 각 지파별로 마무리 짓기로 했으며, 이번 성묘행사를 맞아 작고하신 진영, 승재, 재중 고문님과 홍집, 기한 고문님과 선옥 부회장에게 공로패를 수여하기로 결의했다. 아울러 작년 총회에서 결정한대로 점심은 청양지파에서 준비하고, 〈안산이씨 종친회보〉를 창간하며, 각종 시상으로 최다 참석가족상, 최연장참석상, 최연소참석상, 행운상 등을 시상함으로써, 성묘행사에 대한 참여도를 높이고 종친 간에 화목을 다지는 축제로 이끌기로 했다.

작년도 〈제17회 진관선영 성묘행사〉 가져

— 2002년 3월 31일에 100여 명의 전국 종친들 참여

2002년도 〈제17회 진관선영 성묘행사〉가 2002년 3월 31일에 100여 명의 전국 종친들이 참석한 가운데 열렸다. 전날에 비가 내려 날씨를 걱정했으나 조상님의 음덕으로 당일은 예년처럼 화창한 봄 날씨 가운데, 형집 회장께서는 군수 출마 관계로 부득이 불참했는데, 참석자가 50여 명으로 줄어들어 안타까움을 더했다. 이처럼 해마다 성묘 인원이 줄어들어 가는 바 6대 회장단이 새 출발한 만큼, 내년부터는 여러 가지 새로운 제도를 만들어 보다 많은 종친이 성묘행사에 참여하도록 좋은 방안을 연구하기로 했다. 자세한 성묘행사 결과는 아래와 같다.

–아래–

〈2002년도 안산이씨 종친회 정기총회 순서〉

1. 개회
2. 임원진 소개
3. 회장 인사 — 광중 부회장 대리
4. 고문 축사 — 영집 고문
5. 경과 보고 — 1) 2001 정기총회 보고 2) 합동임원회의 보고
6. 감사/ 재무 보고
7. 협의사항

1) 우리 조상이야기

2) 지파별 족보사업 상황보고

3) 6대 회장 감사 선출 — 형집 회장 유임 기타는 위임

4) 새로운 명부 속간
5) 안산이씨 종친회보 창간
6) 각종 시상제도 마련
8. 공지사항 — 2002년 도시락은 청양지파에서 준비
9. 폐회 기념 촬영

〈격려사〉 진관선영 성묘 위해 천릿길을 달려옵니다

고문 이기창(함양지파)

전국에 계신 종친 여러분! 안녕하십니까?
올해도 어김없이 새봄을 맞아 우리는 북한산자락 양지바른 진관 산록에 모셔진 조상님들의 산소를 찾아 경모의 정성으로 성묘행사를 하기 위해 모였습니다. 전국에 흩어져 사는 우리 안산이씨 문중 일가가 다 모여, 이처럼 성묘행사를 시작한 지도 어언 18년이 되었습니다.
문득 지난날을 돌이켜보니 처음 진관선영을 찾아 감격에 벅차 함양 땅에서 첫새벽에 설레는 마음으로 차를 타고 천릿길을 달려오던 때가 생각납니다. 남들은 저마다 선대 조상의 묘소가 있어 시제도 지내고 성묘도 하건만, 우리 안산이씨는 그러질 못해 한스럽던 중에 전국의 일가를 찾고, 진관 선영을 찾아 1986년 새봄에 처음으로 이곳 진관선영에서 엎드려 절을 하고 술진을 따라 올리던 때에는 감격에 손이 떨리고 회포에 눈물이 솟기까지 했던 것입니다.
안산이씨 종친 여러분!
이제 그로부터 꼭 18년이 되는 동안 우리는 매년 성묘행사를 가져왔고, 이젠 자랑스럽게도 〈안산이씨 종친회보〉까지 발간하게 되었습니다. 이는 지하에 계신 조상님의 음덕이요, 전국의 종친 여러분이 한마음으로 뭉친 덕택일 것입니다. 그래서 이 사람은 다시 한 번

조상님께 엎드려 큰절을 올리는 바이요, 종친 여러분에게는 감사의 인사를 드리는 바입니다. 하지만 아직도 우리 안산이씨 종친회는 할 일이 많이 남아 있습니다.

우선 여러 해 동안 계획만 세우고 아직 완결을 보지 못한 새로운 족보의 발간이 첫째요, 다음은 해마다 줄어드는 성묘행사의 참여도를 높이는 일이라 하겠습니다. 특히 성묘행사 참석은 자손 된 도리로서 누가 시켜서 할 일이 아닌즉, 각 지파별로 또는 각 가정별로 서로 독려해서 참여함으로써, 조상님께 부끄럼이 없는 후손이 되도록 해야겠습니다. 아울러 그동안 연로하심에도 성심으로 참여하시던 진영, 승재, 재중 고문님께서 별세하시니, 그 빈자리가 너무나 크고 허전하여 절로 눈앞이 흐려집니다.

사랑하는 안산이씨 종친 여러분!

특히 젊은 종친들은 이제 노년층의 뒤를 이어 성묘행사에 적극 참여할 때가 되었습니다. 지금처럼 자꾸 성묘 인원이 줄다가 보면 언젠가 명맥이 끊어질까 걱정이 됩니다. 그리하여 다시 한 번 간곡히 부탁드리면서, 끝으로 이번 종친회보를 만드느라 수고한 편집진에게 고마운 인사를 전하면서 이만 필을 놓겠습니다. 감사합니다.

〈종친 동정〉 이런 일! 저런 일!

— 그간 어찌 지내셨습니까?

*장남 진호군 혼례식 올려 — 광중(공주지파) 부회장

본회 부회장인 광중 종친이 지난해 6월 9일 오후 1시에 대전 오페라웨딩홀에서 장남 진호군의 혼례를 치렀다. 대종회의 마음 모아 축하드립니다.(지면 관계상 이하 생략)

〈자랑스러운 우리 종친〉 위계질서가 확립된 모범가정

부회장 이광중

전쟁이 끝난 후에는 경제도 어렵고 또한 사회질서가 어지럽게 마련이다. 폭력, 사기, 절도, 매춘 같은 상상도 못한 범죄가 사회를 어지럽히는 것을 우리는 6·25를 통해 겪어 보았고, 위정자들이 민주화라고 하는 개혁정책 속에서도 살아 보았고, 남녀동등권의 법안을 입법화시켜 살고 있는 현재 사회는 과연 어떠한가?

유교사상이 허물어지고 신흥종교들이 각 가정에 침투되면서, 국가 사회 가정까지도 위계질서가 엉망이 된 현재의 사회는 어떠한가? 이런 것은 어제오늘 있었던 것은 아니고, 수년 간 흘러오는 동안 잘못된 오류가 사회에 물의를 일으키고 있는 것이 아닌가? 이러한 어려운 환경 속에서도 모범가정으로 이끌어 오신 종친 댁을 소개한다.

공주종친회 대산소를 수호하시고, 안산이씨 종친회를 지켜 오시는 16세손 고 형태 씨이시다. 항상 반듯한 예절교육을 평생 동안 가르쳐 오셨고, 안산이씨의 모든 것이 담긴 문헌을 계승받지 못한 것을 항상 걱정하셨고, 정의 외에는 아무것도 타협치 않으신 훌륭한 분이었을 뿐 아니라, 관청과 유림 등에서 이분의 가르치심을 받고자 누차에 걸쳐 초빙하였으나, 가정교육이 우선임을 강조하시고 거절하셨으며, 모든 것을 내 자리가 아니면 가지도 서지도 않는 강직하고 청빈하신 선비이셨다.

부(富)를 탐내지 않고, 남에게 누가 되는 일이면 절대 범하지 않는 분이며, 이 분의 슬하에는 6남매를 두시었는데, 자손들에게 이 분의 사상과 가르치심이 전수되었고, 또한 며느리와 손자며느리까지 교육이 잘 전수되었다.

장남이신 갑중 씨의 명령이면 대소사간 모든 가족이 절대 순종하며, 상경하애(上敬下愛)의 정신이 바로 서 있어 모든 일이 막힘이 없는 모범가정이시다. 특히 칭찬하고 싶은 것은 며느리와 손자며느리까지 웃어른의 말씀이면 절대 순종하여 가정이 순탄하게 이끌어져 갔던 것이다. 밑의 사람들이 잘난 척하지 않고 순종하는 것은 타 가정의 모범이며, 복 받는 가정으로 영원히 행복을 누리고 살 것이다. 21세기를 살아가는 현대 속에 안산이씨 문중에서 모범과 자랑이다. 세상의 모든 가정이 이와 같은 가정이 된다면, 모든 위계가 확립되어 질서 있는 사회가 될 것으로 생각된다.

〈교양〉 당신은 친족관계를 얼마나 아십니까?

재무간사 이선웅

하루가 다르게 급변해 가는 세상 속에서 가치관도 세대에 따라 많이 변했습니다. 그러나 세상이 아무리 변해도 변하지 않는 것이 있다면 우리의 '뿌리' 라고 하겠습니다.

가치관이 흔들리는 현대사회의 혼란한 와중에서도 혈통은 인류가 존재하는 한 계속 이어질 것이고, 이어지는 혈통 속에서 조상을 알고 친족 관계를 이해한다는 것은, 친족은 물론 가족의 유대관계를 더욱 돈독히 하기 위해서도 매우 중요한 일이라고 생각됩니다.

아무쪼록 아래의 문답을 풀어보면서, 어른은 자녀교육의 기회로 삼으시고, 자녀들은 친족 관계를 알고, 더 나아가서는 인류를 사랑하는 기회가 되길 바랍니다.

1. 맞는 것은 ○표, 틀린 것은 ×표를 (　) 안에 하시오.

(1) 어머니의 형제는 외삼촌(외숙)이라 부르고, 어머니의 자매는 이모라 부른다. (　)

(2) 상사나 선배의 아내를 사모님이라 부른다. (　)

(3) 누님의 자녀를 생질이라 한다. (　)

(4) 평상시에 공수를 할 때 남자는 그의 왼손이 위로 가게 포개 잡고, 여자는 반대로 해야 한다. (　)

(5) 사위가 장모에게 큰절을 하면 장모는 어머니와 같은 어른이니까 답배하지 않아도 된다. (　)

(6) 악수는 대체로 여자 쪽이나 연세가 많은 쪽에서 청하는 것이 보편적이다. (　)

(7) '득남' 은 남자아이를 출산하는 것을 말하는 것으로 옛날에는 이를 '농와지경' 이라 한다. (　)

(8) '승중손(承重孫)' 은 아버지가 일찍 돌아가셔서 손자가 아버지 대신 조부모의 복을 입는 것을 말한다. (　)

(9) '참척' 은 자식이 부모보다 일찍 죽는 것을 말한다. (　)

(10) '내환' 은 속병(내과에 해당하는 병)을 말한다. (　)

(11) 자기를 낳아주신 부모를 아버님, 어머님이라 부른다. (　)

(12) '아빠' '엄마' 와 같은 호칭은 취학 전 어린이들이 쓰는 말이지, 다 장성한 아들딸들이 불러서는 안 된다. (　)

(13) 한복 두루마기를 입고 방 안에 들어가는 것은 실례다. (　)

2. 보기에서 알맞은 답을 골라 (　) 안에 써넣으시오.

(1) 백·숙부의 아들은 자기하고 종형제간인데 보통 (　)라고 한다.

(2) 아버지의 아버지는 조부(할아버지)이고, 아버지의 할아버지는 (　)가 된다.

(3) 선조로부터 장남으로 이어 내려온 자손을 (　)이라 하고 그 집안을 종가라 한다.

(4) 삼촌과 조카 사이를 (　)간이라 한다.

(5) 남의 아버지를 말할 때 (　)이라 한다.

(6) 돌아가신 아버지를 남에게 말할 때 (　)이라 한다.

(7) 남에게 그 어머니를 말할 때 (　)이라 한다.

(8) 돌아가신 자기 어머니를 남에게 말할 때 (　)라 한다.

(9) 남에게 그의 딸을 말할 때 (　)라 한다.

(10) 남에게 그의 동생을 말할 때 (　　)라 한다.
(11) 남에게 그의 조카를 말할 때 (　　)라 한다.
(12) 시어머니와 며느리 사이를 (　　)간이라 한다.
(13) 시숙과 자기 아내 사이를 (　　)간이라 한다.
(14) 남편의 기혼 동생을 말할 때 (　　)이라 한다.
(15) 남편의 형을 남에게 말할 때 (　　)이라 한다.
(16) 조카의 아내를 (　　)라 부른다.
(17) 고모의 자녀를 고종이라 하고, 외삼촌의 자녀를 (　　)라 한다.
(18) 장인과 사위 사이를 (　　)간이라 한다.
(19) 남에게 그 사위를 높여 말할 때 (　　)이라 한다.
(20) 점잖은 자리에서 남에게 자기 아내를 말할 때 (　　)라 한다.
(21) 남에게 자기 아버지를 말할 때 (　　)이라 한다.
(22) 돌아가신 남의 아버지를 말할 때 (　　)이라 한다.
(23) 남에게 그의 아들을 말할 때 (　　)이라 한다.
(24) 남에게 그 장모를 말할 때 (　　)라 한다.
(25) 남에게 그 누이를 말할 때 (　　)라 한다.
(26) 남의 숙부를 말할 때 (　　)라 한다.
(27) 아버지의 누님을 (　　)라 한다.
(28) 남에게 자기 어머니를 말할 때 (　　)이라 한다.
(29) 남편의 누님이 남동생의 아내를 부를 때 (　　)라 한다.
(30) 남에게 그 장인을 말할 때 (　　)라 한다.
(31) 아버지의 누이를 고모라 하고, 고모의 자녀는 고종(姑從) 또는 (　　)이라 한다.
(32) 남쪽을 향하면 왼편이 동쪽이고 오른쪽이 서쪽이다. 남자는 양(陽)이니까 그 방위는 서(西)쪽이고 그 서쪽이 오른편에 있으므로 여우(女右)이다. 남좌여우(男左女右)란 (　　)라는 말과 같은 뜻이다.

♧ 정답

(1) 사촌형제 (2) 증조부 (3) 종손 (4) 숙질 (5) 춘부장 (6) 선친, 선고

(7) 자당님 (8) 선비 (9) 영애 (10) 계씨 (11) 함씨 (12) 고부 (13) 수숙 (14) 서방님 (15) 시숙 (16) 질부 (17) 외종 (18) 옹서 (19) 서랑 (20) 내자, 안사람 (21) 가친 (22) 선고장 (23) 영식, 영윤, 아드님 (24) 빙모 (25) 매씨 (26) 완장 (27) 고모 (28) 자친 (29) 올케 (30) 빙장 (31) 내종 (32) 남동여서

〈지역종친회 순례(1)〉

그 반갑던 첫 만남의 감격! 다시금 새 출발하겠습니다!

— 1991년에 결성된 〈서울경인종친회〉의 13년 역사

총무간사 이은집

벌써 13년 전 이야기가 되었는가? 그러니까 우리 안산이씨 대종회가 진관선영을 찾아 3월 마지막 주 일요일에 감격스런 성묘행사를 시작한 지 6년째 되던 해에, 서울·경기·인천지역에 사는 안산이씨 종친들이 일 년에 한 번만이라도 모여 객지생활의 회포를 나누자는 뜻에서 〈서울경인종친회〉를 결성하게 되었던 것이다. 이제 당시의 경과를 기록한 장부를 펼쳐보니, 이런 회보가 보관돼 있어 여기에 옮겨 본다.

안산이씨 종친회 〈서울경인지역분회〉를 결성했습니다!

전국의 안산이씨 종친여러분! 안녕하십니까?
드디어 지난 5월 27일 안산이씨 종친회 〈서울경인지역분회〉가 결성되어 임원진을 구성하고 6월 7일 여의도 63빌딩 〈한가람〉에서 첫 임원회의를 가졌습니다. 그리하여 (1) 분기별로 임원모임을 갖고 (2) 회칙을 만들며 (3) 회원간 친목과 특히 경조사 (4) 족보편찬위원회

결성 (5) 안산이씨 찾기 운동 전개 (6) 서울경인지역분회 조직 활성화 (7) 회비 갹출과 절약 등 여러 문제를 논의했습니다.
이제 앞으로 본격적인 활동을 하게 될 〈서울경인지역분회〉에 전국 종친의 따뜻한 성원을 바라오며, 회원 여러분의 적극적인 참여를 바랍니다.

안산이씨 종친회 서울경기지역분회 회장 이형집

임원진 소개

회장: 형집/ 고문: 진학 오집/ 부회장: 덕규 진봉/ 감사: 선명 희영/ 총무간사: 진배/ 재무간사: 은집

위와 같이 출발한 〈서울경인종친회〉는 그 후 처음 약속한대로 정기적인 임원회와 격년제로 총회를 열어왔던 것이다. 그러나 세상만사가 그렇듯이 세월이 흐를수록 여건이 변해가고, 본회의 여러 가지 사정으로 지난 2000년 총회 후에 작년의 총회는 미루어져 실무를 맡은 총무간사로서 대단히 죄송할 따름이다. 그러나 올해는 새로이 5대 회장단을 뽑는 해이므로, 〈서울경인종친회〉는 심기일전 새 출발을 하려고 한다. 참고로 지난 2000년 총회의 프로그램과 그간의 경과보고를 정리해본다.

〈서울경인종친회 2000 정기총회 겸 송년축제〉 순서

제1부 정기총회

1. 개회
2. 임원 및 가족 소개
3. 회장 인사

4. 축사 — 고문 이윤집/ 고문 이오집
5. 경과 보고
6. 경리 보고
7. 감사 보고
8. 토의 사항 — (1) 임원진 확대 구성함 (2) 2001년은 서울경인종친회 창립 10주년 행사 가짐
9. 기타

제2부 송년축제
1. 행운의 풍선불기
2. 가족 노래자랑&소감 한 마디
3. 각종 시상
1등도착상: 이창수 부회장
풍선상: 1등 이복희/ 2등 이선택
최다 참석상: 이선택 가족
2000 행운상: 대상(1등) 조숙자/ 2등 이선정/ 3등 이형집/ 4등 이윤집/ 5등 이선도
노래 시상: 대상 이창수 〈동행〉/ 금상 김옥화 〈흔적〉/ 은상 이선도 〈이름모를 소녀〉/ 동상 정미완 〈립스틱 짙게 바르고〉/ 인기상 이환수 〈오락실〉/ 특별상 이선완 〈사랑은 아무나 하나〉
4. 폐회 및 기념 촬영

〈경인종친회〉 1991~2003 경과보고

91. 5. 26 서초동 〈어부도〉 창립총회. 25명 참석. 초대 회장단 임원진 구성
91. 6. 7 여의도 〈한가람 〉 임원회의.
91. 10. 21 여의도 〈한가람〉 임원회의

91. 10. 23 고문 응진님 별세. 문상. 조화
91. 11. 17 고문 오집님 혼사. 축하화환
91. 11. 24 〈91 정기 총회〉 터미날호텔 부페. 39명 참석
92. 3. 3 여의도 〈한가람〉 임원회의 + 이선권 간사장 성금. 이사진 구성 문제
92. 5. 23 덕규 부회장 혼사. 축하화환
92. 7. 3 은집 간사 일붕문학상 수상. 축하화환
92. 9. 28 여의도 〈한가람〉 임원회의
92. 11. 20 은집 간사, 출판기념회. 축하화환
*대통령 선거 등으로 정기총회 못함
93. 2. 27 여의도 〈한가람〉 임원회의
93. 3. 4 진배 총무 문병
93. 3. 28 진관 성묘시에 형집 회장, 종친회장 선임
93. 8. 17 여의도 〈한가람〉 임원회의
93. 11. 20 영등포 〈롯데〉 대종회 겸 임원회의
93. 11. 30 뮤지컬 〈뜬쇠가 되어 돌아오다〉 입장권 우송
94. 3. 18 여의도 〈한가람〉 임원회의
94. 3. 27 진관 성묘행사 지원금 협찬
94. 5. 5 영등포 〈롯데〉 대종회 임원회의
94. 5. 7 선명 감사 개업. 축하화분
94. 10. 1 진학 고문 혼사. 축하화환
94. 10. 17 여의도 〈한가람.〉 임원회의
94. 11. 27 〈94 정기총회 및 송년 모임〉 아스토리아 부페. 50명 참석. 2대 회장 선출
94. 12. 3 은집 간사 충청문학상 수상. 축하화환
95. 3. 4 덕규 부회장 혼사. 축하화환
95. 3. 7 영등포 〈롯데〉 임원회의
96. 1. 22 임원회의. 63빌딩 한가람
96. 10. 16 〈96 정기총회〉를 위한 임원회의. 영등포 롯데백화점

96. 12. 8 〈96 정기총회 겸 송년모임〉센트럴호텔 부페. 40명 참석
97. 6. 9 족보문제 임원회의. 63빌딩 한가람
97. 11. 19 임원회의. 63빌딩 한가람
97. 12. 13 족보문제 임원회의. 63빌딩 한가람
98. 5. 10 오집 고문 혼사. 축하화환
98. 9. 17 임원회의. 63빌딩 한가람
98. 12. 5 〈98 송년회 3대 회장 선출〉문제 임원회의. 63빌딩 한가람
98. 12. 27 〈98 정기총회 겸 송년모임〉 그랜드부페. 34명 참석. 3대 회장 선출
99. 1. 4 희영감사 형님 별세 문상
99. 6. 26 형집 회장 청양군민회장 취임
99. 7. 17 형집 회장 제2회 자랑스러운 화암인상 수상
00. 11. 7 〈2000 정기총회〉를 위한 임원회의. 용산 〈부산횟집〉
00. 12. 23 〈2000 정기총회 겸 송년모임〉 그랜드부페. 38명 참석
01. 3. 3 〈2001 정기총회〉 준비를 위한 임원회의. 영등포 〈8도불고기집〉
02. 3. 9 〈2002 정기총회〉를 위한 임원회의. 영등포 〈8도불고기집〉
02. 3. 31 진관성묘행사 점심 준비
02. 4. 27 희영 감사 혼사화환
03. 2. 22 〈2003 정기총회〉를 위한 임원회의. 영등포 〈8도불고기집〉

〈안산이씨 대종회! 무엇이든 물어보세요〉

역대 회장단 임원진

초대~2대 회장단 임원진 (1986~1994)

고문: 환옥 승재 영집 홍집 응진/ 회장: 경집

부회장: 형집 진영 재중 창한 창석/ 감사: 선옥 진구

간사장: 선권/ 총무간사: 화집/ 재무간사: 광중

이사: 항집 태집 의집 선행 선교 선웅 선량 선향 기한 기창 철재 인근 석재 진기 은중

3대 회장단 임원진 (1993. 3~1996. 4)
고문: 경집 환옥 승재 영집 홍집 진영/ 회장: 형집
부회장: 덕규 선량 광중 기창
감사: 화집 진학/ 간사장: 선권/ 총무간사: 진배
재무간사: 은집
이사: 태집 의집 선행 선교 선웅 선향 기한 철재 인근 석재 진기 은중 선옥 진구 재중 창한 창석

4대 회장단 임원진 (1996. 3~1999. 4)
고문: 경집 기창 승재 영집 홍집 선옥 진영(작고)
회장: 형집/ 부회장: 덕규 선량 광중 성한
감사: 화집 진학/ 간사장: 선권/ 총무간사: 진배(작고) 은집
재무간사: 은집(겸임)
이사: 항집(작고) 태집 의집 선행 선교 선웅 선향 기한 철재 인근 석재 진기 은중 진구 재중 창한 창석

5대 회장단 임원진 (1999. 3~ 2002. 4)
고문: 경집 기창 승재 영집 윤집 재중 홍집
회장: 형집/ 부회장: 광중 덕규 선옥 성한 진구 창수
감사: 기한 선교/ 간사장: 진명/ 총무간사: 은집/ 재무간사: 선웅
이사: 태집 의집 선행 선향 철재 인근 석재 진기 은중 창한 창석

6대 회장단 임원진 (2002. 3~2005. 4)
고문: 경집 기창 승재(작고) 영집 윤집 재중(작고) 홍집
회장: 형집/ 부회장: 광중 덕규 선옥 성한 진구 창수
감사: 기한 선교/ 간사장: 진명/ 총무간사: 은집/ 재무간사: 선웅

이사: 태집 의집 선행 선향 철재 인근 석재 진기 용중 은중 창한 창석

〈안산이씨 족보편찬위원회〉
회장: 이형집/ 위원장: 이경집
청양지파: 이화집 이선옥/ 공주지파: 이광중 이용중
서울지파: 이진학 이덕규/ 함양지파: 이기창 이성한
대전지파: 이진명 이진구
간사장: 이선권/ 재무: 이은집

종친회의 업무는 이렇게 하면 된다

한 성씨의 종친회는 전주이씨처럼 수백만 명이면 종친회 사무실에 월급까지 받는 직업적 임원도 있겠지만, 우리 안산이씨처럼 소규모 종친회는 오로지 봉사로서 해야 한다. 또한 종친회의 업무도 비교적 단순하다고 하겠다.

우선 매년 3월 마지막 주 일요일에 전국 종친이 합동으로 하는 〈진관성묘행사〉가 있고, 이를 준비하기 위한 〈임원회 준비회의〉가 2월 중에 있게 된다. 그리고 사안이 생기면 임시 임원회를 하면 된다.

하지만 내가 창립 때부터 총무를 한 〈안산이씨 서울경인종친회〉는 2월 초에 〈진관성묘행사 준비를 위한 임원회〉와 10월 초에 〈송년축제〉를 위해 임원회를 열고, 11월에는 〈안산이씨 서울경인종친회 총회 겸 송년축제〉를 개최했다. 물론 이때를 전후해서 임원에게는 〈회보〉를 띄우고, 일반 종친에게는 〈진관성묘행사〉와 〈송년축제〉의 소식을 전하면서 연회비도 독려했다. 이를 위해서는 먼저 종친회 회장단 임원진의 명부를 항상 업그레이드 해야겠고, 적어도 10년 단위로

전국 종친회 명부도 발간해야 할 것이다.

물론 다른 모임과 마찬가지로 임원진과 중요 종친들의 경조사는 속히 알리고, 임원진은 직급에 따라 화환이나 조화를 증정한다. 그뿐 아니라 총무는 수시로 회장단 임원진에게 안부전화를 함으로써 종친회의 활성화에 힘써야 한다. 이는 대동 종친회나 지파별(지역별) 종친회나 마찬가지이다.

그럼 여기서 종친회의 모임 회보와 총회 겸 송년축제의 행사 프로그램을 소개한다.

〈안산이씨 서울경인종친회 소식〉

안경회: 2007-10 (2007. 10. 17)
수신: 임원님 / 종친님 귀하
제목: 〈2007 정기총회 겸 송년축제〉 안내

안산이씨 서울경인종친회 임원님 종친님 여러분! 안녕하십니까?
우리 〈안산이씨 서울경인종친회 2007 정기총회 겸 송년축제〉를 개최하게 되었기에 임원님 종친님 여러분에게 기쁜 마음으로 알려드립니다. 돌이켜보건대 〈안산이씨 서울경인종친회〉는 1991년에 결성되어, 어언 17년이 되는 해로서 이에 더욱 교통 좋고 음식 맛있는 자리에서 모시고자 하오니, 종친님들의 많은 참석과 협조를 부탁드립니다.
올해 역시 종친과 가족 간에 더욱 단합과 화목을 위해, 각 가정별로 4촌 6촌 함께 오셔서 더욱 뜻 깊고 즐거운 〈2007 안산이씨 서울경인종친회 송년축제〉가 되시길 바랍니다.
감사합니다.

2007. 10. 17 회장 이창수 드림

〈안산이씨 서울경인종친회 2007 정기총회 겸 송년축제〉 모임

1. 일시: 2007년 11월 2일(금) 오후 6시 〈늦어도 꼭 오세요!〉
2. 장소: 1/3/5호선 〈종로3가역 15번 출구〉 300걸음 〈국일관 14층〉
(연락: 019-234-45XX 총무)
3. 내용
- 제1부 정기총회
1) 개회 2) 임원소개 3) 회장인사 4) 축사 5) 경과/협의사항 6) 결산
7) 감사 8) 건배
- 제2부 여흥/행운추첨
1) 초대 연예인과 함께
2) 종친 노래자랑
3) 행운권 추첨
4. 회비: 1만원(파격적 봉사회비! 어린이 초·중·고·대학생은 없음)

안녕하십니까? 우리 서울경인종친회는 각 지파에 상관없이, 서울·인천·경기지역에 사시는 종친들이 매년 한 번 모여 즐거운 축제로 친목과 화합을 다지기 위해 창립된 바, 올해가 17년째가 됩니다. 그런 만큼 올해에는 더욱 즐겁고 보람된 축제를 마련코자 하오니, 각 가정별로 더 많이 참석해주시길 간곡히 부탁드립니다.
감사합니다.

총무 이은집 드림

〈안산이씨 서울경인종친회 회보〉

안경회: 2007-2월 (2007. 2. 26)
수신: 임원님 귀하
제목: 〈2007년 진관성묘준비 임원회〉 안내

안산이씨 서울경인종친회 임원님 여러분! 안녕하십니까?
600년 만에 돌아온다는 황금복돼지의 해를 맞은 지 엊그제 같은데 벌써 춘삼월이 다가옵니다. 이에 우리 〈안산이씨 대종회 진관성묘 행사〉가 4월 1일로 결정되었기에, 아래와 같이 〈2007년 진관성묘 준비 임원회〉를 갖고자 하오니 임원님께서는 꼭 참석해주시기를 부탁드립니다.
돌이켜보건대 〈안산이씨 서울경인종친회〉는 1991년에 결성되어, 어언 17년이 되는 해로서 이에 임원진을 보강하였사오니, 임원님들의 더 크신 성원과 협조를 부탁드립니다. 감사합니다.

회장 이창수 드림

〈서울경인종친회 2007년 진관성묘준비 임원회〉

1. 일시: 2007년 3월 13일(화) 오후 6시 30분
2. 장소: 충무로 〈수감자탕〉 (전화: 02-2273-81XX)
(전철 3/4호선 〈충무로역 8번구〉 좌로 돌아 5M)
(연락: 019-234-45XX 총무)
3. 내용
- 제1부
1) 개회 2) 참석 임원소개 3) 회장인사 4) 축사 5) 경과/결산보고 6) 협의사항 7) 건배

– 제2부

1) 만찬 2) 행운추첨

4. 회비: 2만원

....

안녕하십니까? 우리 경인종친회는 각 지파에 상관없이, 서울 · 인천·경기지역에 사시는 종친들이 모여 친목과 화합을 다지기 위해 창립된 바, 올해가 17년째가 됩니다. 그런 만큼 올해에는 더욱 성황을 이루는 성묘행사를 위해 노력코자 하오니, 임원님들께서는 꼭 참석해주시길 간곡히 부탁드립니다. 감사합니다.

총무 이은집 드림

이제 내가 우리 〈안산이씨 종친회〉와 〈안산이씨 서울경인종친회〉의 총무를 하면서 종친들에게 보냈던 쑥스러운 편지를 소개하고, 후임 회장단에게 종친회를 인수인계한 양식을 소개함으로써 끝을 맺고자 한다.

언젠가 TV에서 보았는데 KBS 1TV 〈아침마당〉에 출연한 엄앵란 씨가 어느 아파트의 문을 열고 들어가던 사람 사는 모습은 똑같아, 지지고 볶고 하는 건 마찬가지라며 가족 간의 갈등을 고백했는데, 바로 우리 집도 그래서 오랜 고민 끝에 내가 〈가족의 화목〉을 찾기 위해 겪은 경험을 진솔하게 썼던 것이다.

우리 집의 〈가정 화목〉은 이렇게 꽃피웠습니다!

— 행복한 서울경인종친회 종친님을 위한 총무의 고백

안녕하십니까? 어느덧 라일락 향기로운 아름다운 계절을 맞았습니다. 오늘은 제가 조금 쑥스러운 고백을 하고자 합니다.

저희 집은 10남매(아들 6형제, 딸 4자매)로서 6형제의 조카만도 20명(아들 11명, 딸 9명)이랍니다. 다들 그러시겠지만 우리 형제자매조카들은 모두 성격이 온순하고 착하지만, 각자 사는 형편은 팔자인지라, 더러는 살만하고 더러는 좀 힘든 형편이랍니다. 그래서 종친회에서 연회비를 걷을 때에, 형제들이 제때 내는 형제도 있고, 특히 기독교를 믿다 보니 일요일에 개최하는 성묘행사에 참석이 어려워 안 내는 형제도 있으니, 순식간에 몇십 만원씩 밀리기가 일쑤였습니다. 그러나 저는 종친회의 총무인지라 제가 대신 대납하기도 했지요.

그러다가 어머님(1991년 별세)이 돌아가셨을 때, 형제 조카 가족회의를 열어 매월 결혼가정을 단위로 1만원씩 자동이체로 기금을 조성하기로 했는데, 겨우 3년만에야 약속이 이루어졌습니다. 정말 돈 내는 일은 적은 금액도 힘들더군요. 아무튼 그래서 각 가정에 이사하거나, 병원에 입원하거나, 개업을 할 때 50만원씩 찬조했는데, 지금까지 6형제가 모두 다 한 번씩 타갔습니다. 그리고 매월 12만원씩 기금이 조성되므로, 연간 144만원씩 모아지므로 대종회의 연회비 24만원과 경인종친회 서울지역 형제 조카 연회비 10만원을 기금에서 내니, 그렇게 편할 수가 없게 되었답니다.

그리고 설 때에는 온 가족 40여 명이 모여 세배 후에 세뱃돈도 6형제가 10만원씩 갹출한 60만원으로 어린이는 1만원, 초등학생은 2만원, 중학생은 3만원, 고등학생은 4만원, 대학생과 무직 조카는 5만원, 조카며느리들은 5만원씩 주니 모두 즐거워하지요. 또한 윷놀이를 하는데 윷 또는 모가 나오면 첫 바퀴는 1,000원, 두 바퀴째는 2,000원, 세 바퀴째는 4,000원 네 바퀴째는 8,000원, 다섯 바퀴째는 16,000원, 마지막 여섯 바퀴째는 20,000원을 상금으로 주니, 한 시간여의 윷놀이가 환호 속에 펼쳐진답니다!
서울경인종친회 종친님 여러분! 이렇게 해서 저희 집은 형제 조카 간에 지금은 화목을 이루고 즐겁게 산답니다. 물론 제가 여기에서도 총무 역할을 해서, 무슨 행사(설, 추석, 제사, 기타 애경사)에는 미리 편지로 알리고, 외갓집 사돈집 등 경조사 때에는 못 가더라도 형제 조카 일동의 이름으로 축의금과 조의금을 내거나 화환도 보낸답니다.
그런데 제가 이렇게 솔선수범하여 가정화목을 다지고, 종친회뿐 아니라 현재 30여 개 각종 동창회와 친목단체의 총무를 하면서 정성을 다했더니, 지난해에는 아들이 80대 1 경쟁률의 9급공무원 시험에 합격하여 근무 중이며, 저도 늘 바쁘고 건강하게 노후를 보람차게 보낸답니다.
서울경인종친회 종친님 여러분! 제가 이렇게 조금은 쑥스러운 저희 가정사를 고백하는 것은 여러분 댁에서도 저희처럼 누군가 나서서 가족회를 한번 해보시라 권장하고 싶어서입니다. 저는 이제 '지공선생(지하철 공짜가 되는 만 65세)' 이 되어서 교통비까지 걱정 없게 됐으니, 더욱 열심히 뛰어 우리 서울경인종친회를 즐겁고 도움 드리는 모임으로 운영하기 위해, 회장님과 임원진과 함께 노력하고자 합니다.
그러오니 이번 편지를 받으시면 송년모임에도 꼭 참여하시고, 찬조도 해주시고, 내년 3월의 진관성묘행사에도 꼭 나오셔서 기쁜 만남을 가져주시기를 앙망합니다.
긴 글 끝까지 읽어주셔서 감사드리오며, 종친님 여러분 댁내에 행운과 건강이 함께하시길 빕니다. 감사합니다.

안산이씨 서울경인종친회 총무 이은집 드림

2. 가족회(家族會)
— 화암공덕회

✻

우리 집은 깜짝 놀라겠지만 6남 4녀의 10남매로서, 어렸을 때 한 집에 살 때엔 할머니와 부모님까지 합하여 열세 식구였는데, 3명이나 갓난아기 때 홍역으로 잃었다니까 실제로는 13남매였다. 그런 만큼 두 살 터울의 우리 형제자매들은 가난한 살림에 항상 굶주려 먹거리 경쟁이 치열하기도 했다.

그리하여 지금도 웃음 짓게 하는 추억 하나를 소개하고자 한다. 어느 여름날 마루에서 두레반상에 죽 둘러앉아 점심을 먹는데, 마침 어머니께서 갈치를 구워 올려놓았던 것이다. 그러자 억지가 세다고 '억집' 이란 이름을 가진 동생이 갈치에 침을 퉤퉤 뱉으며 하는 소리가 "이 갈치는 내 거야!" 그러자 다른 동생이 갈치를 뒤집어 역시 침을 뱉으며 "이쪽은 내 거여!" 이윽고 여동생 하나가 날름 갈치접시를 들고 부엌으로 뛰어가며 한다는 소리가 "흥! 씻어다 먹으면 되지롱!"

아무튼 우리 10남매 형제자매들은 겨울에는 얇은 무명솜이불 하나를 덮어서 서로 잡아당기다 보니 이불이 몇 조각 나기도 했다. 그렇지만 서로 어찌나 우애가 좋던지 싸움 한번 안 하고, 또한 형제자매가 많다는 느낌도 전혀 없이 살았다.

하기사 우리 어머니께선 애들을 키우는 데 어찌나 엄하신지 우리가 조금이라도 티격태격하는 눈치라도 보이면 눈을 하얗게 뜨시고 엄포를 놓으시는 말씀이 “에이휴! 열 놈 다 키우자니 너무 힘들어! 누구 좀 없어졌음 좋겠는디……!” 그때 우리는 그런 어머니에게 낙인이 찍히면 정말로 없어질 것, 즉 죽을 것 같아 전전긍긍하기도 했으니, 싸움은커녕 우애가 좋을 수밖에 없었다고나 할까?

아무튼 그래서 10남매가 한 집에 살 때에는 아무 탈이 없었는데, 나이를 먹어 장가가고 시집가는 형님과 누나가 생기고, 형제간은 분가를 하게 되자 앞의 종친회에서 소개한 〈우리 집의 가정 화목은 이렇게 꽃피웠습니다!〉처럼 형제간의 갈등이 장마철의 곰팡이마냥 피어났던 것이다.

그러나 이는 우리 집뿐 아니라 어느 가정에도 해당이 될지 모른다. 아무튼 그래서 나는 우리 아버지께서 갑자기 돌아가신 1986년에 〈가족회〉를 만들려 했으나, 당시 내가 바쁘기도 했지만 형제들도 별로 호응을 하지 않아 뜻을 이루지 못했던 것이다. 그러다가 5년 후인 1991년에 어머니께서 별세하셨는데, 조의금의 결산을 하고 나니 몇 백만원이 남아 이를 〈가족회〉의 기금으로 삼아 결성했던 것이다. 물론 이때에도 남은 조위금을 분배하자며 반대하는 형제도 있었지만, 내가 총무를 맡기로 자청하여 가까스로 동의를 얻어냈다.

이리하여 결혼한 조카까지 〈가족회〉의 회원으로 정했는데, 현재는 12명으로 늘어났다. 벌써 20년이나 된 우리 〈가족회〉의 첫 회보를 보면 감회가 새로운데, 그 내용은 아래와 같다.

〈가족회람〉

우리 10남매 내외분! 조카들 여러분! 그간 안녕들 하십니까?
이번 모친 장례에 모두 애쓰셨습니다. 다시 한 번 못다 한 효도가 아쉽습니다. 앞으로는 우리 모두 합심해 화목으로 일가를 이루시기 바랍니다.
지난 8월 25일에 셋째(태집)네서 형제자매 모임을 갖고 아래와 같이 의견을 모았습니다. 거리상 참석 못한 형제 조카들도 함께 뜻 모아 주시기 바랍니다. 건강과 행운을 빕니다.

1991년 9월 3일 총무 이은집

〈가족모임 결의사항〉

1. 모친상은 1년 탈상으로 한다.
2. 6형제와 결혼한 조카의 친목계를 조직하고, 매월 회비는 2만원으로 한다(10만원은 적금을 붓고, 나머지는 운영비)
3. 조부모 부모의 사초 문제는 추후 결정한다.
4. 친목계 2차 모임은 추석을 맞아 시골 고향 둘째 네에서 한다.
5. 기금 200만원은 정기예금하고, 잔액은 운영비로 쓴다.

이렇게 시작된 우리 집의 〈가족회〉는 차츰 자리를 잡아 제사를 모시는 형제 집에서 일 년에 네 차례 모이기로 했으니 1. 설 2. 부모님 추도식 3. 추석 4. 조부모님 추도식 등이다.

물론 이때 15일쯤 앞서 회보를 띄우고, 형제자매의 혼사나 회갑, 칠순, 팔순 같은 경사와 사돈댁의 초상 또는 형제의 병원 입원 같은 애사가 있을 때에도 총무인 내가 회보와 전화(요즘은 문자메시지)로 알려 집안 대소사를 챙기니까, 형제간의 우애가 절로 다져졌던 것이다.

여기서 어머님의 추도식을 알리는 회보를 소개한다.

〈가족회람〉

삼복염천에 일가의 각 가정에 건강과 행운이 함께하시길 빕니다. 오는 8월 8일(양력)은 어머님의 세 번째 제사입니다. 이에 셋째 네서 추도식을 갖사오니 형제자매 조카는 두루 참석을 바랍니다.

1994. 7. 25 총무 은집

〈어머님 3주기 추도식〉

1. 일시: 1994년 8월 8일(월) 오후 7시
2. 장소: 셋째네 (전화 02-892-65XX)
(경기 광명시 하안1동 하안주공 5단지A 516동 4XX호)
3. 기타: 시간에 늦지 않게 참석 바랍니다.

이처럼 〈가족회〉를 만들어 집안 행사를 진행했는데, 특히 우리집 제사와 명절을 담당하는 셋째 형님의 회갑을 맞아 형제자매 조카들이 모두 모여 진정으로 축하드렸던 회갑잔치는 잊을 수가 없다. 그때 보냈던 회보와 회갑연 프로그램을 여기에 게재한다.

〈일가친척회보〉

한 해가 저물어가는 길목에서 영광된 새해를 맞으시길 비오며, 금번 아래과 같이 이 태자 집자 회갑을 맞아 알리오니, 모처럼 일가친척이 다함께 모여 기쁘고 보람된 자리가 되었으면 합니다.

감사합니다.

1995. 11. 28. 총무 은집

-회갑연 프로그램-

제1부: 축하예배

제2부: 축하공연

제3부: 하객 노래자랑과 행운추첨

〈모시는 글〉

저희를 낳아주시고 가없는 사랑으로 길러주신 아버지 이 태자 집자 회갑을 맞아 저희들이 작은 정성을 모아 축하의 자리를 마련하였습니다. 오늘날까지 저희 부모님과 하느님의 사랑 안에서 두터운 정을 나눠 오신 어르신님과 일가친척을 모시고자 하오니, 꼭 오셔서 기쁨을 함께 나눠주시기를 바랍니다. 감사합니다.

일시: 1995년 12월 9일(토) 낮12시

장소: 다이아나호텔 2층(광명시 하안동 소재)

전화: 031-616-51XX

아들 이선호 며느리 봉현주

딸 이영미 사위 박용매

딸 이미애 사위 심경섭

아들 이선규 딸 이애영

〈이태집 선생 회갑연〉

일시: 1995년 12월 9일(토) 12시

장소: 광명시 〈다이아나호텔 2층〉

-식순-

제1부: 회갑식 (사회 이억집)

1. 주인공 내외 입장
2. 꽃다발 증정(외손녀)
3. 약력 소개
4. 자녀들 헌주 및 큰절
5. 감사 편지 낭독(막내딸)
6. 축시 낭송(은집 동생)
7. 축하 기도
8. 축성가(가수 현미)
9. 주인공 내빈께 인사
10. 케익 커팅

제2부 축하공연 (사회 이은집)

1. 오프닝 무용(리믹스)
2. 가수 김용임 — 사랑의 밧줄 외
3. 가수 박대업 — MBC 신인가요제 수상
4. 가수 FOD — EBS 95청소년창작가요제 수상
5. 가수 유리나 — 중랑구민 노래자랑 대상
6. 가수 한명숙 — 노란 샤쓰의 사나이 외
7. 하객 노래자랑(대상 금상 은상 동상 인기상 특별상)
8. 행운추첨
9. 자녀들 합창 — 부모님 은혜
10. 폐회

〈축시〉이젠 옛날처럼 살고 싶군요!

— 세째 형님 회갑에 부쳐

이은집

오늘 여기 이렇게 많은 하객님들의 축하 속에
회갑을 맞으신 셋째 형님! 진심으로 축하드립니다
근데 형님께서 벌써 회갑이시라니! 얼른 믿어지질 않는군요
지금은 〈칠갑산〉이란 노래로 잘 알려진
우리 고향 청양 땅에서 나라 빼앗겨 어둡던 시절에
보릿고개로 배마저 고프던 빈궁한 시절에
그래도 우리 10남매 오순도순 따스한 정을 나누며 살았던 추억이
바로 엊그제 일처럼 떠오르는데 말예요

그 시절 그때의 자랑스럽던 형님의 모습!
아마 6·25 전쟁이 막 끝난 무렵이었죠?
청운의 꿈을 안고 멀리 부산으로 내려가
어엿한 고교생 모자 쓰고 소설 속의 주인공처럼 나타났던 형님!
그 후 우리 10남매 각자의 삶의 길로 흩어졌어도
언제나 저에게 문학의 꿈을 격려해주시던
셋째 형님의 그 깊은 정을 잊을 수가 없군요

그러나 형님이 살아오신 60년 세월!
그건 때로는 고추보다 맵고
씀바귀만큼 쓰디쓴 시절도 있으시겠죠?
하지만 그 역경과 세파를 다 이겨내시고 이제는
딸 셋, 아들 둘, 사위와 며느리에 손자 손녀까지 본 다복하신 형님!
그리고 아직도 직장에서 열심히 일하시며
진솔하게 살아가시는 형님의 모습이 참 뵙기 좋군요

형님! 이제 회갑을 맞으셨으니 우리 다시 옛날처럼
충남 청양군 화성면 화암리 공덕마을 고향땅에서
함께 살던 어린 시절마냥 좀 더 자주 만나며 살고 싶군요
셋째 형님! 다시금 형님의 회갑연을 축하드리오며
두 손 바쳐 축배를 올리오니 만복과 건강을 누리소서!

1996년 12월 9일 동생 은집 올림

그런데 이런 회갑연이나 칠순 팔순잔치에서 사회를 보려면 하객을 휘어잡는 유머 넘치는 입담과 순발력이 있어야 한다. 우리 셋째 형님의 회갑연에는 유명한 가수들도 초청했는데, 현미(밤안개) 씨는 목사인 동생과의 인연으로 축성가를 불렀고, 한명숙 (노란 샤쓰의 사나이)씨는 내가 용산고 근무 때 가르친 이일권 제자의 모친이라서 모셨으며, 근래 〈사랑의 밧줄〉과 〈내 사랑 그대여〉로 인기가수가 된 김용임은 데뷔 때부터 나와 인연이 있었고, 다른 가수들은 내가 작사한 노래를 부른 가수들이었던 것이다.

나는 시골 고향에서 농사를 지으며 고생하시는 둘째 형수님의 칠순잔치에도 사회를 보았는데, 다음과 같은 멘트를 해서 형수님은 감격의 눈물을 흘리셨고, 하객들은 장내가 떠나가도록 박수와 환호성을 질렀던 것이다.

"그럼 우리 형수님의 70 평생 살아오시면서 가장 잊지 못할 〈7대 뉴스〉를 말씀드리겠습니다. 첫째는 21살 꽃 다운 나이로 우리 둘째 형님께 시집오신 겁니다. 둘째는 선광 선근 두 형제를 낳으셨구요! 셋째는 왕자 같은 준수 손자, 공주 같은 청하 손녀를 보신 겁니다. 넷째는 예수님 만나 독실한 신자가 되어 권사직을 맡으신 거고요, 다섯째는 여러 차례 병마와 싸우시고도 건강을 되찾으신 것! 여섯

째는 고향집을 펜션처럼 다시 지으신 것입니다. 일곱째는 오늘 칠순잔치를 맞으신 것이 아닌가 합니다. 여러분! 다시 한 번 큰 박수로 저희 형수님의 칠순을 축하해주시기 바랍니다!"

〈가족회〉를 만들면 일가가 모두 〈행복가족〉이 된다

종친회 이야기에서 이미 소개했지만, 돌이켜보면 내가 〈가족회 — 화암공덕회〉의 총무를 해서, 우리 집은 우애와 행복을 누리는 것 같다. 형제자매의 혼사와 회갑, 칠순, 팔순 잔치를 해드렸고, 특히 명절 때의 윷놀이는 어린 조카들까지 기뻐했던 것이다.

그런데 여기서 한 가지 희한한 결과가 나왔다. 사실 이런 일화는 우리 가족의 일을 고백하는 것 같아 망설여지지만, 독자 여러분들도 충분히 공감하실 것 같아 말씀드린다.

오랫동안 〈가족회〉를 하다가 보니까 기금도 꽤 많이 모아져서, 6형제의 가정에 애경사가 있으면 50만원씩 증정하기로 했는데, 그중에 월 회비를 안 냈지만 그래도 무슨 사업을 개업했다기에 50만원 축하금을 증정했다. 그런데 그 사업이 잘 안 되어 곧 폐업을 하게 되었던 것이다.

또한 역시 월 회비를 내다 말다 하던 그 집은 가족이 아파서 50만원을 병원비로 날렸고, 시골 고향에서 부모님을 모신 둘째 형수님의 아들인 조카는 처음부터 열성으로 〈가족회〉에 참여와 월 회비를 꼬박꼬박 냈는데, 고향에 새집을 짓고 집들이를 해서 50만원의 축하금을 제대로 받게 된 것이었다.

끝으로 그동안 〈가족회 — 화암공덕회〉를 이끌어 오면서 컴퓨터에 입력한 여러 자료 중에서 독자님께 활용하시라고 몇 가지 내용을 골라본다.

〈화암공덕 일가〉 명부/전화부 (2005. 8)

이윤집 150-046 서울 영등포구 당산동6가 104-70 이용주택 2XX호 02-3667-11XX 018-261-18XX
조옥열 157-884 서울 강서구 화곡7동 362-50 정안빌라 3XX호 02-2695-66XX 011-315-94XX
이한상/이수오 157-032 서울 강서구 등촌2동 715 현대아이파크 108동 3XX호 02-2653-93XX 016-286-81XX
(이하 100여 명 명단은 생략함)

〈2007년 설 명절 차례식 순서〉

일시: 2007년 2월 17일(토) 오전 10시
장소: 천안 셋째집

안녕하십니까? 민족의 큰 명절 설날 차례식은 첫째, 둘째, 셋째, 넷째, 다섯째, 여섯째 가족 26명이 모여, 아래와 같은 내용으로 진행되었기에 보고와 감사를 드립니다.
아울러 부모님 추도식이 아래와 같이 있기에 미리 알리오니, 수첩 스케줄에 기록했다가 꼭 참석해주시기를 바랍니다.

-설 차례식 순서-
제1부 설 차례식
1. 개회 2. 묵도 3. 찬송 4. 성경봉독 및 설교 5. 기도 6. 찬송

7. 주기도문 8. 결산보고 9. 합동세배 10. 덕담 11. 세뱃돈 증정

제2부 뒤풀이
1. 2007 행운의 윷놀이 2. 시상: 행운추첨상

〈경리보고〉 2006년 10월 6일 추석 때 결산보고 (1,856,100원)

수입부: 83만원
첫째 12만원/ 둘째 8만원/ 셋째 8만원/ 넷째 4만원/ 다섯째 22만원/ 여섯째 4만원/ 큰형님 차용금 회수 25만원

지출부: 583,500원
2006. 10. 9 억집회갑회보 2만원/ 2006. 10. 14 억집회갑 난화분 5만원
2006. 11. 4 경인종친회 총회회비 3만원/ 2006. 11. 14 큰형님 송금 300,500원
2007. 1. 1 연하메시지 1만원/ 2007. 1. 2 선면혼사회보 8,000원
2007. 1. 26 선면혼사메시지 5,000원/ 2007. 1. 27 선면혼사&시골 차비 16만원
(현재 잔액은 2,102,600원)

〈안산이씨 공덕일가 선균조카 박사학위 취득 축하회〉

일시: 2006년 5월 13일(토) 낮 12시
장소: 영등포 〈만리성〉

안녕하십니까? 계절의 여왕! 아름다운 5월에 가진, 이번 〈선균조카 박사학위취득 축하회〉에 바쁘신 중에도 직접 참석하시어 〈축하패〉를 수여해주신 형집 6촌형님과 축하차 와주신 복현 이종형님, 춘자, 서현 이종과 명자 6촌동생 그리고 우리 10남매와 조카님들에게 두루 감사드리오며, 이날의 추억사진을 보내드립니다. 감사합니다.

총무 은집 드림

–<u>프로그램</u>–

1. 개회
2. 참석자 소개 — 35명
3. 감사기도 — 범집
4. 성경 말씀 — 권병근 목사
5. 인사 — 윤집
6. 축사 — 형집
7. 축하패, 기념품, 꽃다발 증정
8. 답사 — 선균 억집
9. 축하 찬송가
10. 건배 — 복현
11. 중화 코스요리 행운추첨 / 기념 촬영

〈혼사 후 감사편지 예문〉

감사의 인사드립니다!

지난 3월 6일(토) 주말에 바쁘신 중에도 귀중한 시간을 할애하시어 저희 집 혼사에 자리를 빛내주시고 각별한 후의를 베풀어 주신 데

대하여 진심으로 감사드립니다.
이번 저희에게 보내주신 축하의 마음과 정성은 앞으로 딸 내외가 인생을 바르게 살아가는 데 큰 힘과 격려가 되리라 믿습니다.
아울러 저희 가족은 가슴 가득한 고마움을 소중히 간직하오며, 앞으로 귀댁의 대소사에도 꼭 소식 주셔서 보은할 수 있는 기회를 주시기 바랍니다.
항상 건강하시고 가정에 행복이 넘치시기를 기원 드립니다. 감사합니다.

2010년 3월 혼주 이은집 이정자 올림

3. 처가회(妻家會)
— 밤가시회

✻

우리 속담에 〈처갓집과 뒷간(화장실)은 멀수록 좋다〉고 한다. 또한 〈겉보리 서 말만 있어도 처가살이는 안 한다〉는 말도 있다. 그만큼 처갓집은 사위에게 편하지 못하고 껄끄럽다는 이야기일 것이다.

이와는 반대로 〈처갓집이 좋으면 처갓집 말뚝을 보고도 절한다〉는 이야기도 있으니, 여하튼 처갓집은 불가원불가근(不可遠不可近)의 관계인지도 모른다. 그러나 요즘의 세태는 친할머니보다도 외할머니에게 어린 자녀를 맡긴다고 하니까 처갓집을 소홀히 할 수도 없겠다.

나 역시 우리 아이들 남매를 키운 건 외할머니, 그러니까 장모님이지 나의 어머니는 아니었던 것이다. 그래서 나는 2005년에 〈처가회 — 밤가시회〉를 결성했으니, 내용과 형식은 우리 집의 〈가족회〉와 다를 바가 없다.

나의 처갓집은 처남들 3형제와 나의 집사람이 독녀라서 3남 1녀로 비교적 단출하였다. 그래도 결혼한 남녀 조카들까지 합하면 10명이 되었는데, 2005년 추석 때 모두 만난 자리에서 내가 〈처가회〉의 결성을 제의하자 모두 찬성해주어서 아주 쉽사리 모임이 시작되었다.

그뿐 아니라 우리 집 〈가족회〉는 아직도 월 회비 자동이체를 안 하는 조카들이 있는데, 〈처가회〉의 회원들은 시작한지 한 달 만에 벌써 자동이체 수속을 다 해주어서 아주 순탄한 출발을 하게 되었던 것이다.

그리하여 아래와 같은 창립회보를 띄웠는데, 너무나 뜻밖이어서인지 당장 고맙다는 반응이 여기저기서 나타났다. 내가 〈가족회〉를 만들어 그토록 열심히 해도 무덤덤했는데 말이다. 역시 우리가 공기의 고마움을 잊고 살듯이 가까운 관계일수록 당연하게 생각하는 탓인지 모르겠다.

여주이씨 〈밤가시회〉 회보

여밤회: 2005-1호 (2005. 9. 20)
수신: 회원님 귀하
제목: 〈여밤회 창립과 양동정 큰사위님 댁 혼사〉 안내

안녕하십니까? 민족의 가장 큰 명절 추석은 잘들 쇠셨습니까?
그간 〈여주이씨 밤가시일가〉의 화목과 우애를 다지는 친목회를 오래전부터 생각해왔으나, 이번 추석에야 몇몇 회원의 뜻을 모아, 고모부가 총무를 맡아 모임을 진행하고자 하오니, 여러분의 뜨거운 성원과 협조를 부탁드리는 바입니다.
아울러 우선 양동정 큰사위님 댁 아드님 양석렬 군의 혼사가 아래와 같이 있기에 기쁜 마음으로 알리오니, 두루 참석하시어 축하해 주시기 바랍니다.

여밤회 지킴이 이은집 드림

〈양동정 큰사위님 댁 혼사 안내〉

1. 일시: 2005년 10월 30일(일) 오후 5시
2. 장소: 여의도 〈중소기업회관〉 2층
(전철 5호선 〈여의도역〉 하차하여 택시로 기본요금)

....

여주이씨 밤가시일가 여러분께 총무 이은집이 드립니다.
안녕하십니까? 드디어 우리 〈여주이씨 밤가시일가〉의 새로운 역사가 시작됩니다. 이제 우리 함께 효도와 우애로 삶의 행복과 기쁨을 위하여, 결혼하면 자동 회원이 되는 모든 회원님께서는 별첨 안내대로 금년 10월 말까지, 매월 1만원의 월 회비를 남편 또는 아내들은 〈우리은행 160-08-2070XX 이은집 앞〉으로 무기한 자동이체 납부의 수속을 꼭 마쳐주시기를 간곡히 부탁 올립니다.
우리 모임의 나아갈 방향은 다음 기회에 구체적으로 알려드리겠습니다. 감사합니다.

....

여주이씨 〈밤가시회〉 회보

여밤회: 2006-8월 (2006. 8. 11)
제목: 〈애사 위문과 추석모임〉 안내

이번 밤가시 큰댁의 상사에 우리 밤가시 일가의 마음 모아 삼가 다시 조의를 표하오며, 고인의 명복을 비옵는 바입니다. 혹시나 설마 하는 마음으로 쾌유를 간구하였지만 너무나 갑자기 떠나시어, 아직도 믿기가 어렵습니다. 그러나 이번 애사를 통하여 평소 효도를 다해야 함을 느끼셨을 줄 믿사옵고 자주 전화와 방문을 부탁드립니다.

아울러 올 추석에는 더 많이 밤가시 큰댁에 모여 추념의 시간을 가졌으면 하오니, 시간에 맞춰 두루 참석해주시기 바랍니다. 감사합니다.

여밤회 지킴이 이은집 드림

일시: 2006년 10월 6일(금) 오후 5시
장소: 밤가시 큰댁

2006년 8월 11일 결산보고 (2006. 1. 29 이월금 301,000원)

수입부: 600,000원
완 6만원/ 준 6만원/ 혜수 6만원/ 재수 6만원/ 현수 6만원/ 현 6만원/ 현배 6만원/ 현경 6만원/ 정은 6만원/ 정자 6만원

지출부: 331,900원
2006. 1. 28 설 프로 복사 1,000원/ 2006. 1. 31 설행사결과보고 회보 6,300원
2006. 5. 8 어버이날 난화분 증정 150,000원/ 2006. 6. 13 김 26톳 130,000원
2006. 6. 14 김 우송비 39,600원/ 2006. 6. 20 정은 김 재우송 5,000원
(현재 잔액은 569,100원입니다.)

*부모님께 효도의 첫걸음은 자동이체로 〈용돈〉을 부쳐드리는 것이랍니다!
(돈 버는 자녀에 해당함!)

농협 360-02-0474XX 이성익
시티은행 353-52183-2XX 최재숙
국민은행 474525-86-1237XX 이혜수
(참고: 저는 1969년 취직 후 첫 월급부터 1991년 어머님 별세 때까지 매월 용돈을 보내드렸답니다. 금액은 월급의 5% 정도였죠. 이은집)

위의 자료들을 보면 아마도 〈처가회〉를 운영하기가 가장 쉬울 것 같은데, 그 효과는 특히 마누라한테 나타나 늙어서 밥이라도 제대로 얻어먹고 살려면 꼭 〈처가회〉을 만들어 총무를 하라고 권하고 싶다.

아무튼 나는 〈처가회〉를 이끌어가면서 5월 8일 어버이날과 3남 1녀 처갓집 처남 어르신들의 생신날에는 각 가정의 자식들이 보내는 형식으로 축하 화분과 건강식품세트 선물을 보냈더니 아주 효과 만점이었던 것이다.

매달 단돈 1만원의 자동이체로 이와 같이 내 가족과 처가의 우애와 화목을 다질 수 있었는데, 이 책을 읽으시는 독자님들도 다른 모임은 몰라도 이 두 가지 모임만은 꼭 실천해보시라 거듭 부탁드리고 싶다.

3
지연(地緣) 모임

각종 수첩

1. 향우회
— 재경청양군민향우회

✽

얼마 전 LA에서 한인회장을 뽑는데 난투극까지 벌였다는 신문 기사를 접한 적이 있다. 이를 본 마누라의 촌평인즉 "으휴! 한국인들은 어째서 안에서나 나가서나 패걸이 싸움들을 좋아하나? 창피해서 원……." 이 말은 나라 안에선 여당 야당이 밤낮없이 싸우고, 외국에 나가 사는 해외 동포들도 툭하면 파당을 지어 죽을 동 살 동 으르렁거린다는 뜻이리라.

하지만 나는 이런 현상이야말로 오히려 바람직하다고 생각하는데, 여당이든 야당이든 해외 동포든 서로 잘해보자고 그러는 게 아니겠는가 말이다. 그리고 그것은 바로 고향을 사랑하는 마음과도 일맥상통하는 것이라고 하겠다.

그래서인지 충남 청양군 출신인 나는 아주 오래전부터 〈재경청양군민향우회〉에 관심을 갖게 되었고, 역시 열심히 참여했더니 1999년부터 2003년까지 총무를 맡았다.

그런데 우리나라에서 가장 잘 뭉치는 향우회는 〈호남향우회〉라고 하는데, 사실은 전국 어느 지역의 향우회든 똘똘 뭉치기는 비슷하다고 생각한다. 가령 성질이 희미해서 〈개갈 안 난다〉는 충청도의 전형인 〈재경청양군민향우회〉만 해도 벌써 창립된 지가 40주년이오, 한결같이 1월에는 모든 회장단 임원진이 참석하는 〈신년하례회〉와 5월에는 서울경인지역의 군민이 함께하는 〈정기총회〉를 개최하고, 격월로는 집행부와 읍면 〈임원진 모임〉을 갖고, 별도로 집행부 임원들은 수시로 만나니까, 이만하면 잘 뭉치는 셈이 아니겠는가?

아무튼 이처럼 우리나라에선 학연과 혈연과 함께 지연의 모임인 향우회를 빼놓을 수가 없는데, 대표적으로 〈군민향우회〉가 있고 〈시도향우회〉와 〈면민향우회〉도 있다. 하지만 이 셋은 규모만 다를 뿐 비슷한 성격의 모임이라 할 수 있기에, 여기서는 〈군민향우회〉에 대해서만 살펴보고자 한다.

〈재경청양군민향우회〉의 역사를 자랑한다

내 고향 청양은 충남의 알프스라는 별명이 붙을 만큼 산골 오지이지만 다행히(?) 가수 주병선의 〈칠갑산〉이란 노래가 뜨는 바람에 아마도 모르는 사람이 없을 것이다.

아울러 〈청양고추〉와 진시황도 먹었다는 〈구기자〉가 또한 특산품으로 널리 알려졌다. 그래서 나도 애향심을 발휘하여 〈재경청양군민향우회〉의 노랫말을 짓기도 했는데, 이를 소개하면 다음과 같다.

〈고향 노래시〉

내 고향 청양

이은집 작사

저 푸른 칠갑산에 철쭉꽃 피어나고
하늘땅물 아름다워 햇살도 눈부시네
충남의 알프스 내 고향 청양에는
정다운 이웃들이 웃음꽃 피운다네
희망찬 미래 위해 땀 흘려 일하면서
너와 나 우리 함께 한마음 한뜻으로
행복하고 살기 좋은 청양을 가꾸리라

저 맑은 천장호에 원앙새 헤엄치고
느티나무 마을에는 오곡이 풍년일세
청양고추 구기자 내 고향 청양에는
관광명소 문화축제 볼거리도 풍성하네
희망찬 미래 위해 땀 흘려 일하면서
너와 나 우리 함께 한마음 한뜻으로
행복하고 살기 좋은 청양을 가꾸리라

이만하면 우리 〈재경청양군민향우회〉에 대하여 독자님들도 짐작되시겠지만, 청양군에서 제정한 〈청양군가〉의 가사를 보면 〈10만 청양군민〉이란 구절이 나온다. 그러니까 1960년대만 해도 청양군민은 10만 명이나 됐는데, 현재는 3만 명 선도 무너졌다고 하니까, 그동안 그 많던 군민들은 서울을 비롯한 전국 대도시로 나간 것이다. 이런 현상은 아마도 전국 군단위 지역은 거의 마찬가지일 것이다.

아무튼 나는 대학 졸업 후 1969년부터 서울 시내 공립고의 국어 교사가 되었기 때문에 고향에 대한 그리움과 애향심을 가지고 있었다. 그리하여 〈재경청양군민향우회〉가 1971년에 창립되었을 때부터 재경군민으로 총회 때면 부지런히 참여했는데, 초창기에는 그냥 봄에 우이동 골짜기에서 도시락 하나 나누어 주어 마치 소풍 같은 행사를 가졌던 것이다.

그러다가 용산역 근처에서 〈웨딩코리아〉란 대형 예식장을 운영하는 강경식 회장님 때부터 대규모 총회를 개최하여 언젠가는 신일고등학교 강당에서 1,000여 명의 재경군민과 김세레나, 남보원 씨 등의 인기 연예인을 초대하여 흥겨운 공연도 즐김으로써, 고달픈 타향살이의 시름을 달래기도 했던 것이다.

하지만 당시까지는 군민회로서의 조직이나 활동을 제대로 못했고, 다만 경제력이 있는 회장님 덕택에 그럭저럭 모임이 굴러갔을 뿐이었다.

바로 이때 철판인쇄업으로 크게 성공한 나의 육촌형이 새로운 군민회장으로 추대되자, 자연스럽게 내가 총무의 직책을 맡아 가까이에서 보필을 하게 되었던 것이다. 그래서 처음으로 임원진이 상견례를 한 모임부터 내가 사무를 보게 되었는데, 이때 보낸 회보는 아래와 같다.

재경청양군민향우회(545-09XX) (직인 생략)

재청회: 제9901호 (1999. 7. 16)
수신: 고문, 회장, 부회장, 감사, 이사, 사무총장, 사무차장 등 전 임원님 귀하
제목: 99 신임회장단 임원진 상견례를 겸한 야유회 초청

안녕하십니까?
드리올 말씀은 지난 6월 26일 재경청양군민향우회 99 정기총회에서 새로이 구성된 회장단 임원진 상견례를 겸한 야유회를 아래와 같이 갖고자 초청하오니, 바쁘시더라도 꼭 참석하시어 본회의 발전과 회원 상호간의 친목 도모에 협조하여 주시기를 바랍니다.

–아래–

1. 일시: 1999년 7월 24일(토) 오전 9시 집합
2. 장소: 〈성동경찰서 광장〉(연락: 019–234–45XX)
(지하철 2호선/5호선 또는 용산역에서 출발하는 국철로 〈왕십리역〉에서 하차하여 '성동경찰서 출구'를 통해 성동경찰서 광장으로 나오면 〈백운계곡 송씨 갈비집(전화 031–535–15XX)〉 버스가 대기함)
3. 내용
(1) 신임회장단 임원진 상견례
(2) 온천욕/ 오찬/ 여흥
(3) 기타
4. 회비: 없음

1999. 7. 16
재경청양군민향우회 회장 이형집

새천년을 위한 〈재경청양군민향우회〉의 꿈을 펼쳐주십시오!

녹음이 우거지고 뜨거운 햇살이 쏟아지는 성하의 계절을 맞아 회장단 임원님의 건강하심과 댁내의 행운을 기원합니다.
지난 6월 26일 〈99 정기총회〉에서 새로이 구성된 재경청양군민향우회의 임원진은, 이제 새천년을 준비해야 하는 막중한 사명을 띠

고 출발하게 되었습니다. 이에 공문과 같이 새로운 회장단 임원진의 첫모임을 갖사오니, 공사다망하신 줄 아오나 꼭 참석하셔서 좋으신 고견과 회원 상호간의 친목을 다져주시기를, 간곡히 부탁드리는 바입니다.

아울러 지난 날 우리 재경청양군민향우회를 위하여 애쓰시고 공헌하신 전임회장님을 비롯한 모든 임원님께 이 자리를 빌려 다시금 감사드리오며, 앞으로도 변함없으신 성원과 협조가 있으시기를 바랍니다. 그럼 동봉하옵는 각 지역별 임원진 주소록을 보시고, 서로 독려하시어 더 많이 참석하시기를 부탁드리오며, 당일 반갑고도 기쁜 마음으로 임원 여러분을 뵙도록 하겠습니다. 감사합니다.

1999년 7월 16일

재경청양군민향우회 회장 이형집 드림

하지만 회장이 바뀌었다고 해서 갑자기 개혁을 서두르면 그간 단체를 이끌어 온 분들에게는 역효과를 내기 쉬운 것이 이런 단체의 생리이기도 하다. 더구나 나는 회장의 일가이기에 조용한 행보로 〈재경청양군민향우회〉의 총무직을 수행했으니, 기존의 임원님들을 잘 모시고, 알아도 모르는 척 견습생 노릇을 했다고나 할까? 그러다가 1년이 지나서야 서서히 나의 〈총무론〉에 입각하여 업무를 처리했는데, 그 첫 번째 과제로 〈창립 30주년 기념 재경청양군민향우회 임원진주소록〉을 발간한 것이다.

포켓용으로 만든 이 수첩은 임원 몇 분의 찬조로 내용은 2001년의 캘린더와 회장님의 〈발간사 — 칠갑산 정기 받은 내 고향 청양과 21세기 향우회의 발전을 위하여!〉를 싣고, 다음에 〈우리 군민의 표상〉으로 군새 — 까치, 군나무 — 느티나무, 군꽃 — 철쭉꽃을 사진과 함께 곁들였다. 이어서 〈우리 청양군의 연혁〉을 삼한시대, 백제

시대, 신라시대, 고려시대, 조선시대, 1900년 이후, 해방 이후로 나누어 간결하게 소개했다. 계속해서 〈회칙〉과 〈역대 회장단 임원진〉을 정리하여 올리고, 주소록에는 현 회장단, 집행부 임원진, 고문, 10개 읍면 임원진의 사진, 집 주소, 직장 주소, 직위 그리고 전화번호를 수록했더니 모두 너무나 반겨 하셨다.

이어서 매년 5월 중에 개최되는 〈재경청양군민향우회〉의 정기총회가 돌아왔다. 이 행사는 규모도 크거니와 진행도 쉽지 않았기에 나는 미리부터 준비해서 지금까지와 달리, 내가 방송작가인 만큼 행사의 시나리오까지 직접 써서 연출했던 것이다. 그러니까 마치 방송국의 생방송처럼 차질 없이 매끄럽게 행사가 진행되어 모든 참석자가 감탄해마지 않았던 것이다.

제28회 〈재경청양군민향우회〉 정기총회 시나리오

*제1부 정기총회

T.M 팡파레

사회: 안녕하십니까? 오늘 주말을 맞아 공사다망하신 가운데에도 이 자리에 참석해주신 내빈 여러분과 재경 청양군민 여러분께 진심으로 감사드립니다. 우리나라에서 가장 청정한 고장! 세상에 서 가장 밝은 햇살이 비치는 고장! 그리고 가장 인심이 좋은 고장! 바로 우리가 태어나고 자란, 우리의 영원한 고향 청양입니다! 그래서 우리는 비록 그 고향을 떠나 객지에 흩어져 살아가지만, 해마다 한 자리에 모여 이렇게 큰잔치를 갖는 것입니다. 그럼 먼저 수석 부회장님으로부터 개회 선언이 있겠습니다.

개회 선언: 수석 부회장

지금으로부터 제28회 재경청양군민향우회 1999년도 정기총회 겸 군민큰잔치를 시작하겠습니다.

사회: 다음은 재경청양군민향우회기의 입장이 있겠습니다. 뜨거운 박수로 맞아주시기 바랍니다.

군민회기 입장

사회: 다음에는 성원보고를 드리겠습니다.

성원 보고: 한병희 사무총장

사회: 다음은 국민의례가 있겠습니다. 내빈 여러분께서는 모두 자리에서 일어나 주시기 바랍니다.

— 국기에 대하여 경례! 바로! —

이번에는 어제가 6·25의 날이었습니다. 나라를 위해 산화하신 호국영령께 대한 묵념을 올리겠습니다.

— 순국선열에 대한 묵념! 바로! —

사회: 모두 자리에 앉아 주시기 바랍니다. 다음은 한병희 사무총장께서 오늘의 이 자리를 더욱 빛내주시기 위해 참석해주신, 내빈 및 고문 임원진 여러분을 소개하시겠습니다. 큰 박수로 환영해 주시기

바랍니다.
내빈 및 임원진 소개: 한병희 사무총장
사회: 다음은 우리 재경청양군민향우회 김학영 회장님의 인사 말씀이 있으시겠습니다. 뜨거운 박수로 맞아주시기 바랍니다.
회장 인사: 김학영 회장
사회: 다음은 내빈 축사로 먼저 우리의 고향 청양의 큰살림을 맡아 노고가 크신 정원영 군수님의 군정보고 및 축사가 있으시겠습니다. 큰 박수로 맞아주시기 바랍니다.
군정보고 축사: 정원영 청양군수
사회: 다음은 오늘의 행사를 더욱 빛내 주시기 위해 바쁘신 중에도 참석해 주신, 내빈 몇 분께 축사를 부탁드리겠습니다. 먼저 청양홍성지역 이완구 국회의원님을 모시겠습니다.
이완구 국회의원 축사
사회: 다음에는 우리 청양 출신 전국회의원이신 김학원 의원께서 축사를 해주시겠습니다.
김학원 전국회의원 축사
사회: 다음은 조부영 주택공사 사장님의 축사가 있으시겠습니다.
조부영 주택공사 사장 축사
사회: 네! 끝으로 청양군의 김현백 군의회 의장님의 축사를 들으시겠습니다.
청양군 김현백 군의회 의장 축사
사회: 네! 이상으로써 내빈 축사를 마치고, 다음에는 지난 일 년 간 우리 재경청양군민향우회에는 어떤 일들이 있었는지, 또 살림은 어떻게 꾸려왔는지 〈경과 및 결산보고〉를 한병희 사무총장님으로부터 듣겠습니다.
경과 및 결산보고: 한병희 사무총장
사회: 다음은 이석화 감사님의 감사보고를 듣겠습니다.
감사보고: 이석화
사회: 네! 이석화 감사님! 감사합니다. 이번에는 김학영 군민회장님

께서 정원영 청양군수님께 애향장학금을 전달하시겠습니다.
애향장학금 전달: 김학영 회장, 정원영 청양군수
사회: 이번에는 그동안 본회의 발전에 특별히 공로가 크신 임원 몇 분께 감사패와 공로패를 증정하는 순서가 되겠습니다. 먼저 감사패 증정입니다.

감사패

고문 윤학영

귀하께서는 본회 고문으로 계시면서, 아량으로 격려하여 주시고 고견으로 지도편달하여 주시어, 본회의 발전에 기여한 공이 지대하므로, 그 뜻을 기리고자 이 패를 드립니다.

1999년 6월 26일

재경청양군민향우회 회장 김학영

사회: 다음은 공로패를 증정하겠습니다.
공로패

부회장 백성덕

귀하께서는 본회 부회장을 맡아 어려운 여건 하에서도 헌신적으로 봉사하고 진력하시어, 본회의 발전과 회원 상호간 친목을 돈독히 한 공로가 지대하였기에, 그 뜻을 기리고자 이 패를 드립니다.

1999년 6월 26일

재경청양군민향우회 회장 김학영

사회: 다음은 효행패 증정 순서가 되겠습니다.
효행패

충남 청양군 화성면 화암리 190번지

이금순

귀하께서는 일찍이 남편과 사별 후 어려운 생활에도, 고령의 시모가 거동이 불편하고 치매 증세가 있음에도, 지극정성으로 공경하고

4남매를 훌륭히 키워, 이웃간에 칭송은 물론 타의 귀감이 되므로, 이 효행패를 드립니다.

1999년 6월 26일

재경청양군민향우회 회장 김학영

사회: 다음은 선행패를 수여하겠습니다.

선행패

윤갑순

귀하께서는 평소 고결한 박애정신과 투철한 봉사정신으로, 불우한 무의탁 3남매와 장애인 가족을, 오랜 세월 물심양면으로 도와주는 등 많은 선행을 베풀어 우리 군민의 귀감이 되므로, 그 뜻을 기리고자 이 패를 드립니다.

1999년 6월 26일

재경청양군민향우회 회장 김학영

사회: 이상으로 공로패와 감사패 수여, 그리고 효행패와 선행패 증정을 모두 마치겠습니다. 그럼 다음은 올해가 새로운 신임회장을 선출하는 해가 되었으므로, 지금부터 시간을 절약하고 회의를 원만히 진행하기 위해 임시의장으로 김학영 회장님을 모셔서 회칙 제10조 제1항과 2항에 의거 〈임원선출 및 회장, 감사 개선 인준〉을 받도록 하겠습니다. 아울러 각 면에서는 부회장과 이사로 내정하신 명단을 지금 곧 한병희 사무총장에게 제출해 주시면 고맙겠습니다.

김학영 회장: 회장 선출 및 감사 개선 인준

사회: 네! 앞으로 2001년까지 2년간 우리 재경 청양군민향우회를 이끌어가게 될 새로운 회장에, 본회 고문이신 이형집 회장님을 선출했습니다. 그리고 신임 감사에는 ○○○, ○○○ 감사님이 선출되셨습니다. 그럼 뜨거운 박수로 신임 이형집 재경청양군민향우회장님을 모셔서 새천년을 앞두고, 우리 재경청양군민향우회를 어떻게 이끌어 가실지 취임사를 들으시겠습니다. 뜨거운 박수로 맞아주

시기 바랍니다.

이형집 신임 재경청양군민향우회장 취임사

사회: 네! 그럼 여기서 잠시 신임 이형집 재경청양군민향우회 회장님께 꽃다발을 준비하신 분들께선 증정하실 수 있는 시간을 드리겠습니다. 나오셔서 증정해주시기 바랍니다.

꽃다발 증정

사회: 그럼 이상으로써 제28회 재경청양군민향우회 99정기총회 1부 순서를 모두 마치겠습니다. 그럼 이제부터 강경식 본회 고문님이 운영하시는 이곳 웨딩코리아 예식장에서 정성을 다해 마련한 오찬을 들으시면서, 잠시 후에는 군민 큰잔치로 각 면의 명예를 걸고 출전하는 노래선수를 모시고, 제2부 여흥 및 푸짐한 행운 경품권 추첨을 하겠습니다. 한 분도 가지 마시고, 끝까지 자리를 함께하셔서 즐거운 식사와 함께 행운을 듬뿍 받아 가시기 바랍니다. 감사합니다!

*제2부 여흥 및 행운권 추첨

T.M

사회: 제28회 재경청양군민향우회 정기총회! 제2부 청양군민 큰잔치! 여흥과 행운의 경품권 추첨을 하는 시간이 돌아왔습니다!

T.M

사회: 〈콩밭 매는 아낙네야! 베적삼이 흠뻑 젖는다〉 네! 바로 이 칠갑산 노래로 더욱 유명해진 충남의 알프스 청양군! 청양읍과 남양면, 대치면, 목면, 비봉면, 운곡면, 장평면, 정산면, 청남면, 화성면 등 아홉 개의 면을 가진, 바로 그 자랑스러운 청양군이 고향인 재경청양군민 여러분! 안녕하십니까? 반갑습니다. 1부 정기총회 사회에 이어 2부 사회를 맡게 된 화성면 출신 총무 이은집이 여러분께 인사 올립니다!

안녕하세요? ……네! 근데 올해에는 사회자로 유명 연예인이 안 나오고 웬일인가 의아하실 텐데요, 제가 이렇게 여러분 앞에 서게 된

건, 아직도 IMF잖습니까? 그래서 예산을 좀 아끼려고요! 하지만 저도 여러분과 똑같은 청양 사람! 고향 사람이니까요, 더욱 친근하게 봐주셨으면 합니다.
자! 그럼 먼저 오늘의 초대가수를 모시겠습니다. 〈만리포 사랑〉과 〈이별의 인천항〉으로 국민적 사랑을 듬뿍 받으신 원로가수이십니다. 박경원 선생님을 모시겠습니다. 여러분! 뜨거운 박수로 맞아주시기 바랍니다.
초대 가수 박경원 씨 노래
사회: 네! 그럼 지금부터 각 면의 명예를 걸고 출전하신, 첫 번째 노래 선수를 모시겠습니다. 가나다 순서에 따라 남양면! 한때 전국 최고의 금 생산지로, 양창선 씨가 갱 속에서 15일간이나 살아서 기네스북에도 오른 구봉광산이 있는 남양면의 노래 선수! ○○○씨가 나와서 ○○○을 불러 주시겠습니다. 큰 박수로 맞아주십시오!
1. 남양면 노래 ○○○
사회: 네! 그럼 여기서 오늘의 공정하고도 엄정한 심사를 위해 수고해 주실 심사위원을 소개해 드립니다. 오늘 초대 가수로 모신 금사향 선생님과 박경원 선생님께서 수고해주시겠습니다. 박수로 맞아주시기 바랍니다.
심사 요강 발표
사회: 네! 오늘 이 자리에는 서울에 사시는 청양군민 뿐 아니라, 인천 대전 부산 등 전국 각지와 고향 청양군에서도 많은 내빈이 오셨는데요, 문득 고향 분들을 뵈니까, SBS 텔레비전의 〈장수 퀴즈〉가 생각납니다. 거기서 나온 문제인데요, 요즘 미국에서 고개 숙인 남자들을 위해 만든 정력제 약이 있죠? 그 약 이름이 무엇일까요? 장수 퀴즈에서 나온 답으로 대답해 주세요! 〈비〉자로 시작됩니다.
정답: 비얌
사회: 네! 정담은 〈비얌〉이었습니다.
사회: 그럼 계속해서 청양군민회 큰잔치! 제2부! 노래자랑입니다. 두 번째 순서는 대치면! 충남 제일의 명산 칠갑산 아래 자리 잡고,

천년의 역사를 자랑하는 장곡사와 아흔아홉 계곡의 지천 맑은 물이 흐르는 곳입니다. 대치면의 노래 대표 ○○○씨가 부르는 ○○○! 큰 박수로 맞아주시기 바랍니다.

2. 대치면 노래 ○○○

사회: 네! 노래 잘 들었습니다! 이제 점점 열기가 뜨거워지고 있는데요, 그럼 여기서 각 면의 명예를 걸고 겨루는 노래자랑의 시상 내용을 소개해 드리겠습니다.

먼저 인기상 한 명에게 드라이기를 드립니다.

다음 장려상 한 명에게 고급 뻐꾸기시계를 드립니다.

다음 우수상 한 명에게 유무선 전화기를 드립니다.

그리고 오늘의 대상! 최우수상에게는 대형 TV를 드립니다.

자! 그럼 여기서 우리 군민 모두가 다함께 부르는 합창 순서를 갖겠습니다. 제가 어렸을 때 청양장에 가려면, 여드재 고개를 넘기가 너무 힘들었는데요! 그래서인지 〈울고 넘는 박달재〉 노래가 생각나네요! 그럼 제가 선창을 할 테니까요, 모두 함께 불러주시기 바랍니다. 〈울고 넘는 박달재〉! 반주 시작!

다함께 부르는 노래: 〈울고 넘는 박달재〉

사회: 그럼 다시 노래 선수를 모시겠습니다. 다음은 목면! 구한말 일제에 항거하다가 순사하신 면암 최익현 선생의 사당을 모신 목면의 노래 대표! ○○○씨의 ○○○을 듣겠습니다.

3. 목면 노래 ○○○

사회: 네! 목면을 대표하여 ○○○씨의 노래 〈○○○〉! 잘 들었습니다. 다시 한 번 박수 부탁드립니다. 이번엔 좀 심한 퀴즈를 하나 내드립니다. 제가 오늘 낮에 서울역에서 웬 벌거벗고 뛰어가는 여자를 봤는데요, 세 글자로 줄이면 누가 될까요? ……〈미친년〉이죠! 근데요, 좀 전에 바로 용산 전철역 광장에서 또 발가벗고 달리는 사람이 있어요! 누구일까요? 정답은 〈아까 그년〉이 되겠습니다. 그럼 이제 퀴즈 문제입니다. 바로 발가벗은 그 여자를 쫓아가는 남자가 있었는데요, 그 남자는 누구일까요? 네 글자로 맞혀 주세요! 네! 정답

은 〈그년 남편〉이 되겠습니다. 좀 지나쳤다면 웃자고 드린 퀴즈니까, 양해바랍니다.

자! 다음 네 번째 노래자랑이 되겠습니다. 비봉산의 정기를 받고, 전국에서도 유명한 구기자 가공공장과 구기자 한과공장이 있는 비봉면의 명예를 걸고, ○○○씨가 ○○○노래를 부르시겠답니다. 뜨거운 박수 부탁드립니다.

4. 비봉면 노래 ○○○

사회: 타관객지에서 기뻐도, 슬퍼도 생각나고 힘들 때면 더욱 생각나는 그리운 고향! 바로 우리의 고향 청양 사람들이 이곳 웨딩코리아 예식장에서 모여 펼치는 〈재경청양군민향우회 큰잔치〉! 지금 여러분께선 각 면에서 명예를 걸고 출전하는 노래 대표들의 열창을 함께하고 있습니다. 그럼 다음 노래선수를 모시겠습니다. 청양의 특산물인 구기자가 맨 처음 재배된 곳이며, 국내 유일의 구기자 시험장이 있는 곳입니다. 바로 이 운곡면을 대표하여 ○○○씨가 ○○○를 부르시겠다고 합니다. 역시 뜨거운 박수로 응원해주시기 바랍니다.

5. 운곡면 노래 ○○○

사회: 저 결혼해 살면서 평생 부부싸움 안 하는 부부는 없겠죠? 근데 어떤 남편이 부부 싸움하면서, 아내에게 이렇게 고함쳤대요! 당신은 시장에 내다 팔면 5,000원짜리도 안 돼! 호박 1개 3,000원, 호빵 2개 1,000원, 무 2개 500원, 건포도 두 알은 공짜! 그러자 아내의 대꾸! 당신은 내 값의 10분지 1도 못 받아요! 메추리알 2개 300원, 시든 고추 하나 50원! ……네! 그래서 마누라 잘못 건드렸다간 망신만 당하게 된다는 교훈인데요, 물론 군민 여러분께선 가정이 화목하셔서 부부싸움 같은 건 안 하시겠죠?

다음 노래 순서는 장평면! 청양에서 유일한 드림온천이 있고, 화산초등학교의 국악반은 전국 최고를 자랑합니다. 자! 그럼 장평면의 명예를 걸고 나오신 ○○○씨의 노래 ○○○를 듣겠습니다.

6. 장평면 노래 ○○○

사회: 다음은 정산면의 노래대표 순서입니다. 청양 지역에서 3·1독립만세 운동의 발상지로, 칠갑휴게소와 아름다운 천장호가 있고, 애경유지를 비롯한 많은 공장이 있는 정산면의 노래선수 ○○○씨의 노래 ○○○를 듣겠습니다.

7. 정산면 노래 ○○○

사회: 네! 정산면의 명예를 걸고 나오신 ○○○씨의 노래 ○○○! 잘 들었습니다. 오늘 이렇게 고향 어르신들을 뵈니까, 제가 어렸을 때 화성면에 살던 시절 추억인데요, 저는 10남매 중 중간이라 형, 누나, 동생들에게 양보만 하다가, 그만 먹을 걸 제대로 못 먹어, 열세 살 키로 멈췄는데요, 특히 갈치 생선 가지고 형제들이 다투었던 추억이 생각납니다.(이야기 내용은 이미 소개했기에 생략함) …… 이런 얘긴데요, 요즘엔 왠지 비싼 생선회도 맛이 없으니, 고향을 떠나온 탓이 아닐까요?

자! 그럼 다시 청양군민 큰잔치의 노래자랑 순서입니다. 여덟 번째 순서는 청남면! 금강을 끼고 펼쳐져, 청양군에서 가장 넓은 곡창지대로, 비닐 특수재배로 한겨울에도 오이, 방울토마토를 생산하는 곳! 청남면의 노래선수는 ○○○씨로, 부르실 곡목은 ○○○입니다.

8. 청남면 노래 ○○○

사회: 그럼 여기서 다시 한 번 다함께 부르는 노래 순서를 갖겠습니다. 오늘 이 자리에는 젊으신 군민 여러분보다는 연세 드신 어르신들이 많으신데요, 저도 좀 나이를 먹을수록 우리 트로트 가요가 좋네요, 그래서 〈홍도야 울지 마라〉를 함께 부르셨으면 합니다. 반주! 띄워 주세요!

다함께 부르는 노래: 〈홍도야! 울지 마라〉

사회: 네! 다음 노래에 앞서, 애들 앞에선 말조심하라는 교훈 한 가지 소개해드리죠! 제가 결혼해서 가장 행복했던 시절은, 초등학교 1학년 된 아들을 데리고 목욕탕에 가서, 아들 등 닦아주고 내 등 닦아달라고 하던 때인데요. 어떤 아저씨가 아들을 데리고 공중목욕탕엘 갔는데, 꼬마 아들이 아버지 것을 보니까 시커멓고 엄청 크거든

요! 이를 보고 〈아빠 거는 왜 크고 검어?〉 〈응! 그랜저라 그렇단다!〉 〈그럼 내 거는 왜 작아!〉 〈인마! 넌 티코니까!〉 집에 온 꼬마가 엄마한테 얘기했죠! 그러자 엄마가 〈그랜저면 뭐하니? 터널만 들어가면 시동이 꺼진단다〉 아들이 아빠한테 쪼르르 달려가 이르니까 〈엄마 보고 말해라, 낯선 터널 만나면 씽씽 달린다고〉 그러자 엄마 대꾸! 〈아빠한테 말해! 나도 뉴그랜저 한 대 몰래 뽑아놨다고〉 네! 그래서 애들한텐 함부로 야한 얘기하면 안 됩니다!

……자! 이제 재경청양군민향우회 큰잔치! 아홉 번째 청양읍! 우리 청양군의 군청소재지로, 뒤에는 우성산! 앞에는 넓은 고리섬들이 펼쳐진 곳에, 아담한 시가지가 자리 잡고 있는 청양읍의 노래대표를 모시겠습니다. ○○○씨의 노래는 ○○○로, 큰 박수로 맞아주시기 바랍니다.

9. 청양읍 노래 ○○○

사회: 네! 어느덧 마지막 노래 선수가 되겠습니다. 끝으로 화성면! 뒤에는 오서산! 앞에는 월산의 정기를 받아 예로부터 인물이 많이 난 곳으로 유명하며, 무한천의 시발점인 청정한 지역입니다. 출전하실 분은 ○○○씨로 노래는 ○○○입니다.

10. 화성면 노래 ○○○

사회: 어제는 바로 6·25 전쟁이 일어난 지 꼭 50년째가 되는 날입니다. 그 시절 참 우리는 모두 전쟁의 와중에서, 특히 배고픔에 많은 고통을 겪었는데요, 그로부터 반세기만에 우리는 세계 10대 무역국으로서, 올림픽까지 치른 세계 속의 코리아로 성장했고요. 그래서 이곳 예식장 이름도 웨딩코리아인가 봅니다만. 우리도 이렇게 내 고향 청양을 떠나온 지 10년, 20년, 30년, 40년이 넘지만 고향을 잊지 않고, 해마다 이렇게 모여 큰잔치를 베푸니, 가슴이 벅차기만 합니다.

자! 그럼 이 기쁜 자리에 초대 가수를 한 분 더 모시겠습니다. 항상 우리 군민회 모임 때마다 나오셔서 그리운 옛 노래를 선사해 주신 원로가수 〈홍콩 아가씨〉의 금사향 선생님을 특별히 모시겠습니다.

여러분 ! 더욱 뜨거운 박수를 부탁드립니다.
초대 가수 금사향 노래: 홍콩 아가씨 외
사회: 네! 그럼 지금부터는 행운의 경품권 추첨을 하겠습니다. 여기서 잠시 경품을 소개해 드리면요.
5품상 100명에게 고급 비누 세트를 드립니다.
동상 30명에게는 애경유지 선물세트를!
은상 10명에게는 스프레이 다리미 한 대씩을!
금상 세 분에게는 선풍기 한 대씩을!
그리고 오늘의 행운상! 대상 한 분에게는 대형 TV를 한 대 드리겠습니다.
자! 그럼 추첨을 시작하겠습니다.
100명에게 드리는 5품상은 오늘이 6월 26일이니까요, 우선 끝번호가 6번인 분! 다음 끝번호가 2인 분! 그리고 이 세 숫자를 합한 1번과 4번인 분! 모두에게 드립니다. 이 행사를 끝내고 나가실 때 받아가시기 바랍니다.
다음은 동상 30명입니다. 번호 추첨을 하겠습니다. 추첨은 ○○○씨가 해주시겠습니다. (○○○)번인 분! 나와 주세요!
다음은 스프레이 다리미를 드리는 은상 열 분을 추첨합니다. 추첨은 ○○○씨가 해주시겠습니다.
다음 선풍기를 드리는 금상 세 분을 추첨합니다.
추첨은 ○○○씨가 해주시겠습니다. 축하드립니다.
다음은 오늘의 행운상! 대상을 추첨하겠습니다.
추첨은 그동안 우리 재경청양군민향우회를 이끌어 오신 김학영 회장님과 신임 이형집 회장님께서 함께 해주시겠습니다.
……네! 오늘 행운의 주인공으로 뽑히신 ○○○ 향우님! 나와 주십시오! 축하합니다.
— 대상 당첨자와 인터뷰: 자기소개, 당첨 소감 등
사회: 네! 이상으로 행운의 경품권 추첨을 모두 마치겠습니다. 이어서 오늘 제28회 재경청양군민향우회 2부! 노래자랑에서 어느 면의

어느 노래 선수가 영광의 입상을 하셨는지, 심사위원들께서 아주 열심히 심사를 해주셨는데요. 그 결과를 발표해 드리기에 앞서서, 먼저 시상 내역을 다시 한 번 말씀드리겠습니다.
최우수상 한 명에게 대형 TV를!
우수상 한 명에게 유무선 전화기를!
장려상 한 명에게 고급 뻐꾸기시계를!
인기상 한 명에게 드라이기를 드립니다!
그리고 출전하신 모든 분에게는 기념품을 드립니다.
그럼 심사위원장이신 오늘의 초대가수 박경원 선생님을 모셔서 심사평을 듣겠습니다.
심사위원장 심사평
사회: 자! 그럼 시상식을 거행하겠습니다. 1999년도 제28회 재경 청양군민향우회 큰잔치 노래자랑!
먼저 인기상 한 명! ○○○면의 ○○○를 부르신 ○○○씨입니다.
시상은 ○○○씨가 해주시겠습니다.
다음 장려상 한 명! ○○○면의 ○○○를 부르신 ○○○씨입니다.
시상은 ○○○씨가 해주시겠습니다.
다음은 우수상 한 명! ○○○면의 ○○○를 부르신 ○○○씨입니다.
시상은 ○○○씨가 해주시겠습니다.
다음 1999년도 〈제28회 재경청양군민향우회 큰잔치 노래자랑〉! 최우수상이 되겠습니다. 최우수상! ……저도 가슴이 떨립니다?……
최우수상은 ○○○면의 노래 선수! ○○○를 부르신 000씨입니다.
축하합니다!
시상은 김학영 회장님이 해주시겠습니다.
네! 그럼 끝으로 오늘 최우수상을 받으신 ○○○면의 000씨의 노래 ○○○을 앙코르 송으로 들으시면서 오늘 28회 재경청양군민향우회 정기총회 겸 큰잔치! 행운의 경품권 추첨과 노래자랑 순서를 모두 마치겠습니다. 지금까지 자리를 함께 해주신 내빈 여러분! 그리고 군민 여러분께 다시 한 번 감사드립니다. 그럼 내년 다시 만나

뵐 때까지 안녕히 계십시오! 안녕히 가십시오! 감사합니다!

어떤 모임을 만들어 이끌어간다는 것은 마치 한 나라를 창업하여 역사를 이어가는 것과 마찬가지라고 생각될 때가 있다. 아무튼 그래서 나는 특히 내 고향의 모임인 〈재경청양군민향우회〉의 총무로서 심혈을 기울여 새로운 〈역사 만들기〉의 하나로 회보인 〈청양인〉을 창간하였던 것이다.

그리하여 원고청탁을 하고 편집을 작업을 했는데, 워낙 전문지식을 요하는 일이라서 실제로는 거의 나 혼자 만들었다고 해도 과언이 아니다. 아무튼 다음 회장으로 넘어간 후부터는 또다시 〈청양인〉이 발행되지 않았으니까 말이다. 그때 〈청양인〉에 실었더니 재미있다는 평을 받은 나의 콩트 한 편을 소개한다.

〈콩트〉

추석과 청양고추!

이은집 (본회 총무/작가)

"여보! 올 추석엔 한 이틀 땡겨서 고향에 내려가면 어떻겠수? 당신두 학교에서 퇴직했으니, 이젠 마음대로 시간을 낼 수 있잖우?"
벽에 걸린 달력을 쳐다보던 아내가 아침 식사 후 한가롭게 신문을 펴든 한 선생에게 건네 오는 말이었다.
"아니! 명절에 고향 가는 게 죽기보다 싫다던 당신이 웬일로……?"
어이없는 표정으로 한 선생이 묻자, 아내는 함박웃음까지 날리며 대꾸했다.
"호호! 여기로 이사 와서 동네사람들한테 충청도 청양이 고향이랬더니, 글쎄 〈청양고추〉 주문이 마구 밀려들지 뭐유?"

"오! 그거 잘 됐군 그래. 그러잖아도 내가 이번 추석을 계기로, 고추 농사를 지으러 낙향할 준비를 할까 했는데……."

한 선생이 기회다 싶어 이렇게 대답하자, 뜻밖에도 아내의 대꾸인즉 "좋아요! 어차피 연금만으론 우리 살림이 어려운 형편인데, 내가 판매책을 담당할 테니, 당신 고향 가서 고추 농사나 잘 지어 보구려!"

이리하여 한 선생은 추석을 이틀 앞두고 미리 귀향하게 됐는데, 그동안 고향에서 조상의 산소를 지키며 제사를 지내오던 형님께서도 아주 반가운 얼굴로 한 선생을 맞았던 것이다.

"그래, 아우! 잘 생각했네! 사람이 젊어선 도시에 나가 사는 게 좋을지 모르지만, 늙으면 뭐니 해도 고향이 최고인겨. 오죽허니 여우두 죽을 땐 제 살던 굴쪽으루 머리를 둔다구 허잖여?"

"뭐…… 제가 그런 뜻은 아니구요, 학교에서 생물선생으로 정년퇴임을 했으니까, 내 고향 〈청양고추〉에 대한 여러 가지 아이디어가 떠올라서요."

아닌 게 아니라 한 선생은 가끔씩 내 고향 청양에서 벌어지는 〈청양고추 구기자 축제〉를 참관하면서, 누가 들으면 좀 엉뚱하다 싶을 아이디어를 떠올리곤 했던 것이다.

"음, 어려서부터 아우가 천재소리를 들었는디, 우리 〈청양고추〉에 대혀서 뭔 생각을 했나 궁금허네. 요즘 중국산 고추가 하도 판을 쳐서, 이제 고추 농사두 쉽잖혀서 말인디…… 휴우."

한 선생의 형님은 한숨까지 내쉬면서 물었다. 그러자 한 선생은 더욱 진지한 표정으로 입을 열었다.

"예, 엊그제 청양에서 발간한 〈청양신문〉을 보니까, 금년 〈청양고추 구기자 축제〉는 KBS의 〈전국노래자랑〉까지 유치해서, 다양한 이벤트와 프로그램을 마련함으로써 홍보효과도 좋았고, 게다가 먹거리와 볼거리, 살거리가 풍부한 한마당축제를 펼쳤더군요."

"암만! 나두 그 바람에 첫물고추 300여근을 마수걸이하듯 휘딱 팔아치웠지!"

"근데 제가 고향에 와서 고추 농사를 짓는다면, 전 우선 품종개량부터 연구해볼 참입니다!"

"뭐? 고추 농사가 그리 쉬운 줄 아나? 요즘은 농약두 마음대루 칠 수 없구, 또 태양초루 말릴랴면 여간 일스럽지가 않은디, 어느 짬에 품종개량 연구를……?"

그러자 형님은 고개를 가로 저으며, 한 선생에게 걱정스런 투로 말했다.

"하하, 형님! 하지만 단지 맵다는 〈청양고추〉 브랜드만으로는 경쟁력이 어려워요. 지금 딴 고장에선 〈청양고추〉란 이름을 도용하려고 하잖습니까? 그래서 저는 전혀 새로운 〈청양고추〉를 만들어내려고 합니다."

"그래? 그게 무언디……?"

"가령 〈고추는 맵다〉라든가, 〈고추는 빨갛다〉는 고정관념을 깨뜨리는 거죠! 즉, 〈매운고추〉 외에 〈단고추〉 〈쓴고추〉 〈노랑고추〉 〈무지개고추〉, 특히 냉면에 넣는 〈겨자〉 같은 〈겨자고추〉도 생각해 볼 수 있겠구요. 또한 글로벌시대에 맞춰서 〈피자용 고추〉, 〈햄버거용 고추〉도요!"

"허허! 아우의 얘기는 그럴싸 하구만서두, 그게 가능한 일일까?"

"물론 쉽지는 않겠지만, 더 나아가 고추의 크기도 문제가 있어요. 현재의 고추로는 수확량에 한계가 있지요. 그래서 가지만큼 커다란 〈슈퍼고추〉는, 아마 의외로 쉽게 품종개량으로 만들어 낼 수 있을 겁니다."

이때 저편 마루에서 탐스럽고 색깔고운 〈청양고추〉를 다듬던 아내가 큰 소리로 두 사람의 대화에 끼어들었다.

"여보! 당신이 정말로 그런 색다른 〈청양고추〉를 만들어낸다면, 아마 황우석 교수처럼 유명해지겠죠?"

"뭐? 황우석 교수라구……? 당신! 농담이 너무 심하구만! 그런 분과 나를 어떻게 비교하오?"

머쓱해진 한 선생이 얼굴을 붉히며 아내를 바라보자, 이번엔 아내가 아주 정색을 하면서 건네왔다.

"여보! 주문받은 200근 고추 다듬자면 추석날까지 해두 힘들겠네유! 좀 도와줬으면 좋겠구먼유! 그런 〈청양고추〉 연구는 다음에 허시구 말예유!"

이렇게 정겨운 고향사투리로 부탁해서, 항상 계수씨 앞에서는 근엄하던 형님까지 웃음을 터뜨리게 했던 것이다. 그러자 아내가 마치 남편인 한 선생에게 대하듯이 스스럼없이 형님을 향해 말을 꺼냈다.

"네에! 큰서방님! 아무튼 제가 저이한테 시집을 잘 온 것 같아요. 이런 〈청양고추〉 특산물이 나는 고장에서 시집 왔다구, 제 주위 사람들이 무척 부러워하니깐요. 호호!"

향우회는 감동을 주는 모임이어야 한다

가수 고복수의 〈타향살이〉나 "고향이 그리워도 못 가는 신세! 저 하늘 저 산 아래 아득한 천리……" 같은 노래를 들으면 절로 눈시울이 뜨거워지는 게 고향을 떠나 객지에 사는 사람들의 공통된 심정이라 하겠다. 바로 향우회는 이런 공감대로 뭉쳐진 모임이기 때문에 감동을 주어야 한다.

또한 고향과의 유대 관계를 돈독히 함으로써 고향 발전에도 기여해야 하는 것이다. 그래서 가령 청양군의 각종 큰 행사 때에는 임원진들이 대거 참석하는데, 총무로서는 이런 주선과 뒷바라지도 쉽지가 않았다. 행사 당일 날씨는 어떨까? 관광버스를 대기해놓고 새벽부터 임원들을 기다리는 일도 애간장을 태웠다. 귀향하면서 휴게소에 들렀을 때 간식도 챙겨야 하고, 버스 안에서는 지루하지 않게 오락회도 펼쳐야 하니 개그맨 빰쳐야 한다. 좌우간 나이 많으신 원로 어르신 임원부터 젊은 남녀 임원들의 비위를 맞추자면 남자기생 노릇도 해야 하는 것이다.

그래도 나는 워낙 방송작가로 라디오 TV 프로에서 수많은 원고를 썼고, 그때 MC나 출연자들이 하는 걸 많이 보아왔기에 그다지 힘든 일이 아니었으니 다행이었다고나 할까?

어쨌든 1999년부터 2003년까지 4년간 나는 육촌 형님이 〈재경청양군민향우회〉 회장을 하시는 바람에 총무 직책을 맡아 여한 없이 고향을 위해 봉사를 했다면 겸손치 못하다고도 할 수 있겠지만, 여우도 죽을 때는 태어난 곳을 향해 머리를 둔다는 〈수구초심〉이란 말도 있듯이, 사람도 한번 태어나서 고향과 고향 사람들을 위해 혼신으로 일을 한다는 건 보람찬 일이 아닌가 싶다.

그 후 이제 우리 〈재경청양군민향우회〉는 후임 회장단 임원진들이 시대의 흐름에 맞춰 홈페이지도 개설하고, 변함없이 역사와 전통을 이어받아 각종 모임과 행사를 진행하지만, 옛날처럼 향우들에게 감동을 주는 면에서는 좀 미흡한 것 같아 여간 아쉬운 마음도 든다.

4 직장(職場) 모임

화암의 낙원

1. 친목회
— 용7교(용산고 70년대 교사회)

✻

인간은 삶의 3분지 1을 잠으로 보낸다면 또한 직장인들은 그만큼 긴 세월을 직장생활로 보낼 것이다. 물론 요즘 세태는 〈사오정〉 혹은 〈오륙도〉니 하여 한 직장에서 그토록 오래 근무하기는 어렵겠지만 말이다.

어쨌든 대부분의 사람들은 직장생활을 하면서 만나는 상대가 주로 같은 직장 사람들임을 감안할 때, 여기서도 모임을 만들어 서로 우의와 상부상조를 다지는 일은 매우 중요하다고 하겠다.

그래서 내가 겪어본 직장의 모임으로는 〈입사동기회〉 〈퇴사동기회〉 〈직장동문회(동창회)〉 〈직장 부서회(같은 부서 근무자 모임) 〈직장 동호회(같은 취미 모임)〉 〈직장 동급회(같은 직위자 모임)〉 같은 여러 종류를 들 수 있겠으나, 이런 모임을 만들어 운영하는 방식은 비슷하므로 2개 직장 모임의 경험담으로 대신할까 한다.

사실 나는 가는 곳마다 만나는 사람마다 모임 만들기를 좋아하여, 한때 48개 모임의 총무를 한 적도 있다고 했지만, 그중에 아끼는 직장 모임으로 〈5강 클럽〉이 있다. 이것은 내가 처음 교직에 선 서울여고에서 만난 선생님과 제자들의 〈서사모(서울여고를 사랑하는 사람들)〉, 두 번째 학교인 용산고등학교 재직교사들의 모임인 〈용7교(용산고 70년대 교사회)〉, 영등포여고에서 만난 선생님들의 〈영여클럽(영등포여고 클럽)〉, 서울공고에서 만난 선생님들의 〈서공클럽(서울공고클럽)〉, 마지막 근무처인 여의도고등학교에서 만난 선생님들과는 〈너섬(여의도의 순수 우리말 이름) 클럽〉 등인데, 모두 내가 퇴직 후에 만들어 10여 년간을 이끌어오면서 200여만원 이상의 기금도 조성하고 있다.

그중에 〈용7교〉와 〈너섬클럽〉의 경우를 소개해보면, 나는 용산고등학교에서 1974년부터 1978년까지 5년간 근무했는데, 1997년 연말 무렵 용산고 28회 제자들이 〈졸업 20주년 기념행사〉를 한다고 〈올림픽파크텔 호텔〉로 우리 은사님들을 초대했던 것이다. 그래서 참으로 오랜만에 같이 근무했던 선생님들을 만나니 너무나 반갑고, 행사 후에 그냥 헤어지기가 아쉬워 몇몇 선생님들이 전철 2호선 〈성내역〉 근처의 호프집에서 술잔을 나누며 앞으로 모임을 만들어 계속 만나자는 의견을 모았던 것이다.

하지만 서로 헤어지니 그뿐, 무소식이다가 다음 해 1998년에 용산고 29회 제자들도 또 같은 행사를 하면서 은사님들을 초대하여, 그제야 나를 총무로 뽑고 〈용7교〉를 결성했던 것이다. 이때에는 내가 운영하는 모임이 40여 개로 정말 눈코 뜰 새 없이 바빴지만, 마침 명예퇴직을 한 후여서 또 하나의 총무 짐을 짊어지게 되었다.

이때 나는 〈용7교〉 선생님들에게 내가 찍은 기념행사의 사진을 화보로 꾸며 복사하여 이런 간단한 내용과 함께 우송했다.

그리운 얼굴! 〈용7교 회보〉 반가운 만남!

제1호 1998. 10. 3

안녕하십니까?
지금부터 20여 년 전 남산 아래 용산고에서 만났던 우리! 이제 그 시절 제자들이 졸업 20주년을 맞았다고 부르니, 새삼 세월의 빠름을 실감합니다.
그날 아래의 사진과 같은 추억을 남겼기에 보고합니다. 그리고 주소록도 함께 동봉하오니 서로 그리운 소식을 나누십시오. 아울러 앞으로 여생을 위해 〈용7교(용산고 70년대 교사회)〉란 종교(?)가 탄생되면 우리 모두 함께 믿어요!

총무 이은집 드림

그런데 나도 선생을 해서 그런 타성이 있지만 우리 교사들은 매사를 학생들에게 시켜 버릇만 해서인지 여간해서는 말을 잘 안 듣는다고나 할까? 결국 몇 번 모임을 위한 회보를 띄웠지만 호응이 적어 또 말만 앞세운 헛공사가 되고 말았던 것이다.

그러다가 또다시 1999년 연말 무렵에 용산고 30회 제자들이 역시 졸업 20주년 기념행사로 은사들을 초대하여, 정말로 이제는 심기일전해서 〈용7교〉를 재결성하자는 의견이 모아졌다. 나는 총무로서 다음 해 5월 스승의 달을 맞아 정식으로 〈용7교〉 창립을 알리는 회보를 띄웠다.

새천년 〈용7교(용산고 70년대 교사회)〉의 첫 만남 행사를 갖습니다!

안녕하십니까? 라일락 향기로운 계절의 여왕! 5월을 맞아 지난 1970년대에 용산고에서 함께 근무하신 여러 선생님들의 건강과 해운을 기원합니다.
이제 우리 헤어져 20여 년의 세월이 흘렀지만 용산고 제자들의 〈졸업 20주년 축제행사〉에서 몇 번 만나는 동안 〈우리도 이제는 일 년에 한두 번씩은 만나 옛 정을 나누며 사는 것이 좋지 않겠는가〉 하는 공감대가 형성되어 〈스승의 날〉이 있는 5월에 첫 창립 모임을 갖고자 합니다.
특히 금년은 새천년이 되는 만큼 더욱 뜻 깊은 모임이 될 수 있도록, 여러 선생님들의 많은 참석을 부탁드립니다. 감사합니다.

2000년 5월 6일 〈용7교〉 창립위원회 드림

〈용7교〉 창립행사 안내

1. 일시: 2000년 5월 25일(목) 오후 7시
2. 장소: 영등포역 청해수산(02-675-88XX)〉(연락: 019-234-45XX)
3. 내용: 1부 〈용7교〉 창립식 / 2부 만찬과 여흥
4. 회비: 2만원

〈용7교〉 선생님들께!
안녕하세요? 제가 성심껏 〈용7교〉 모임의 뒷바라지에 힘쓰겠사오니, 꼭 좀 참석해주시면 대단히 감사하겠습니다.

총무 이은집 드림

(뒷면에는 〈용7교〉 선생님들의 명부를 실음)

이렇게 해서 시작된 〈용7교〉의 창립총회에는 40명의 회원 중에 기대에 좀 못 미치는 14명이 참석했지만, 그래도 반가움과 감회는 새롭기만 했다. 그리고 어느 모임이든 출발 때 잘해야 하므로 다음 날 즉시 결과보고 회보를 띄웠으니 아래와 같은 내용이었다.

2000년 〈용7교〉 창립총회 결과보고 회보

1970년대에 용산고에서 재직하셨던 선생님 여러분! 안녕하십니까? 그로부터 20여 년 만에 다시 〈용7교(용산고 70년대 교사회)〉란 이름으로 감격스런 재회의 첫 모임을 가졌습니다. 하지만 아쉽게도 주소를 파악하지 못했거나 바쁘신 일정으로 열네 분의 선생님들께서만 함께 자리해 아래와 같이 정겹고도 즐거운 시간을 가졌음을 보고 드립니다.

아울러 오는 10월 가을모임에는 더 많은 선생님들께서 참석하실 수 있도록 동봉 주소록을 보시고, 미확인 선생님의 주소를 아시면 총무 이은집에게 알려주시면 고맙겠습니다.

2000년 5월 26일 회장 양재육

〈용7교 프로그램〉

제1부 창립총회

1. 개회
2. 참석회원 소개

3. 경과보고
4. 결의사항
회장단 선출: 고문 안희수/ 회장 양재육/ 감사 현동옥/ 총무 이은집 (임기: 2002년 송년회까지)
5. 회장 취임사
6. 공지사항

제2부 만찬과 여흥
1. 건배
2. 만찬
3. 여흥(노래방으로 이동)
각종시상: 1등도착상 — 김광식/ 풍선불기상 — 전홍기/ 행운대상 — 백수동/ 노래자랑 대상 — 이창조(아침이슬)/ 금상 — 한시완(사랑의 미로)/ 은상 — 김종덕(사랑을 위하여)/ 동상 — 오인규(고향무정)/ 특별상 — 안희수(꽃마차)/ 인기상 — 김덕진(대지의 항구)
4. 폐회 및 기념 촬영

....

〈경과보고〉 "용7교"! 무엇이든 물어보세요

1) 1997년 10월 용산고 27회 졸업 20주년 행사에 초대받아 갔을 때 교사 모임을 갖자는 의견이 나옴
2) 1998년 9월 용산고 28회 졸업 20주년 행사에 초대받아 갔을 때 다시 교사 모임을 갖자는 의견이 나옴
3) 1999년 10월 용산고 30회 졸업 20주년 행사에 초대받아 갔을 때 또다시 교사 모임을 갖자는 의견이 나옴
4) 2000년 5월 6일 〈용7교〉 발기모임 1차 회보 띄움
5) 2000년 5월 25일 오후 7시 영등포역 〈청해수산〉에서 〈용7교〉 창립총회를 가짐

이제 10주년이 된 〈용7교〉 모임은 상반기 5월에는 용산고 졸업생 제자들과 함께 〈카네이션축제〉를 열고, 가을 10월에는 〈단풍축제〉를 선생님들끼리 가지면서 변함없이 사제의 정을 나눠오고 있다.

특히 5월의 사제합동 〈카네이션축제〉 때에는 졸업생 제자들의 각 기별에서 20만원씩 100만원의 찬조를 해주어, 내가 조직한 〈기쁨예술단〉의 가수들도 초대해서 흥겹고도 멋진 행사를 연출하니까, 선생님들뿐 아니라 제자들도 너무나 좋아하면서 나더러 〈용7교〉의 종신총무를 하라고 난리들이다.

아무튼 지금은 거의 정년퇴임을 하신 선생님들로 연로하시고 건강이 힘드시나 그래도 변함없이 해마다 두 번의 축제를 열면서, 내 고향 청양의 태양초 고춧가루와 광천의 자연산 김을 비롯한 푸짐한 상품과 선물을 드리면 옛날 용산고에서 함께 근무하던 시절로 되돌아가 엔도르핀이 팍팍 솟는다고들 하신다.

사제가 함께한 〈용7교〉의 〈카네이션축제〉 후에 보낸 결과보고 회보를 소개하니 참고해주기 바란다.

〈용산고 70년대 교사회 카네이션축제〉

일시: 2005. 5. 7(토) 오후 6시
장소: 용산 〈용사의 집〉

"가르친 보람! 만남의 기쁨!"

안녕하십니까?
계절의 여왕에 펼쳐진 〈용7교 2005 카네이션축제〉는 선생님 19명, 제자님 16명, 연예인 8명 등 43명이 참석한 성황을 이룬 가운데, 아래의 프로와 같이 다채롭게 펼쳐졌기에 보고와 감사를 드립니다.
올해에도 변함없이 28~32회 동기회에서 100만원을 찬조해주셨고, 28회에서 카네이션 꽃과 유병훈(29) 회장의 회식비 찬조로, 우리의 기금 500만원 목표에 한발 더 다가설 수 있게 됐음을 깊이 감사드립니다.
특히 금년에 김종덕 선생님의 회갑과 회장인 본인의 칠순을 축하하여 케이크 커팅 순서를 마련하고, 마술쇼와 가수를 초청하여 다채로운 축하공연을 가졌습니다. 또한 사제가 정답게 노래자랑을 펼치는 화기애애한 분위기 가운데, 헤어짐이 아쉬웠음은 용7교 5주년의 뜻깊은 행사였기에 더욱 그랬다고 사료됩니다. 이에 모든 분께 다시 한 번 감사드리오며, 앞으로 더욱 〈용7교〉의 발전을 위해 힘쓰겠사오니, 회원 선생님들과 용산고 제자님들의 성원과 협조를 부탁드립니다. 감사합니다.

회장 현동옥 드림

용7교 〈카네이션축제〉 회순

식전 행사

1. 추억을 나누는 시간 — 행사 시작 전에 따뜻한 인사를 나누세요!
2. 〈용7교〉 3행시 써내기 — 〈용7교〉 3행시를 써내시면 뽑아 선물을 드림!

제1부 사제의 만남

(사회: 총무 이은집)

1. 개회 — 스승님께 카네이션 달아드리기
2. 축시 — 〈다시 그 시절로 돌아갈 수 있다면!〉

3. 참석자 소개 — 선생님 19명/ 제자님 16명/ 연예인 등 8명
4. 용7교 구호 — 〈가르친 보람! 만남의 기쁨!〉
5. 회장 인사 — 현동옥 회장님
6. 축사 — 양재육 명예회장님
7. 제자대표 인사 — 한상범(28) 회장/ 최성욱(27) 회장
8. 경과보고 및 재무보고 — 총무 이은집
9. 기존 결의사항
(1) 모임 횟수 — 연간 2회 (2) 연회비 — 5만원 (3) 회칙 제정
10. 협의 및 공지 사항
(1) 주소 및 전화 변경신고
(2) 경조사시 총무에게 즉시 전달
(3) 용산고 31회 송년사은회에 많은 참석 바랍니다

만찬

제2부 축하공연, 여흥, 시상

1. 식전행사 — 마술쇼 〈정승재〉
2. 회갑/칠순 맞으신 선생님 축하 케이크 커팅&건배
3. 축하공연: 출연가수 — 기쁨자매/ 오재용/ 홍소리/ 백다솜
4. 사제 노래자랑: 은사님 대 제자님
5. 시상
1등도착상: 김덕종(28)/ 용7교3행시상: 김상훈(31)/ 2005 행운추첨상: 대상 — 김상옥 은사/ 차상 — 최만희 은사/ 행운상 — 홍성수(31) 성연욱(28) 유승우(29)
31회 졸업 25주년 송년사은회 격려선물 전달: 용산고 31회 대표
노래자랑: 대상 — 안문환(30) 〈내일〉/ 금상 — 김경수 〈이별의 인천항〉/ 은상 — 김명환(29) 〈찬찬찬〉/ 동상 — 원형복 〈해변의 여인〉
특별상 — 김종덕 〈마도로스 부기〉/ 인기상 — 김세봉(28) 〈조약돌〉

6. 폐회 및 기념 촬영

〈경과보고〉 〈용7교〉! 무엇이든 물어보세요

1. 1997/1998년 용산고 28/29회 졸업 20주년 행사에 초대받아 갔을 때, 교사 모임을 갖자는 의견 나옴
2. 1999년에 용산고 30회 졸업 20주년 행사에 초대받아 가서, 다시 교사 모임에 대한 논의가 됨
3. 2000년 5월 8일 〈용7교〉 발기모임 1차 회보, 5월 20일에 〈용7교〉 발기모임 2차 회보 보냄
4. 2000년 5월 25일 영등포 〈청해수산〉에서 첫 모임 가져 14명 참석함
임원선출 — 회장: 양재육/ 고문: 안희수/ 감사: 현동옥/ 총무: 이은집 (임기: 2002년 5월까지)
5. 2000년 10월 10일 충무로 〈일진회관〉에서 하반기 모임 가져 21명 참석함
6. 2000년 11월 11일 마포 〈홀리데이 인 서울〉에서 용산고 31회 졸업 20주년 행사에 20명 참석
7. 2001년 5월 26일 충무로 〈그랜드부페〉에서 상반기 모임 가져 27명, 제자 15명 참석
8. 2001년 10월 22일 충무로 〈일진회관〉에서 하반기 모임 가져 19명, 32회 제자 3명 참석
9. 2001년 11월 17일 용산고 대강당에서 28회 졸업 20주년 행사에 15명 참석
10. 2002년 5월 25일 〈그랜드부페〉에서 〈카네이션축제〉 회원 25명과 제자 7명 등 32명 참석
11. 2002년 10월 19일 강남 〈능수버들〉에서 28회 졸업 25주년 사은회 13명 참석

12. 2002년 11월 1일 종로 〈백두산〉에서 〈단풍축제〉 회원 23명 참석
13. 2002년 11월 16일 유원근 혼사. 2002년 12월 14일 윤승태 혼사. 2003년 5월 4일 전홍기 혼사
14. 2003년 5월 17일 〈그랜드부페〉에서 〈카네이션축제〉 회원 22명과 제자 5명 등 27명 참석
15. 2003년 10월 11일 〈박실이돼지마을〉에서 〈단풍축제〉 회원 17명 참석
16. 2003년 11월 15일 〈능수버들〉에서 29회 졸업 25주년행사 사은회 참석
17. 2004년 5월 7일 〈그랜드부페〉에서 〈카네이션축제〉 회원 23명과 제자 18명 등 41명 참석
18. 2004년 10월 9일 〈박실이집〉서 〈단풍축제〉 회원 19명 참석
19. 2004년 12월 11일 〈영빈예식장〉에서 30회 졸업 25주년 사은회 28명 참석
20. 2005년 5월 7일 〈용사의 집〉에서 〈카네이션축제〉 회원 19명과 제자 16명 등 35명 참석

〈경리 보고〉

수입부: 전년도 이월금 3,438,770원(2004. 10. 9 모임 시 결산)
2004년 연회비 추가 — 정기면 선생님 20,000원
2005년 연회비 — 강도수 강사민 김경수 김상옥 김창억 김형국 안희수 양재육 원형복 이기남 이성주 이영윤 이운주 이은집 전홍기 조남석 최만희 현동옥/ 18명 총 90만원/총합계 920,000만원

지출부: 총합계 280,000원
2004. 10. 15 성낙용 선생 건강교실회보 16,400원/ 12. 2 30회 사은회회보 18,800원/ 2005. 2. 2 신년회보 39,200원/ 3. 22 상반기 총회회보 21,100원/ 3. 30 카네이션축제 예약금 10만원/ 4. 4 용산

고 제자회보 22,000원/ 4. 13 총회회보 17,600원/ 5. 3 총회최종회보 42,000원/ 지로비 2,900원

수입 920,000원－지출 280,000원 = 640,000
+ 이월금 3,438,770 = 4,078,770원
2005. 5. 6 현재 잔액은 4,078,770원입니다!

....

〈용7교 2005 사제합동 카네이션축제〉 결산보고

수입
용7교 회원 참가회비(김광식 선생님 등 4명): 20만원
용산고 28회~32회 기별(20만원) 합동찬조: 100만원
27회 최성욱/ 28회 김덕종 김세봉 성연욱 최재헌 한상범/ 29회 공석환 김명환 류병훈 유승우/ 30회 안문화/ 31회 김상훈 홍성수 한철/ 32회 박태석 서군석 이상 제자님들 합계: 42만원
29회 류병훈 회식비 찬조: 45만원
장소예약금 잉여반환금 49,000원
합계: 2,119,000원

지출
밴드+마술사+가수 4팀 출연료 78만원/ 장소예약비 10만원/케이크 13,550원/ 각종 준비물 23,000원/ 상품대 101,000원/ 전기사용료 1만원/ 운송비 20,000원/ 복사 15,000원/ 회식비 501,000원/ 뒤풀이대 246,000원/ 합계 1,809,550원

2005. 5. 8 현재 잔액은 4,388,220원입니다!

....

〈용7교!〉 무엇이든 물어보세요

기금 변동 상황

1998년: −44,200원/ 1999년: −49,100원/ 2000년: 617,800원/ 2001년: 1,255,360원/ 2002년: 1,870,170원/ 2003년: 2,756,570원 / 2004년: 3,922,770원/ 2005년 현재: 4,388,220원

정기모임 참석 상황

2000. 5월 = 14명/ 10월 = 21명
2001. 5월 = 27명/ 10월 = 19명
2002. 5월 = 25명/ 11월 = 23명
2003. 5월 = 22명/ 10월 = 17명
2004. 5월 = 23명/ 10월 = 19명
2005. 5월 = 19명
*기금 500만원을 모으면 매월 이자 2만원씩 나옵니다!

용7교 선생님! 용산고 제자님!
올해의 〈카네이션축제〉에도 변함없이 참석과 찬조를 해주셔서 총무로서 너무나 감사합니다. 앞으로 더욱 열심히 하겠사오며, 즐겁고 편안하게 모시고자 하오니 내년에도 꼭 오십시오!

총무 이은집 드림

나는 가끔 매스컴에서 어느 훌륭하신 선생님의 제자들이 스승의 날에 찾아뵙는 훈훈한 미담 기사를 접하는데, 아마도 우리 〈용7교〉 역시 자랑스러운 사제의 만남이 아닐까 긍지를 가져본다.

한번은 KBS 라디오에서 현장 취재를 와서 방송된 적도 있다. 또

우리의 사제합동 〈용7교〉 모임으로 해서 그동안에 별세하신 몇 분 선생님들 영안실에는 수많은 제자들이 문상을 오기도 했다. 제자들의 졸업 20주년이 지나자 이번엔 〈졸업 25주년〉 〈졸업 30주년〉이라고 또 초대를 하니, 우리 선생님들은 해마다 제자들과 만나는 기쁨을 누리고 있는 것이다. 그래서 수많은 직업 중에도 교사가 가장 보람 있고 행복한 직업이 아닐까 자부심을 느낀다.

2. 친목회
— 너섬클럽

✻

내가 직장의 인연으로 만든 모임 역시 수없이 많지만 대표적인 것으로는 〈4강클럽〉이 있는데, 〈영등클럽(영등포여고 교사 모임)〉, 〈백송클럽(서울공고 교사 모임)〉, 〈한방회(한성고 방송반 모임)〉, 그리고 또 하나 〈너섬클럽(여의도고 교사 모임)〉이 있다. 30년 교직생활에서 마지막으로 1998년 2월에 명퇴한 여의도고등학교에서 만난 인연으로 결성한 클럽이다.

그때 1년만 근무하게 되어 아쉬움에 전교 선생님들과 수위 아저씨 그리고 식당 아줌마들까지 모두 식사대접을 했는데, 이를테면 교장·교감 선생님, 각 부장 선생님들, 각 과목별 선생님들, 원로 선생님들, 젊은 선생님들, 아저씨들, 아주머니들, 이런 차례로 식사대접을 하는데 아무튼 여러 달이 걸렸던 것이다.

여기에서 짧은 근무기간이었지만 의기투합한 선생님들 6명이 평생모임을 갖기로 해서 〈너섬클럽〉이 만들어졌는데, 나이가 50대에서 40대, 30대까지 골고루 포진하니까 더욱 좋았다. 어느 모임이나 보통 비슷한 또래들끼리 모이면 재미가 적은 법이니, 윗분들과 만나야 사랑을 받고, 아랫사람들과 만나야 존경을 받을 수 있기 때문이다.

나는 벌써 1980년대에 운전면허증을 따놓고도 겁이 많고 술을 좋아해서 〈장롱면허〉 소지자인데, 나보다 연하들은 모두 모범기사(?)여서 사계절뿐 아니라 특히 여름과 겨울방학엔 여행을 즐기기에 안성맞춤이었다. 그래서 강화도를 비롯해 내 고향인 청양의 생가에 가서는 1박 2일로 토종 삼계탕과 멍멍탕 잔치를 벌이고, 칠갑산 일원의 관광과 광천의 재래시장 투어까지 하면서 새우젓과 김과 어리굴젓을 사니까, 집사람들이 해마다 이은집 선생님 댁에 가라고 성화라는 것이다.

아무튼 지난 10여 년 동안에 〈너섬클럽〉 선생님들은 부모 장인장모의 칠순 팔순이나 상을 당하거나 자녀의 혼사를 치르기도 했는데, 그때마다 총무인 내가 앞장서서 이런 경조사를 철저히 챙겨드리니까, 회원 선생님들이 무척 고마워하고 기뻐했던 것이다. 어쩌면 사람의 행복은 누구와 만나 어떤 모임을 하느냐가 결정을 한다고 우긴다면 지나친 억지일까?

지난 10여 년간 〈너섬클럽〉과 만나면서(다른 수많은 모임을 포함해서) 찍은 갖가지 기념사진을 보노라면 그때의 추억으로 다시금 행복해지니, 독자님들도 직장생활을 한다면 지금 어서 직장의 모임을 만들라고 권하고 싶은 것이다.

5

나의 모임 베스트5

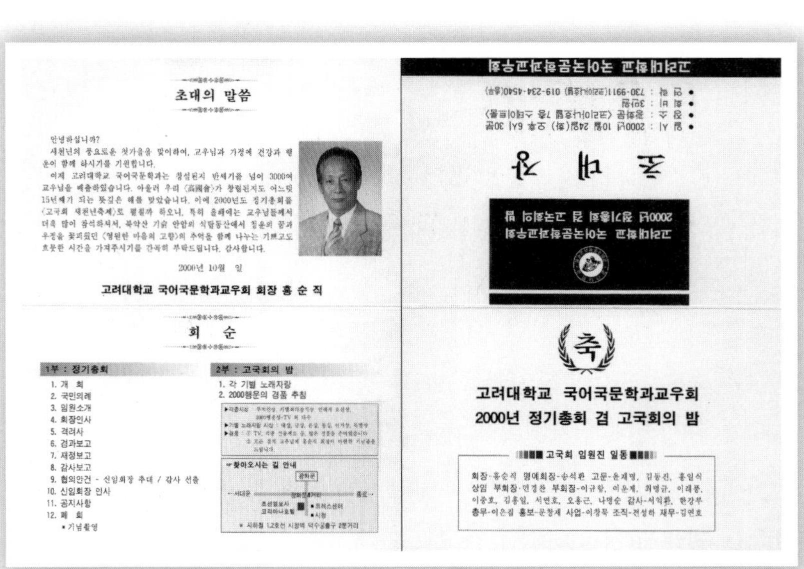

초대의 말씀

안녕하십니까?
새천년의 풍요로운 첫가을을 맞이하여, 교우님과 가정에 건강과 행운이 함께 하시기를 기원합니다.
이제 고려대학교 국어국문학과는 창설된지 반세기를 넘어 3000여 교우님을 배출하였습니다. 아울러 우리 〈高國會〉가 창립된지도 어느덧 15년째가 되는 뜻깊은 해를 맞았습니다. 이에 2000년도 정기총회를 〈고국회 새천년축제〉로 펼칠까 하오니, 특히 올해에는 교우님들께서 더욱 많이 참석하셔서, 북악산 기슭 안암의 석탑동산에서 청운의 꿈과 우정을 꽃피웠던 〈영원한 마음의 고향〉의 추억을 함께 나누는 기쁘고도 흐뭇한 시간을 가져주시기를 간곡히 부탁드립니다. 감사합니다.

2000년 10월 일

고려대학교 국어국문학과교우회 회장 홍 순 직

회 순

1부 : 정기총회

1. 개 회
2. 국민의례
3. 임원소개
4. 회장인사
5. 격려사
6. 경과보고
7. 재정보고
8. 감사보고
9. 협의안건 - 신임회장 추대 / 감사 선출
10. 신임회장 인사
11. 공지사항
12. 폐 회
   - 기념촬영

2부 : 고국회의 밤

1. 각 기별 노래자랑
2. 2000행운의 경품 추첨

☞찾아오시는 길 안내

고려대학교 국어국문학과교우회

2000년 정기총회 겸 고국회의 밤

초 대 장

- 일 시 : 2000년 10월 24일(화) 오후 6시 30분
- 장 소 : 광화문 〈코리아나호텔 7층 스테이트룸〉
- 회 비 : 3만원
- 연 락 : 730-9911(코리아나호텔) 019-234-4540(총무)

고려대학교 국어국문학과교우회

축

고려대학교 국어국문학과교우회
2000년 정기총회 겸 고국회의 밤

고국회 임원진 일동

회장-홍순직 명예회장-송석환 고문-윤재병, 김동진, 홍임식 상임 부회장-민경찬 부회장-이규항, 이운계, 최명규, 이래풍, 이충호, 김홍일, 서연호, 오홍근, 나명순 감사-서익환, 한강부 총무-이은집 홍보-문창재 사업-이창묵 조직-전성하 재무-김연호

초대장

이제까지 우리가 보통 만나는 학연, 혈연, 지연, 직장의 모임을 소개했는데, 나는 〈대한민국 총무〉라 불릴 만큼 수많은 모임을 만들고 총무를 했기에, 그밖에도 아주 특별한 모임들이 많다. 그것을 여기서 다 소개할 수는 없고 그중에 〈베스트 5〉만 꼽아보기로 한다.

1. 방송통신고 제자들 모임
— 메아리회

✲

나는 30년간 교직에 근무하면서 직접 가르친 제자들만 18,000명인데, 여기에 EBS 교육방송 라디오의 방송통신고 국어강사로 10여 년을 출연하여, 20만 명 이상의 제자들이 내 방송을 듣고 공부를 하였다.

지금부터 30여 년 전인 1977년에 방송통신고 강의를 처음 시작했는데, 나는 국어과목인만큼 20분 강의의 오프닝과 클로징 때에 통신고 학생들에게 격려와 용기를 주는 간단한 내용의 멘트를 항상 빠뜨리지 않았더니, 그 반응이 대단히 좋아서 날마다 10여 통씩의 학생들 팬레터(?)가 쇄도할 정도로 인기가 높았던 것이다.

그런데 이때 보내온 편지를 읽어보면 주경야독하는 학생들의 사연이 너무나 눈물겨웠다. 이리하여 나는 학생들에게 〈면학수기〉를 모집하여 그중 당선작을 학기말 특집시간에 라디오 드라마로 각색하여 방송을 했더니, 반응이 뜨거웠다.

1977년부터 1980년까지 이 수기모집에 당선한 전국의 남녀 방송통신고 학생들의 모임이 바로 〈메아리회〉다. 1980년에 결성되었으니까 어느덧 30주년을 맞았지만, 우리는 지금도 변함없이 매년 만나고 있다. 그래서 그때 10대이던 제자는 40대 후반이 됐고, 20대는 50대가 되었으니 세상에 이런 제자들의 모임이 또 있을까?

〈메아리〉라는 모임 이름은 방송통신고의 전파가 메아리처럼 전국 방방곡곡에 퍼져 이를 함께 들으며 공부한 인연을 상징한다. 1기에 2명, 2기가 10명, 3기는 7명, 마지막 4기가 12명으로 도합 31명의 회원이 참여했다. 그리하여 매월 2,000원의 기금회비를 거두고, 또한 매월 〈메아리 회보〉를 발행했다. 내용은 방송통신고 소식과 회원들의 근황 그리고 문예작품을 실은 복사판 신문 형태였다.

이렇게 시작한 〈메아리회〉는 1980년 깊어가는 가을에 서울의 〈종묘〉에서 창립총회를 가졌으며, 지금까지 한 해도 빠짐없이 부산과 전북 내장산 등 지방 순례를 하며 총회 모임을 가지다가, 그 후로는 대부분 회원들이 서울·경인 지역에 많이 살게 되어 서울에서 모임을 가져오고 있다.

그런데 〈메아리회〉 회원들은 모두 가정형편이 불우했기 때문에 초년엔 고생들이 많았으나, 지금은 어엿한 공무원도 있고 사업가로 성공하기도 했으며, 어느덧 자녀의 혼사까지 치르기도 해서 오히려 나보다 인생살이를 앞서가는 제자도 있고 보니, 바로 〈청출어람〉이란 이런 경우를 두고 하는 말이 아닌가 싶다.

지난 30년 동안 〈메아리회〉를 운영하면서 물론 중도 탈락하는 제자들도 생겨 어려움도 많았지만, 온갖 역경을 이기고 〈끝이 좋으면 다 좋다〉는 나의 좌우명을 실천한 제자들도 많아 정규학교에서 가르친 학생들보다 더욱 정이 깊다. 특히 스승의 날이 됐을 때 축하 화분을 보내오기도 하고, 건강을 챙기시라고 명절을 맞아 건강식품을 선물해올 때에는 고마운 마음에 가슴이 뭉클해지기도 한다.

작년 가을에 총회를 할 때에는 제자들이 충북에 있는 유명 콘도로 정해서 바비큐 만찬에 공연도 즐겼다. 나는 제자들이 방송통신고 시절에 너무나 고생한 사연이 떠올라 참으로 감회가 깊었다. 더구나 총회를 위해 한 방에 모였을 때 제자들이 "저희들이 오늘날 이만큼 성공한 건 방송통신고 시절에 선생님의 강의로 용기를 얻어 열심히 살아온 덕택입니다. 그러니까 이젠 저희가 선생님께 그 은혜를 갚고, 사회를 위해서도 봉사를 하면서 아름답게 살아서 더욱 〈끝이 좋은 사람〉이 되어야지요!" 하는 게 아닌가! 아무튼 나는 다시 이 세상에 태어난대도 직업은 꼭 교사를 택하겠다.

2. 주례를 서준 부부들 모임
— 원앙회

✻

1970년 후반에 나는 2급 정교사 자격증을 1급으로 바꾸기 위해 여름방학에 연수교육을 받게 되었다. 그때 아주 유명하신 서울대학교 사범대의 국문과 교수님이 강의를 하셨는데, 무더위 속에 수강하던 선생님들이 계속 졸기만 하자 "아, 선생님들! 재미있는 얘길 하나 들어보세요. 아마 선생님들도 제자들이 많으실 테니까 이런 어처구니없는 일도 생길 겁니다." 하시는 것이다. 그 바람에 모두 눈을 떠 바라보자 그 교수님께서 얘기를 시작하셨다.

"제가 어느 날 길을 가다가 아주 낯익은 제자를 만났지요. 마침 그 제자도 저를 보고 인사를 해요. 그래서 무심코 물었지요. 제자! 요즘 어찌 지내나? 결혼은 했고? 그러자 제자 대답하는 말이 더욱 웃겨요! 아, 바로 교수님께서 저의 주례를 서주지 않으셨습니까? 하하! 내가 주례를 한 1,000번 서다 보니까 이런 일도 다 있지 뭐예요?"

그 순간 나는 생각했다. 어떻게 인륜지대사라는 결혼의 주례를 아무나 서주고, 또 주례를 부탁하고도 주례선생님에게 그토록 무심할 수 있단 말인가? 만일 내가 훗날 주례를 선다면 그러지 않을 거야!

그래서 1980년 10월 3일 방송통신고 제자의 부탁으로 첫 주례를 설 때부터 나는 이런 다짐을 받았던 것이다. 앞으로 내가 주례를 선 부부가 열 쌍이 되면 〈원앙회〉라는 모임을 만들 테니 꼭 가입을 하겠는가? 물론 그 제자 부부는 당연히 약속을 했고, 나는 1990년에 열 쌍의 주례를 서게 되어 〈원앙회〉를 결성했던 것이다.

그런데 나의 결혼 주례를 서주신 대학 은사님께서는 국문과의 소설가 교수님답게 아주 특별한 주례사를 해주셨다.

"그럼 다음에는 두 부부가 인생을 살아가는 데 귀감이 될 주례사가 있겠습니다!"

사회자의 멘트가 끝나자마자 은사님께서 하시는 말씀이 "신랑은 이 사람이 아끼는 제자라서 잘 압니다. 그러니깐두루 신부는 신랑을 믿고 잘 살두룩……!"

주례사를 듣기 위해 바라보던 하객들은 주례사가 벌써 끝나버린 바람에 한바탕 폭소가 터져 나왔던 것이다.

그러나 나는 방송작가인 만큼 조금 드라마틱하게 주례사를 구성하여, 먼저 신랑신부와 양가 혼주에게 축하를 드리고, 하객에게는 감사를 표한 후에 본론으로 들어갔다.

신랑 신부는 〈첫째, 감사하면서 은혜를 갚아라〉 그 구체적 방법의 하나로 신랑은 장인장모에게 신부는 시부모에게 신혼여행을 갔다 오는 즉시 자동이체로 평생 용돈을 드리는 효도를 시작하라. 그러면 양가 혼주는 기쁜 미소를, 하객들은 박수와 폭소로 공감을 표시했다.

〈둘째, 부부는 함께 살면서 행복 드라마를 연출하라〉 젊어서는 능력을 키우고, 중년에는 경제를 다지고, 노년에는 명예로운 사람이 되어라.

〈셋째, 어디에서 어떤 일을 하든 보람 있는 삶을 살아라〉

이런 요지를 약 5분 내외로 하는데, 그때마다 큰 박수를 받는 주례사가 되곤 했다.

그런데 〈원앙회〉의 회원 중에는 〈메아리회〉의 회원과 중복되는 경우가 많아 초창기에는 합동으로 총회를 가졌다. 하지만 〈메아리회〉는 고정된 회원이나 〈원앙회〉는 자꾸만 늘어나고 연령의 차이가 점점 벌어져서 2000년대 초부터는 격년제로 합동총회를 하다가 지금은 완전히 분리해서 각각 모임을 갖고 있다. 그래서 요즘 〈원앙회〉의 총회에 참석해 보면 〈메아리회〉의 초창기와 비슷하나 부부와 어린 자녀들을 동반하는 것이 다르다고 하겠다.

아무튼 〈원앙회〉는 주로 공원이나 학교 운동장을 빌려 젊은이들답게 운동회도 하고, 관광지의 펜션을 빌려 1박 2일의 여행을 하는 걸 보면 세태가 많이 달라졌음을 보게 된다. 회원들은 〈메아리회〉 제자들과 내가 직접 가르친 고등학교의 제자들 그리고 초중고 동창들의 자녀 외에 대학 동아리 〈KUBS〉 후배들도 여러 명 있어 현재 약 70여 명이나 된다. 그러다 보니 서로 어울리는 게 서먹한지 이끌어가기가 쉽지만은 않다고 하겠다.

그래도 20주년 〈원앙회〉나 30주년 〈메아리회〉는 기금도 500만 원 가까이 모았기에, 올해부터는 각각 회장과 총무에게 자립하도록 운영권을 넘겨주고 나니, 마치 결혼한 자식을 분가시킨 것처럼 서운하고도 대견스럽다고나 할까?

3. 군대 전우들 모임
— 대적선전대

✲

대한민국에서 태어난 사나이라면 꼭 한 번 가야 하는 곳이 군대인데(웬일로 정치인들은 면제자가 많지만……), 나 역시 대학 졸업식을 3일 앞두고 영장이 나와 1966년 2월 22일 밤에 용산역에서 논산훈련소행 기차를 탔던 것이다.

그런데 군대에 갔다 온 사람들은 누구나 경험했겠지만 특히 훈련병 시절에는 왜 그리도 졸리고 배고프고 떨리던지(조교가 무섭고 춥기도 해서), 아무튼 신병훈련이 끝나 자대 배치를 받아 팔려(?) 갈 때에는 앞으로 〈논산을 향해서는 오줌도 안 누겠다〉는 맹세를 했다.

그런데 나는 대학시절에 방송국원으로 활동한 경력을 살려 북한에 심리전 방송을 하는 부대인 〈대적선전대〉라는 대대급 부대로 전출되었던 것이다. 그곳 부대는 특수한 임무 때문인지 대부분 학력이 대학생으로, 제대 후 사회에 나와 보니 거의가 방송국과 이와 관련된 업종에 종사하는 것이었다. 그리하여 여기서 연결된 전우들이 모여 전우애를 다지자는 친목회를 결성하였으니, 바로 〈대적선전대〉 모임인 것이다. 물론 교사와 방송작가로 당시 KBS 라디오의 스크립터였던 나는 또 총무로 뽑혔다.

나는 군대에서 처음 1년간은 강원도 양구의 모 사단 경리부에 근무하여, 대학시절에는 고학을 하느라 무척 궁핍했었는데, 여기서는 돈 세는 일과 돈 계산으로 일과를 보냈으니 아이러니한 일이었다고나 할까?

아무튼 그때 대간첩작전을 나간 적이 있는데, 강원도 특유의 급경사진 산봉우리에 오르자 하얀 운해가 깔렸던 환상적인 경치를 지금도 잊을 수 없다. 또한 한밤에 동기 전우와 보초를 나갔다가 오발사고로 죽을 뻔한 추억도 아직까지 머릿속에 생생하다. 그러다가 방송부대인 〈대적선전대〉로 전출을 갔는데, 나더러 착실하고 외모가 친근하다고 〈PX장〉이 조수로 점찍어 붙잡는 게 아닌가? 당시는 무척 싫었지만 그 바람에 〈대적선전대〉 군인들은 장교까지 다 나를 알아 사회에 나와서 이런 모임을 만들자 총무가 된 건 안성맞춤이기도 했다.

그런데 군대 모임은 〈한 번 해병대는 영원한 해병대〉란 말처럼, 근무 당시의 관등계급이 적용되어 내 경우는 병장이었지만, PX장을 할 때 술장사를 했다고 〈이 마담〉이란 별명이 붙었는바, 아직도 그런 호칭으로 놀림을 받기도 해서 쓴 웃음을 짓지 않을 수 없다.

그래도 그 시절 피 끓는 젊음의 열정으로 〈진짜 사나이〉의 군가처럼 뜨거운 전우애를 나누어서인지, 이젠 팔순에 가까우신 중대장님이나 칠순이 가까운 이등병 전우도 모임을 가졌다 하면 〈대적선전대〉 시절의 추억담에 시간가는 줄 모른다. 다만 다른 모임과 달리 창립 10여 년이 지났음에도 화제의 내용은 언제나 똑같아서 누구는 외박 나갔다가 미귀했고, 누구는 부대 앞 술집 여자와 잤다가 성병으로 고생했고 등등 항상 되풀이되는 애기인 것이다.

물론 이 모임도 내가 창립 때부터 총무를 계속하는데, 운영방법이나 경조사 챙기기는 여전하다. 그동안 우리가 근무한 부대를 찾아가 후배 전우들을 위문하기도 했고, 서울과 전우가 많이 사는 원주에서 격년제로 총회를 열고 있다.

여기에서 새삼 느끼는 것은 모임마다 그 시절 추억으로 돌아가기 때문인지, 군대 모임인 〈대적선전대〉의 전우들을 만나면 다시 20대가 되어버린다는 것이다. 그래서 술도 많이 마시고 열혈 충천하니, 독자님들도 옛 전우들을 찾아 모임을 가져보시라고 간곡히 부탁드리고 싶다.

아무튼 여자들은 몰라도 대한민국 남자라면 군대는 꼭 한 번 가야 하는 곳! 그래서 우리 〈대적선전대〉처럼 군대 모임을 만들어보시라 거듭 부탁드리는 바이다.

4. 행사 출연가수들 모임
— 기쁨예술단

✻

세상에서 가장 행복한 사람은 어떤 사람일까? 그건 자기가 하고 싶은 일을 하면서 벌어먹고 사는 사람이라고 한다. 그렇다면 연예인 중에 가장 행복한 연예인은 누굴까? 내 생각에는 바로 가수가 아닌가 한다.

내가 아는 연예인 중에 개그맨은 한 번 방송에서 써먹은 개그는 1회용으로 다시 방송에서 쓸 수가 없단다. 탤런트를 하는 대학 선배님은 대본을 외우는 일이 여간 스트레스가 아니라고 했다. 연극배우는 먹고살기가 힘들다고 한탄하고, 영화배우는 출연 기회가 적어 기다리다가 세월 다 간다고 한다.

그러나 가수는 히트곡 하나로도 평생을 버티고, 같은 노래를 1천 번 이상 부르면 오히려 히트곡이 되니까 얼마나 편하고 즐거운 인생인가?

나 역시 교사, 소설가, 방송작가, 작사가, 산업체 강사 등 수많은 일을 해보았지만 방송작가의 경험을 살려 무대에서 어떤 행사의 사회를 볼 때가 가장 기분 좋고 신난다. 이때 만난 여러 유명 무명 가수들을 모아 〈기쁨예술단〉을 만들었는데, 벌써 10년 가까이 되는 것이다.

내가 워낙 수많은 모임의 총무를 하니까, 특히 2부 행사 중에 연예인 초대 축하공연을 해야 하는 경우가 많았다. 그리하여 여기저기에서 만난 가수들과 각종 행사공연, 봉사공연을 하다가 아예 본격적으로 나는 단장 겸 전문 MC로 나섰으니, 진짜 연예인처럼 반짝이 의상을 걸치고, 뽀빠이 수준은 아니라도 좀 야한 사회를 본다. 그걸 본 사람들은 깜짝 놀라는데, 나로서는 무대에서 그럴 때가 가장 행복하니까, 어쩌면 내게도 연예인 끼가 있다고나 할까?

아무튼 나는 〈기쁨예술단〉을 이끌어오면서 동창회, 회갑·칠순·팔순잔치, 노인대학, 각종 축제 등 100회 이상의 공연을 했고, 가수들의 출연료 10%를 적립해서 기금을 모으기도 했다.

그런데 이 모임은 다른 경우와 달라 지속하기가 쉽지 않다고 하겠다. 왜냐하면 처음엔 무명이던 가수가 인기가수로 커버리면 기획사로 가서 출연료가 천정부지로 치솟을 뿐 아니라, 매니저가 만나지도 못하게 하는 것이다. 그런가 하면 행사에 해마다 같은 가수를 출연시킬 수가 없으므로 이를 조정하기도 쉽지 않고, 가수에 따라서 자주 쓰기도 하고 소외되기도 하면 또한 단체가 흔들리는 것이다.

하지만 우리 〈기쁨예술단〉은 나와 뜻을 같이하는 가수들로 똘똘 뭉쳤기 때문에 그래도 10년 가까이 별 탈 없이 이어오고 있다. 그중에 〈홍콩아가씨〉의 금사향 원로가수님과 MBC 강변가요제 대상 〈사랑의 하머니〉의 이경오 가수는 변함없이 행사 공연에 출연하고 있다. 다른 무명 가수인 오재용, 홍비, 김정연, 이명희, 홍소리, 박진, 안병현, 강다영, 백다솜, 국악인 김영빈도 부르기만 하면 언제나 기꺼이 달려오고 있으니, 이 자리를 빌려 고마움을 전하고 싶다.

그런데 나의 직접 가르침을 받고 데뷔한 연예인 중에 비록 공중파 방송에 진출은 못 했지만 재야에서 연예기획사를 운영하면서 활동하던 가수 겸 전문 MC인 안병현 군이 얼마 전 갑자기 세상을 떠났을 때에는 나는 너무도 슬퍼서 엉엉 통곡하기도 했다.

비록 무명이어서 세상에 알려지지는 않았지만, 정말 노래도 잘하고 인물도 예쁜 〈기쁨예술단〉 단원들이여! 부디 그대들의 꿈을 꼭 이루어 인기도 얻고, 돈도 많이 벌기를 이은집 단장은 빌고 또 빌어요!

5. 연예인 지망생들 모임
— JBS 개그반

*

가수 이용의 히트곡 중에 〈지금도 기억하고 있어요. 10월의 마지막 밤을……〉 하는 〈잊혀진 계절〉이란 노래가 있는데, 만일 당신이 매년 10월의 마지막 밤 31일 오후 8시면 꼭 만날 수 있는 그리운 사람들이 있다면 그 기분이 어떻겠는가?

나는 그토록 수많은 모임 중에 단 한 번 10월의 마지막 밤에 만나는 모임이 있는데, 〈JBS개그반회〉가 바로 그것이다.

1994년 가을에 나는 JBS라는 연예인 양성 프로덕션에서 개그맨을 지망하는 수강생들의 담임 겸 강사를 한 적이 있다. 20명도 채 안 됐으나 전유성, 임하룡, 이성미, 이하원 같은 당시 잘나가던 개그맨들과 방송국 현직 개그프로 PD들이 직접 와서 특강도 했던 것이다.

그때 비록 3개월의 짧은 기간이었지만 나는 교사, 방송작가, 작사가의 경험을 살려 그들을 지도했고, 방송국 견학과 연극, 뮤지컬, 영화까지 함께 관람하면서 그들에게 연예인 진출의 길을 안내해 주었다. 나중에 여기서 개그맨으로 방송가에 데뷔한 주인공이 바로 〈황마담〉으로 뜬 개그맨 황승환이다.

아울러 그때 가르치진 않았지만 〈63빌딩 가요제〉에 출연한 대학생이던 김학도 역시 그 행사의 심사위원장을 맡은 내가 발굴해서 개그맨이 될 것을 조언해주었고, 요즘 인기 상종가인 KBS 2TV의 〈1박 2일〉의 개그맨 이수근도 한때 가수가 되겠다고 찾아와 내가 작사한 〈풍물꾼〉이라는 노래로 〈난영가요제〉에서 수상한 바도 있다.

그러나 사람은 한 번 만나면 헤어지게 마련이듯이 〈JBS 개그반〉 제자들도 졸업을 해서 나와 영영 이별을 해야 했는데, 그날이 바로 1994년 10월 31일! 10월의 마지막 밤이었던 것이다. 그래서 쫑파티를 우리 집 앞 〈OB광장〉이라는 호프집에서 가졌는데, 서로 술잔을 주고받다가 "우리 비록 오늘밤 헤어지지만, 매년 10월의 마지막 밤 오후 8시에는 꼭 만나기로 하자. 그래서 우리 추억도 나누고, 너희들이 개그맨의 꿈을 이루는 것을 보고 싶구나!" 하는 말이 나왔다. 이렇게 시작된 모임인데, 정말로 그 약속을 지켜서 15년이 지난 지금까지 지속돼 온 것이다. 물론 참석 인원이 점점 줄어들어 보통 5~6명에, 심지어 단 한 명이 오기도 했지만, 그래도 명맥이 끊어지지 않았으니 기적이라고나 할까?

우리는 만나면 술잔을 기울이며 〈JBS 개그반〉 시절의 추억으로 달려가곤 했는데, 무심한 세월 속에 어느덧 시집 장가들을 가고, 차츰 개그맨의 꿈은 멀고도 희미해져 갔으나 그래도 만남은 계속 이어지고 있다.

비록 일 년에 단 한 번, 두어 시간 남짓이지만 15년을 만나니까, 사계절에 한 번 만나는 다른 모임들과 마찬가지로 엊그제 본 듯하면서도 더욱 반갑고 기쁘기만 한 것이다.

몇 년 전에는 가장 개그맨을 열망했던 회원이 부인과 꼬마 녀석을 데리고 와서 내가 배춧잎(1만원)을 아들에게 미리 세뱃돈으로 주기도 했다. 그날 나는 참석 회원들에게 부탁을 했는데 "개자식(개그맨 제자란 뜻)들아! 개팔자가 상팔자란다! 방송에 나와 세상 사람 다 웃기는 것도 좋지만, 집에서 혹은 직장에서 웃음을 선사하는 사람이 더 행복할 수도 있단다. 내가 최근에 유럽 여행을 다녀와서 프랑스어로 묻겠다. 내 말뜻을 〈알겐숑? 모르겐숑?〉"

그러자 〈JBS 개그맨〉 회원들, 아니 제자들이 이구동성으로 대답했다.

"네! 싸부님! 개소리숑!"

여기서 〈개소리〉란 개가 입을 열어 말을 한다면 웃지 않을 사람이 없는데, 바로 〈개그〉란 그렇게 무조건 사람들을 웃겨야 하는 〈개소리〉 같은 것인데, 단지 웃음으로 그치지 않고 웃다가 눈물나게 만들어야, 다시 말해 감동을 주는 웃음을 주어야 진정한 〈개그맨〉이라는, 나의 그 시절 강의에서 나온 대답이었던 것이다.

| 끝마치며 |

행복한 사람 되어 행복을 나누어 주리!

✲

사람은 누구나 이 세상에 태어나면 언젠가는 꼭 떠나야 하지만, 그래도 그런 걱정 않고 사는 건 죽음의 불확실성 때문이 아닐까? 만약에 당신이 정확히 며칠 후, 몇 달 후, 몇 년 후에 생을 마감한다는 사실을 알게 된다면 그 심정이 어떠할까? 억울해! 화가 나! 자포자기야! 어쨌든 여러 가지 착잡한 심정에 빠질 것이다. 그런데 위의 대답은 나에게는 다 틀린 답이라고 하겠다. 바로 내가 지난 2월에 며칠 아니 몇 달 후면 이 세상과 영별(영원한 이별)을 해야 할 처지가 되었는데, 그 순간의 심정은 전혀 그런 쪽이 아니었던 것이다.

나는 작년 가을부터 입맛이 없고 피로감을 느꼈는데, 올해 1월 초에는 지독한 〈독감〉 아니 〈신종플루〉 같은 증세로 보름 가까이 앓았는바, 일주일에 1킬로그램씩 체중이 빠지고, 어지럽고, 온몸에 무력증이 와서 열 걸음만 걸어도 숨이 차서 5분여씩 헐떡여야 겨우 정신을 차릴 수 있었다. 그래서 난생처음 종합병원에 가서 건강검진도 받아보고 했지만, 불치병 아닌 불명병으로 건강은 점점 급속도로 악화될 뿐이었다.

그런데 내 몸은 내가 가장 잘 알 수 있다는 말처럼, 아무리 생각해도 이런 증세라면 길어야 3개월? 아냐! 아직 죽기 전에 꼭 마무리할 일이 있으니까 6개월은 버텨야 해! 이런 상황이었던 것이다. 그러니까 나는 스스로 3개월에서 6개월의 시한부 삶이란 현실을 인정해야 했는데, 정말 의외로 담담한 심정이 되었던 것이다.

돌이켜보건대 나의 꿈은 소설가였는데 문단 데뷔 40년에 23권의 저서를 발간했고, 방송작가가 되어 20여 년간 13만여 매의 방송 원고도 썼고, 작사가로서 80여 곡의 작사를 해서 노래방에도 4곡이나 올라 있고, 직업은 교사로서 30년 근무에 연금수급자로 내가 죽어도 집사람이 70퍼센트를 타니까 무슨 걱정이란 말인가?

더구나 그 바쁜 중에도 최고 48개 모임의 총무를 맡아 각 모임의 총무를 맡은 햇수를 합하면 500년이 넘으며, 여기서 만난 회원은 5만 명을 헤아리는데, 그들과의 반갑고 즐겁고 기뻤던 추억만 해도 나는 여한이 없었다고나 할까?

나는 지금까지 정말 너무나 열심히 뜨겁게 살아왔다. 이젠 여기서 더 생을 이어간들 무슨 위대한 글을 쓸 것도 아니고, 더 출세할 것도 아니며, 우리 집에서 매주 월요일 아침에 버려지는 쓰레기처럼 인간 폐기물이 되어갈 뿐이다. 차라리 더 살아 치매가 오고 벽에 무슨 칠을 하도록 장수하는 것보다는, 마지막에 화려하게 서쪽 하늘을 물들이다가 사라지는 노을처럼, 이젠 세상과 굿바이하는 것도 어쩌면 마지막 행복이 아닐까?

내가 이런 결론에 도달했을 때 법정스님의 『무소유』가 새롭게 베스트셀러로 떠올랐다. 그런데 나는 묵은 신문이나 휴지 조각도 나에게 필요한 자료가 된다면 하나도 버리지 못하는 성격이다. 그러다 보니 나의 서재는 수십 년간 모은 책부터 온갖 잡동사니가 쌓여

마치 〈쓰레기 박물관〉을 연상케 했다.

그런데 내가 몇 달 후면 지상에서 사라진다 생각하니, 지금까지 그토록 소중했던 것들이 모두가 쓸데없는, 그야말로 빨리 치워버려야 할 〈쓰레기〉로 보였던 것이다. 나는 드디어 〈무소유〉를 실천하기로 마음먹고, 5천여 권의 책을 기증하거나 쓰레기로 버렸다. 그동안 찍어온 수만 장의 사진과 필름도 몽땅 버리고(그래서 이 책에 자료 사진을 싣지 못했음), 수만 장의 집필 원고들도 재활용 종이로 버렸는데, 여기에 거의 2개월이나 걸렸던 것이다.

그리하여 이제 나의 서재에는 내가 발간한 저서와 원고가 실린 잡지들만 약간 남고 보니까 식구들이 의아해하다가, 혹시 딴생각을 하는 게 아닌가 감시하는 느낌이 들 정도였던 것이다.

그런데 나는 이승과 이별 전에 꼭 마무리할 일이 몇 가지 있었다. 그간 발표한 콩트를 모아 〈사랑은 우연! 결혼은 운명!〉이라는 콩트집을 내고 싶었고, 특히 48개 모임의 총무를 맡아오면서 얻은 노하우를 담은 〈대한민국 이은집 대총무〉를 책으로 내는 일이었는데, 이는 이 세상에서 나밖에 할 사람이 없을 것 같아서였다.

그래도 혹시 기적처럼 더 생명줄을 잡을 수 있다면 문단 데뷔 40년 기념으로 〈이은집 대표소설집〉을 준비하고, 끝으로 내가 별세(?)했을 때 알려야 할 모임의 회원 전화번호부를 새로 확인하여 크로샷 문자메시지를 보낼 수 있게 입력하는 일이었다.

그런데 지금 이 순간 기적처럼 나의 건강에 약간의 차도가 있어 그야말로 혼신의 힘으로 이 책을 탈고하게 되었으니, 정말로 〈꿈은 이루어진다〉!

그리하여 모든 독자 여러분께 부탁드리고 싶다. 부디 많은 모임을 만들어 열심히 참여하시고 총무도 하셔서, 저처럼 죽음 앞에서도 여한 없는 행복한 사람이 되어달라고. 아니, 당신과 함께 모임을 하는 모든 분에게 행복을 나누어주시라고.

지금 문득 어느 가수의 노래가 내 귀에 들려온다.

"나는 행복합니다. 정말 정말 행복합니다……."